Doug Johnstone

Der Bruch

Roman

Aus dem Englischen von Jürgen Bürger
Herausgegeben von Wolfgang Franßen

Polar Verlag

Originaltitel: Breakers
Copyright: © Doug Johnstone, 2019

Deutsche Erstausgabe, 2. Auflage 2021
Aus dem Englischen von Jürgen Bürger
Mit einem Nachwort von Hanspeter Eggenberger

© 2021 Polar Verlag e. K., Stuttgart
www.polar-verlag.de

Redaktion: Eva Weigl, Nadine Helms
Umschlaggestaltung: Robert Neht, Britta Kuhlmann
Coverfoto: © Eléonore H /Adobe Stock
Autorenfoto: © Chris Scott
Satz/Layout: Martina Stolzmann
Gesetzt aus Adobe Garamond PostScript, InDesign
Druck und Bindung: CPI books GmbH, Leck, Deutschland

ISBN 978-3-948392-20-8

1

Tyler starrte seine kleine Schwester an, während sie fernsah und das Licht vom Bildschirm über ihr Gesicht flackerte. Irgendein Zeichentrickfilm über einen Jungen, der einen Zauberring findet und sich in ein Superhelden-Mädel verwandelt, das Ganze also mit einer Portion coolem Gender-Kram. Bean kaute auf ihrer Unterlippe, lächelte dann, und er sah die Lücke vorne, wo der Milchzahn ausgefallen war. Er hatte der Zahnfee zwei Mäuse aus den Rippen geleiert, nachdem er von seiner Schwester erfahren hatte, was aktuell auf dem Schulhof als der übliche Preis galt. Er war überrascht, dass sie angesichts all dessen, was sonst so abging, immer noch daran glaubte.

»Okay, Kurze, Zeit fürs Bett«, sagte er.

Sie schüttelte den Kopf, die Augen weiter auf den Fernseher fixiert.

Er griff nach der Fernbedienung und der Bildschirm wurde schwarz, es blieb nur noch das gedämpfte Licht der Ecklampe.

»Ist schon längst Schlafenszeit«, sagte er. »Und ich muss bald los.«

Bean drehte sich um. »Wo ist Mum?«

»Im Bett.«

»Ist sie betrunken?«

Tyler seufzte. »Sie war müde.«

»Sie ist betrunken.«

Sollte sie denken, Angela wäre betrunken, denn die Wahrheit war viel schlimmer.

Bean spielte mit Pandas Ohr. Tyler hatte das Stofftier vor ein paar Jahren bei einem Bruch in Merchiston mitgehen lassen.

Einen Moment lang hatte er sich blöd gefühlt, aber auf dem Bett dieses Mädchens waren Hunderte Kuscheltiere aufgereiht gewesen, und Bean hatte gar nichts. Er fragte sich, ob das andere Mädchen wohl geweint hatte, als es entdeckte, dass Panda weg war.

»Können wir noch aufs Dach?«, fragte Bean.

»Nein, komm jetzt.«

»Bitte.«

»Morgen ist Schule.«

Sie warf ihm einen Blick zu, wie so eine Manga-Figur, das Kinn gesenkt, die Augen nach oben. »Bitteeeee.«

Tyler sah auf die Uhr. Was für eine Rolle spielte es schon? Er blickte sich in dem winzigen Wohnzimmer um, zwei schäbige Sofas, abgewetzte Teppichfliesen, ein Radiator in der Ecke. Der einzige teure Gegenstand war der Sony LCD Breitbildfernseher, den er aus einer Villa an der Cluny Gardens mitgenommen hatte, die an den Blackford Pond angrenzte. Normalerweise ließen sie die Finger von Fernsehern, denn die waren echt scheiße zu transportieren, doch er wollte ihn für Bean.

»Aber nur ganz kurz«, sagte er.

Sie lächelte und umarmte ihn.

»Ich mein's ernst«, sagte er. »Ich muss noch mal weg. Barry kommt gleich vorbei.«

Bean runzelte die Stirn und Tyler bedauerte, seinen Halbbruder erwähnt zu haben. Er streckte die Hand aus und sie ergriff sie, wobei sich ihre Hand feucht anfühlte, als er mit ihr den Flur hinunterging.

Er nahm die Schlüssel aus einer Holzkiste, die neben der Haustür als Tisch diente. Er nahm die Hakenstange, die er aus einer Gardinenleiste improvisiert hatte, und eine Decke, die auf dem Boden lag. Bean trug ihren Pyjama und darüber den Onesie, und da oben würde es kalt sein, jeder Windhauch verwandelte sich in dieser Höhe in einen Sturm. Er fegte von der Liberton Brae herunter, übers Krankenhaus und die Ebene hinter Craigmillar Castle, und seitdem die meisten anderen Betonsilos abgerissen worden waren, bekam ihr Hochhaus das meiste ab.

Er verriegelte die Wohnungstür und ging den Korridor hinunter, fort vom Fahrstuhl und der anderen Wohnung, in der Barry und Kelly lebten. Barry hatte eine syrische Familie so lange unter Druck gesetzt, bis sie vor einigen Monaten ausgezogen waren, und jetzt hatten die Wallaces die ganze Etage für sich, als wär's ein billiges Penthouse.

Tyler öffnete mit dem Haken die Falltür aufs Dach und zog die Aluminiumleiter herunter. Mit der Decke über der Schulter und den Schlüsseln in der Hand stieg er hinauf und öffnete das Vorhängeschloss an der Stahltür am oberen Ende. Es war eine Wartungstür, aber er hatte schon vor Jahren das ursprüngliche Schloss aufgebrochen und es durch sein eigenes ersetzt, die Typen von der Hausverwaltung kamen ohnehin nie hier herauf.

Er sah zu Bean hinunter. »Komm rauf, aber schön beide Hände benutzen.«

Sie legte Panda auf den Boden und kletterte die Leiter hinauf. Die letzten paar Stufen half er ihr, dann drückte er die schwere Tür auf und spürte sofort die kalte Luft auf dem Gesicht. Er aktivierte die Taschenlampe seines Smartphones und sie überquerten die schuppige Teerpappe auf dem Dach zur Westseite, wo zwei zusammengelegte Gartenstühle standen. Einen davon klappte er auf und setzte sich, und Bean stieg auf seinen Schoß, während er die Decke über ihnen ausbreitete. Er schaltete die Taschenlampe aus und die Dunkelheit verschluckte sie.

Sie befanden sich im fünfzehnten Stock oben auf dem Greendykes House. Ihnen gegenüber stand das identische Wauchope House – es waren die letzten beiden noch verbliebenen Hochhäuser der Gegend. Umgeben waren sie von Brachland und einer riesigen Baustelle, wo Barratt Developments das neue Viertel

Greenacres aus dem Boden stampfte, Hunderte von Wohnungen und Einfamilienhäusern. Das stand zumindest auf dem großen Schild mit der glücklichen, lächelnden Familie darauf. Vorerst waren es nur Bagger und Abraum, eingefasst von Stacheldraht und überwacht von einem privaten Sicherheitsdienst. Vermutlich für den Fall, dass irgendwer Bock hatte, einen Bagger oder ein paar Kabel oder Rohre zu klauen. Tyler dachte über die logistischen Probleme nach, etwas so Großes zu stehlen, er selbst war ja kleinere Gegenstände gewohnt.

Er überlegte, wie es wohl sein würde, Hunderte neuer Nachbarn zu haben, wenn Greenacres erst mal fertig war. Schlimmer als das Dreckloch, das es vorher gewesen war, konnte es nicht werden, ausgebrannte Häuser und baufällige Läden, Drogenhöhlen und Gang-Treffs. Auf den Straßen wurden Rennen mit kurzgeschlossenen Autos und getunten Scramblern gefahren.

Hinter dem in Flutlicht getauchten und eingezäunten Areal lag mehr Brachland, Gestrüpp, dichtes Gras und rissiger Beton, bis man schließlich das futuristisch wirkende Gelände des Krankenhauses von Little France erreichte. Grasbüschel und Gruppen von Hecken und Sträuchern zogen sich bergan bis Craigmillar Castle, dessen schroffe Turmruinen am oberen Ende des Hangs über die Bäume hinausragten. Die Schulen von Tyler und Bean lagen verborgen hinter den Bäumen, eingezäunt und von Videokameras überwacht.

Die Fläche zwischen hier und da war eine einzige große illegale Mülldeponie, ein Wirrwarr von Gummirohren, feuchten Matratzen, ein paar Autotüren, einer zertrümmerten Windschutzscheibe, Bergen von Müllsäcken, prall gefüllt mit weiß Gott was, und zerbrochenen Zaunfragmenten, die irgendwann mal irgendwen von irgendwo hatten fernhalten sollen. Das alles sah er im Licht der Scheinwerfer des Baugeländes. Er sah kurz zum Wauchope House hinüber, dem Zwilling des Hochhauses, auf dem sie sich befanden. Er würde nie verstehen, warum diese beiden letzten Dinosaurier nicht mit dem Rest abgerissen worden waren. Warum sie nicht einfach ganz Niddrie, Craigmillar und Greendykes mit einer Flächenbombardierung überzogen hatten und fertig. Hinter Wauchope erstreckten sich neue Häuser, billig und bunt zusammengewürfelt, aber immer noch besser als das, was sie ersetzten. Hinter Greendykes House folgte Hunter Park und dann weitere Neubaugebiete, alles ursprünglich Erschließungsflächen für Gewerbe, die nun für Pendler benötigt wurden.

»Erzähl's mir noch mal«, sagte Bean und kuschelte sich an ihn. Eine Strähne ihres dunklen Pferdeschwanzes hatte sich gelöst. Er hatte sie früher am Abend in die Wanne gesteckt, und nun duftete sie nach Erdbeer-Shampoo.

»Es war eine dunkle, stürmische Nacht«, sagte er mit dramatischer Stimme.

Bean kicherte, als er ihre Rippen kitzelte.

»Eine schicksalsschwere Nacht«, sagte er, »als die größte Superheldin der Welt, Bean Girl, geboren wurde, eine Macht des Guten, um die finsteren, bösen Mächte von Niddrieville zu bekämpfen.«

»Weiter«, sagte Bean.

»Angela war eine ganz normale Frau aus einer ganz normalen Familie, als sie von Außerirdischen besucht wurde, die ihr sagten, sie werde eine wunderschöne kleine Tochter mit ganz besonderen Kräften zur Welt bringen, ein Mädchen, das fliegen könne, das hohe Gebäude zertrümmern und über Berge springen könne, das aus seinen Augen Laserstrahlen verschießen könne.«

Bean starrte zu dem Krankenhaus in der Ferne, machte zuerst große Augen und dann süße kleine Laserfeuer-Geräusche, *pfiu-pfiuu, pfiu-pfiuu*.

Tyler redete weiter, dachte sich Sachen aus, wie es ihm in den Kopf kam, verlieh Bean Girl ungeheure Kräfte, ließ sie über das

Böse triumphieren. Die Wahrheit über ihre Geburt war weniger beeindruckend. Angelas Fruchtblase war geplatzt, als sie mit Heroin und Wodka zugedröhnt flachlag. Barry und Kelly waren nicht da gewesen und gingen auch nicht an ihre Handys, also hatte der zehnjährige Tyler versuchen müssen, Angela wieder einigermaßen nüchtern zu bekommen, bevor er sich auf den Weg zum Krankenhaus machte, damit sie ihr das Baby nicht gleich wegnahmen, wenn es kam. Er rief einen Rettungswagen, aber es hatte in der Gegend eine Serie von Überfällen gegeben, weswegen man sich weigerte rauszukommen. Geld für ein Taxi war nicht da, also marschierten sie über die Felder, ziemlich langsam wegen der Dunkelheit, und meldeten sich ohne Papiere in der Entbindungsstation. Zwei Stunden später wurde Bethany geboren, viereinhalb Pfund schwer, sechs Wochen zu früh, zweifellos wegen Alk und Drogen. Tyler war der Erste, der sie auf dem Arm hielt, seine Mutter völlig weggetreten im Tiefschlaf. Sowohl er als auch Bean waren klein für ihr Alter, etwas, das sie gemeinsam hatten. Eine Verbundenheit, stärker als alles, was sie für Angela empfanden.

Er spürte, wie Bean auf seinem Schoß erschlaffte, ihre Arme schwer wurden, als die Müdigkeit sie überrollte. Er starrte zum Krankenhaus hinüber, in dem sie geboren worden war und das in der Nacht an ein leuchtendes Raumschiff erinnerte.

Er hörte Schritte auf der Leiter hinter sich, dann das Geklapper der sich öffnenden Stahltür.

»Dachte mir schon, dass ich euch Mädels hier finde.«

Barry kam mit großen Schritten näher und zeichnete sich als Silhouette vor dem Hintergrund der beleuchteten Baustelle unten ab. Tyler konnte sein Gesicht nicht ausmachen, nur seine muskelbepackte Statur, die Positur des knallharten Kerls, die geballten Fäuste. Er war ein schwarzes Loch, das Gegenteil von Licht.

»Sie sollte im Bett sein«, sagte er.

»Als ob's dich kümmert.«

Barry machte einen Schritt vorwärts, und Tyler spürte, wie Bean in seinen Armen zusammenzuckte.

Barry starrte sie einen Moment lang an, dann wandte er sich wieder an Tyler.

»Komm jetzt, Arschloch«, sagte er. »Auf uns wartet Arbeit.«

2

Es dauerte gerade mal zehn Minuten hinterm Steuer, um aus dem härtesten sozialen Brennpunkt Edinburghs zu den Wohnsitzen der Millionäre zu gelangen. Von Niddrie kurvten sie auf der Hauptstraße durch Craigmillar, vorbei an Peffermill und der Keksfabrik, der Geruch von geröstetem Hafer drang zu Tyler auf dem Rücksitz des Wagens. Um Cameron Toll herum, und schon waren sie in der wohlhabenden Southside. Er fragte sich, ob die Leute hier überhaupt wussten, dass es Niddrie und Greendykes gab. Edinburgh war so klein, dass alle dicht aufeinanderhingen, Investmentbanker direkt um die Ecke von Familien wie den Wallaces. Die meisten dieser Menschen waren völlig ahnungslos, dass sie ständig belauert und ins Visier genommen wurden. Das hier war ihr Revier, von Mayfield über Newington und Marchmont runter nach The Grange, Morningside und Merchiston. Von Zeit zu Zeit wagten sie sich ein wenig weiter vor, bis nach New Town und Stockbridge. Das verschaffte ihnen etwas Luft, wenn es mal sehr eng für sie geworden war. Manchmal war's einfach vernünftig, die Southside eine Weile in Ruhe zu lassen, den Hausbesitzern Zeit zu geben, wieder locker zu werden und sich zu entspannen.

Sie bogen in die Mayfield Road ein, dann links auf die Relugas, weiter auf die kleineren Straßen. Sie hielten sich von den Hauptstraßen fern und blieben in den Wohngebieten, weniger Durchgangsverkehr und eine höhere Wahrscheinlichkeit, unbemerkt zu bleiben.

Barry fuhr, im Radio lief auf Forth One eine endlose Abfolge langweiliger Popsongs. Tylers Halbschwester Kelly hatte die Bedienungsanleitung des Wagens aus dem Handschuhfach genommen und sich auf die Knie gelegt, bereitete jetzt darauf Koks-Lines vor. Sie befanden sich in Barrys metallicgrauem Škoda Octavia, den sie vor einem Jahr vor einem Haus in Sciennes geklaut hatten, als sie die Schlüssel in einer Schale neben der Haustür fanden. Barrys Kumpel Wee Sam hatte der Karre in seiner Werkstatt neue Nummernschilder verpasst. Ein Octavia war perfekt, ein völlig neutrales Auto, weder protzig noch piefig, und heutzutage war jedes zweite Auto auf der Straße grau.

Tyler beobachtete Kelly. Sie war zwanzig, sah aber älter aus, war groß und üppig, hatte wasserstoffblonde Haare. Breite Nase, breite Hüften, breite Schultern – alles an ihr war breit. Ihre hellen Haare spielten bei dem Job keine Rolle, denn sie hatten wegen möglicher Videoüberwachung ohnehin immer Kapuzen auf. Wie Tyler und Barry trug auch sie einen Allerwelts-Hoodie und Jogginghose, das Beste, was Primark zu bieten hatte, ohne irgendwelche Logos oder Muster.

Jetzt waren sie auf der Lauder Road. Hier standen ein paar riesige Häuser, aber die Straße war breit und bot kaum Deckung. Barry bremste ab, aber auch nicht zu sehr, er wollte nicht auffallen. In der ganzen Stadt durfte man heute nicht mehr schneller als dreißig Stundenkilometer fahren, was ihnen entgegenkam, ihnen erlaubte, langsam zu fahren und die Gegend auszukundschaften, ohne verdächtig zu wirken.

Kelly zog sich eine breite Line Koks rein, reichte den Stoff dann Barry, hielt ihm den zusammengerollten Schein, damit er die Hände nicht vom Steuer nehmen musste. Er behielt den Blick auf der Straße und sniffte, schüttelte den Kopf, bewegte den Unterkiefer hin und her.

Kelly streckte eine Hand aus und legte einen Finger unter seine Nase, wischte ein paar Kristalle weg, die dort klebten. Sie hielt Barry den Finger hin, der sich vorbeugte, ihn ablutschte und dann breit grinste.

Tyler sah aus dem Fenster, suchte nach Häusern ohne Alarmanlagen und Licht, wie man es ihm beigebracht hatte. Vorzugsweise frei stehende Einfamilienhäuser für den Fall, dass Nachbarn etwas hörten, aber es war schon erstaunlich, wie selten das passierte. Menschen wollen nichts mit den Angelegenheiten anderer Leute zu tun haben, ganz besonders nicht, wenn sie bei diesen Angelegenheiten verletzt werden könnten.

»Was für Scheißbuden sind das hier?«, schimpfte Barry, aufgedreht von dem Stoff. Sie boten Tyler nie etwas an, weil sie alles für sich allein wollten, aber auch, weil sie seine Einstellung dazu kannten. Er sah ja jeden Tag, was Drogen mit ihrer Mum machten.

Sie bogen rechts auf die schmalere Dalrymple Crescent ein. Hier gab es durchaus einige Kandidaten. Es waren keine Schulferien, in dieser Zeit hatten sie am meisten zu tun, wenn die Häuser wochenlang leer standen. Aber reiche Leute hatten gesellschaftliche Verpflichtungen, sie gingen abends zum Essen aus oder auf eine Party, ins Theater oder ins Kino. Es dauerte nicht lange, diese Sache, rein und raus in wenigen Minuten.

Tyler fand es scheiße, dass er das alles wusste. Er wollte nicht hier sein, aber er hatte keine Wahl. Barry und Kelly brauchten jemanden, der klein genug war, um sich durch Klappfenster und Oberlichter zu zwängen, falls die Türen mit Riegeln gesichert waren. Er konnte das machen, und er konnte nicht Nein sagen. Barry redete schon davon, in Zukunft an seiner Stelle Bean mitzunehmen, aber das konnte Tyler nicht zulassen.

Barry erreichte das Ende der Straße und bog rechts auf den Findhorn Place ein, dann runter bis an dessen Ende und wieder rechts. Sie fuhren einmal um den Block, während sich Kelly eine weitere Line reinzog, dann Barry ebenfalls. Zurück in die Dalrymple Crescent. Barry hatte ein Haus ausgemacht. Tyler ebenfalls, nur hatte er es nicht erwähnt. Als sie das zweite Mal vorbeifuhren, sah er es sich genauer an. Doppelhaushälfte, auf keiner Seite Licht, niedriger Zaun zur Straße. Keine Alarmanlage, keine Sicherheitsbeleuchtung oder Videokameras, eine Handvoll großer Bäume davor boten ausreichend Deckung und ließen einen anständigen Schuppen voller Gartengeräte vermuten.

Es war perfekt.

Sie fuhren ein weiteres Mal um den Block, wobei Tyler ein Vibrieren im Bauch, ein Flattern in der Brust verspürte. Er dachte an Bean, die jetzt zu Hause in ihrem Bett lag, an Panda gekuschelt, die Nachttischlampe an. Er dachte an seine Mum, die weggetreten in ihrem Schlafzimmer lag, und hoffte, dass Bean nicht aus einem schlechten Traum aufwachte, so wie es in letzter Zeit öfter vorgekommen war.

Sie rollten ein letztes Mal an 13 Dalrymple Crescent vorbei.

»Das da«, sagte Barry und hielt dann etwa dreißig Meter weiter an.

3

Der Trick war Selbstvertrauen. Man kommt mit allem durch, solange man sich so verhält, als wüsste man genau, was man tut. So
machten es die Oberschicht, die Politiker, Armeeoffiziere, Oxbridge-
Typen in den Vorständen von Banken und Unternehmen – be-
nimm dich einfach, als würde dir die Welt gehören, und alle spielen mit. Tyler hatte von einer Masche gehört, die zwei Typen aus
der Schule auf einem Stück Brachland zwischen Mietshäusern an
der King Stables Road abzogen. Sie stahlen Warnwesten und kas-
sierten einen Fünfer für einmal parken. Die machten das im Som-
mer über Wochen, mitten im Zentrum von Edinburgh, und sack-
ten so Tausende ein. Wurden nie erwischt.

Barry und Kelly waren bereits auf dem Weg. Tyler ließ den
Kopf kreisen und versuchte, hinter ihnen ganz locker zu bleiben.
Barry ging schnurstracks zur Haustür und klingelte. Sie waren
ziemlich sicher, dass niemand zu Hause war, aber nur für alle
Fälle. Einmal hatten sie das so gemacht, niemand hatte reagiert,
dann waren sie hinters Haus gegangen. Sahen ein Pärchen mittleren Alters voll bei der Sache, die vögelten sich auf dem Küchenboden das Hirn weg.

Barry sah durch keines der zur Straße hin liegenden Fenster ins
Haus, viel zu verdächtig. Stattdessen ging er um die Seite des Hau-
ses voran, den dunklen Durchgang hinunter, vorbei an Wertstoff-
tonnen und weiter in den Garten. Versuchte es an der hinteren
Tür, abgeschlossen. Genauso die Fenster. Ein kurzer Blick unter
Blumentöpfe und Abfalleimer nach einem Ersatzschlüssel. Nichts.

Sie konzentrierten sich auf den Garten, gingen zu dem Schuppen am hinteren Ende. Barry zuckte beim Gehen, Kelly wischte

sich die Nase am Ärmel ab. Tyler sah sich um. Gepflegter Rasen, Kirsch- und Wildapfelbäume vor der Wand links, die sie vor den Fenstern im Obergeschoss des Nachbarhauses abschirmten. Perfekt. Auf der anderen Seite Rosenbeete vor einer gut eins achtzig hohen Steinmauer, oben drauf einzementierte Glasscherben. Wozu sollte das gut sein, wenn man doch einfach von vorne herumkommen konnte? Die Leute dachten nie wirklich über Sicherheit nach.

Der Schuppen war mit einem kleinen Vorhängeschloss gesichert, aber das Holz war alt. Barry hob den Fuß und trat zu, und schon löste sich die Metallplatte vom darunterliegenden Brett. Ein weiterer Tritt und es zersplitterte, die Tür schwang nach außen auf.

Barry streifte Lederhandschuhe über und betrat den Schuppen, dann gab er Tyler ein Zeichen, die Tür hinter ihm zu schließen. Tyler zog ebenfalls Handschuhe an und sah Licht von Barrys Taschenlampe durch die Ritzen zwischen den Holzplatten fallen. Eine Minute später kam Barry wieder raus, eine Gartenschere mit langen Teleskopgriffen in der Hand. Jeder hatte sie, um Bäume zu beschneiden, geradezu perfekt, um eine Hintertür aufzubrechen.

Barry drängte sich an Kelly vorbei zur Rückseite des Hauses. Verkeilte die Klinge der Schere auf Höhe des Schlosses zwischen Tür und Rahmen. Er hebelte das Ding vor und zurück, verbog den Beschlag aus Hart-PVC um das Schloss, öffnete einen Spalt. Das machte er mehrere Male, die Tür knarrte jedes Mal laut.

Tyler hörte etwas und sah sich um. Legte eine Hand auf Barrys Arm. Barry zuckte zusammen und hätte ihn fast geschlagen. Tyler zog an seinem Ohrläppchen und alle drei lauschten. Geräusche eines Autos in der Ferne, das Rascheln des Windes in den Kirschblüten. Dann ein Fauchen.

Tyler drehte sich zu dem Geräusch um. Eine schwarze Katze oben auf der Mauer zwischen diesem Garten und dem Nachbargrundstück starrte zu ihnen herunter. Sie hatte vier weiße Pfoten, als wäre sie in Farbe getreten, und die leuchteten jetzt in der Dunkelheit. Bedeuteten schwarze Katzen nicht Glück? Tyler streckte eine Hand aus und gab lockende Laute von sich, aber Kelly machte einen Schritt auf das Tier zu und holte aus, sodass es in den anderen Garten hinuntersprang.

Barry zog die Gartenschere aus dem Türspalt und reichte sie Tyler, dann warf er sich mit der Schulter gegen die Tür. Sie wackelte, gab aber nicht nach. Und noch mal, mit dem gleichen Ergebnis. Barry stieß einen leisen, missbilligenden Laut aus und versuchte es wieder. Die Tür bog sich in der Mitte durch, allerdings nur ein wenig. Ein solides Schließsystem, höchstwahrscheinlich mit fünf Riegeln oben und unten an der Tür. Wahrscheinlich zusätzlich ein Sicherheitsbügel. Da würde nichts nachgeben. Moderne Türen wie diese wurden immer öfter eingebaut, aber in dieser Gegend fand man gelegentlich noch die alten aus Plastik mit einem einzelnen Riegelbolzen oder sogar die Originalholztüren, die man fast schon mit kräftigem Pusten aufbekam.

Barry drehte sich zum Küchenfenster. Eine große Scheibe mit zwei klappbaren Oberlichtern. Er nahm Tyler die Gartenschere ab und stieß sie auf den Punkt unterhalb des Fensterschlosses. Drückte fest zu und knackte es gleich beim ersten Versuch. Kein Mensch machte sich die Mühe, Oberlichter zu verstärken, sie waren stets ein Schwachpunkt. Meistens waren sie nicht mal abgeschlossen.

Barry ließ die Gartenschere fallen, als Kelly eine schwarze Mülltonne herüberhob, dabei darauf achtete, sie nicht zu ziehen und so ein Geräusch zu machen. Barry half Tyler auf die Tonne hinauf, hielt sie dann mit beiden Händen fest. Tyler schob das kleine Fenster so weit wie möglich auf, dann umklammerte er den Rahmen und zog sich kopfüber durch die Öffnung. Er hatte es halb geschafft, balancierte mit einer Hälfte bereits in der Küche, war mit der anderen noch draußen. Kelly hob die Hände, gab den Sohlen seiner Turnschuhe einen Schubs, und er rutschte weiter durch, die Arme nach vorn ausgestreckt. Er war dünn, steckte jedoch mit der Hüfte im Fensterrahmen fest. Kelly gab ihm noch einen Schubs. Er befand sich über der Spüle, die Hände über der Abtropffläche, und er zappelte in seiner Jeans gegen den Rahmen des offenen Fensters, zwängte eine Hälfte der Hüfte zur einen, die andere zur anderen Seite. Er rutschte die letzten Zentimeter, stützte sich mit den Händen auf der Abtropffläche ab, schraubte die Beine seitlich durch die Öffnung und ließ sich auf Händen und Knien neben die Spüle fallen.

So verharrte er einen Moment, vergewisserte sich, dass er sich nicht verletzt hatte, lauschte auf Geräusche aus dem Inneren des Hauses. Er hatte so etwas schon zigmal gemacht, aber das Herz schlug ihm immer noch bis zum Hals, der Puls wie eine Botschaft in den Ohren. Er ließ sich auf den Hintern nieder, sprang dann auf den Fußboden. Er war schlank und geschmeidig, wünschte sich aber dennoch, den Körper einer Katze zu haben, sich so anmutig und elegant in der Welt bewegen zu können. Er sah sich um. Marmorarbeitsflächen, Kochfeld und Ofen aus gebürstetem Chrom, eine lange Frühstückstheke aus Eiche. Die hatten ihr Geld lieber für so etwas ausgegeben, nicht für Sicherheit.

Er ging zur Hintertür. Manchmal ließen sie den Schlüssel im Schloss stecken, diesmal jedoch nicht. Er sah sich kurz um, entdeckte einen Ersatzschlüssel auf einem Regal neben mehreren gebundenen Kochbüchern mit Gesichtern, die er aus dem Fernsehen wiedererkannte.

Er steckte den Schlüssel ins Schloss. Es war schwergängig wegen der Beschädigungen, die Barry durch seine Versuche auf der Außenseite hinterlassen hatte, ließ sich dann aber doch drehen.

Er öffnete die Tür.

»Gute Arbeit«, sagte Barry und kam herein, Kelly ihm dicht auf den Fersen.

Er sah Tyler fragend an und hob dann den Kopf, was bedeutete: du oben.

»Das Übliche«, sagte er.

Tyler sprintete nach oben. Es war gut, von den beiden anderen wegzukommen. Er machte eine schnelle Runde durch sämtliche Räume, drei Schlafzimmer, ein Bad und ein Arbeitszimmer. Keiner zu Hause. Immer am besten zuerst nachsehen, man konnte ja nie wissen, ob nicht vielleicht einer zeitig zu Bett gegangen war, irgendwas genommen hatte, vom Klingeln an der Haustür nicht aufgewacht war.

Alles wirkte irgendwie altmodisch, ein Rentnerehepaar vielleicht, die Kinder waren erwachsen und aus dem Haus. Ziemlich normal, nicht viele jüngere Leute konnten sich Häuser wie das hier leisten.

Tyler blieb einen Moment im Flur stehen, konzentrierte sich, nahm die Atmosphäre auf, stellte sich die Menschen vor, welches Leben sie hier führen mochten. Wie's wohl war, sie zu sein? Hatten das ganze Leben in einer Bank oder einem Büro gearbeitet, die Kids jetzt auf der Uni, viel Zeit, den Garten zu genießen.

Im Elternschlafzimmer öffnete er den Wäscheschrank, zog ein paar Kopfkissenbezüge heraus. Es gab eine Frisierkommode mit Spiegel, mehreren Schmuckkästen und einzelnen Schmuckstücken. Er wischte alles in einen Kissenbezug. Öffnete die Schubladen, fand mehr Schmuck, größtenteils Modeschmuck, aber auch ein paar nette Stücke aus Silber und Gold. Im Laufe eines Lebens konnte man ganz schön viel Kram ansammeln.

Er warf einen kurzen Blick in eine weitere Kommode, nur falls irgendwelche Wertsachen zwischen Unterwäsche und Socken versteckt waren, fand jedoch nichts. Er sah in den Nachttischen nach. Schottische Kriminalromane auf ihrer Seite, Bücher über Militärgeschichte auf seiner. Ein halb leeres Päckchen Viagra in seiner Schublade.

Als Nächstes das Arbeitszimmer. Regale mit gebundenen Büchern, hauptsächlich Klassiker. Ein Laptop und ein iPad auf dem massiven Schreibtisch. Beides wanderte in den Kopfkissenbezug. Sah in den Schreibtischschubladen nach, nahm Netzteile und Ladekabel heraus, wickelte sie zusammen. Er sah sich um. Eine Flasche mit teurem Whisky, zwei Kristallgläser, ein Wasserkrug. Ein alter Plattenspieler und mehrere Borde mit Vinyl, Klassik und Jazz. Nichts Tragbares.

Im Bad nahm er zwei Flaschen aus dem Schrank, Temazepam und Morphin. Barry würde das haben wollen. Er betrachtete die Toilettenartikel und überlegte, ob sie zu Hause irgendwas brauchten. Warf Zahncreme und Duschgel in den Kissenbezug.

Die beiden anderen Schlafzimmer waren praktisch leer. Tyler hatte recht gehabt, die erwachsenen Kinder waren ausgezogen. Im hinteren Zimmer fand er eine alte Nintendo DS und Spiele, sackte alles ein. Er erspähte das Ladegerät und nahm es ebenfalls mit. Manchmal gab es PlayStations oder Xboxes, aber nichts davon hier. In dem anderen Zimmer fand er eine alte Polaroidkamera mit zwei Päckchen unbenutzter Filme. Das konnte er nicht verkaufen, aber er nahm trotzdem alles mit. Vielleicht würde Bean Spaß daran haben.

Er war fertig und wenige Minuten später wieder unten.

Als er ins Wohnzimmer kam, hatte Barry seinen Schwanz draußen und pisste aufs Sofa. Kelly sah zu und lächelte.

»Scheiße, Mann«, sagte Tyler.

Es war nicht das erste Mal. In letzter Zeit legte Barry immer noch eins drauf.

»Was Gutes gefunden?«, fragte Barry und zog den Reißverschluss hoch.

Der Pissegestank stach Tyler in die Nase. Er starrte Barry einen langen Augenblick an, bevor er antwortete. »Laptop und iPad, Kettchen und Ringe.«

Barry hatte einen DVD-Player, noch einen Laptop und noch anderes Zeug in einer Einkaufstasche. Kelly wedelte mit ein paar Scheinen, die sie in einer Schublade gefunden hatte, und mit teuren Kopfhörern.

Tyler sah sich um. Noch mehr Bücherregale. Richtige Leseratten. An der Wand mehrere Originalgemälde, abstraktes Zeug, pastellfarbene Formen, die keinen Sinn ergaben. Dunkle Ledersofas, Bilder der Kids auf dem Kaminsims, ein phrenologischer Kopf. Stilvolle Menschen mit einem unauffälligen Leben. Er fragte sich, wie sie das wohl aufnehmen würden.

»Kommt«, sagte Barry.

Sie gingen zurück in die Küche.

Barry blieb vor einer Schüssel in der Mitte der Frühstücksbar stehen und wühlte darin herum. Etwas Kleingeld, Golfbälle, ein Taschenrechner, fleckige Korken aus Weinflaschen.

»Scheiße, keine Autoschlüssel.«

Barry sah sich in der Küche um, und Tyler folgte seinem Blick. Ein Satz schicker Messer in einem Holzblock, hängende Kupfertöpfe, eine riesige Kühlgefrierkombination. Er überlegte, was sie zu essen zu Hause hatten.

Barry nahm eines der Messer aus dem Block und ließ es mit einem erschütternden Scheppern auf den Boden fallen. Eine Warnung an die Hausbesitzer. Er ging durch die Hintertür hinaus. Kelly lächelte Tyler an und folgte ihm. Tyler sah sich ein letztes Mal um und verließ das Haus.

4

Barry und Kelly laberten vorne, waren noch ganz aufgedreht nach dem Bruch. Sie quatschten wild durcheinander, während aus dem Radio Rihannas letzter Hit pulsierte. Barry fuhr gut fünfzig, seine vorherige Vorsicht verdunstet. Auch Tyler hatte einen Adrenalinschub, aber es fühlte sich an wie ein Betrug. Er schämte sich für das, was er getan hatte, aber die Endorphine jagten durch seinen Kreislauf und vermittelten ihm ein Gefühl, als hätte er etwas erreicht, so ähnlich wie bei einem Höhlenmenschen, der um Haaresbreite den Fängen eines Säbelzahntigers entkommen war. Das hatte er in der Schule im Bio-Unterricht gelernt, die Kampf-oder-Flucht-Reaktion, aber den körperlichen Grund zu kennen, machte es auch nicht leichter, es zu akzeptieren.

Sie fuhren Richtung Norden durch Newington, dann links nach Sciennes und Marchmont. Hier war nicht viel zu holen, zu viele Studentenwohnungen, die Uni direkt hinter dem Meadows-Park. Außerdem waren viel zu viele Leute auf den Straßen unterwegs, Studenten auf dem Heimweg von den Pubs und Clubs der Old Town. Barry manövrierte sich durch Whitehouse und fuhr am Rand von The Grange nach Morningside. Es war der berühmte noble Teil der Stadt, wo das ganze alte Geld wohnte, im Gegensatz zu den neureichen Hedgefonds-Typen von New Town.

Barry war nach dem ersten Bruch und dem Koks viel zu high, um sich auf die Häuser zu konzentrieren, an denen sie vorbeifuhren. Tyler bemerkte zwei Kandidaten, die Barry übersah, doch er sagte nichts. Es war der Glücksabend der Besitzer. Kelly bekam selbst in den besten Zeiten kein gutes Objekt mit. Blöd wie Scheiße in 'ner Flasche, sagte Barry, selbst wenn sie dabei war, als wär's ein Kompliment. Sie lächelte nur und streichelte seinen Arm, als hätte sie eine Gehirnwäsche hinter sich. Wie aufs Stichwort lachte sie über irgendwas, das Barry sagte, schnippte mit vom Koks leuchtenden Augen ihre Haare von der Schulter.

Sie erreichten Craiglockhart, fuhren weiter nördlich nach Merchiston, standen dann ewig vor der Ampel an der Holy Corner, während im Radio die neue Single von Lorde lief. Tyler mochte sie, sie hatte was Interessantes, nicht wie die andere Scheiße, die sonst so auf Forth gespielt wurde. Er stand ganz allgemein nicht sonderlich auf die Charts, hörte lieber Electronica und Chill-out. Er fand mal was auf Spotify, versuchte es mit Playlists zur Meditation, suchte etwas, das ihm half, geistig zur Ruhe zu kommen. Jetzt hätte er gern seine Ohrhörer reingeschoben, sein eigenes Zeug von seinem Telefon gehört, aber Barry riss sie ihm immer vom Kopf, wenn er das bei einem Job versuchte. Sich stets seiner Umgebung bewusst zu sein, sagte Barry, das wär entscheidend. Wie das zu einem vollgekoksten Hirn und einer niemals geschlossenen Klappe passen sollte, wusste allein der Teufel.

Die Wartezeit an der Kreuzung schien die zwei vorne runterzubringen. Sie fuhren rüber nach Churchill, die Chamberlain Road entlang und dann rechts auf die Greenhill Gardens. Zu ungeschützt, zu viel los, selbst um diese späte Uhrzeit. Zweimal links, und sie waren auf der Greenhill Place, Reihenhäuser auf der einen Seite, größere, frei stehende Häuser rechts. Sie fuhren bis ans Ende der Straße, bogen rechts ab, fuhren einmal um den Block. Ein Bestattungsunternehmen an einer Ecke. Tyler stellte sich vor, was sie dort wohl finden mochten. Aber Firmen waren immer besser gesichert, hatten Alarmanlagen mit direktem Draht zur Polizei, Videoüberwachung, das Geld in einem verschlossenen Safe.

Barry bog rechts in die St. Margaret's Road ein und fuhr langsamer. Tyler entdeckte es, bevor er etwas von Barry wahrnahm. Ein frei stehendes Herrenhaus im viktorianischen Stil, Erkerfenster, gepflegte Hecke und eine schmale Kieszufahrt. Efeu zog sich über die Wand um die Haustür. Dunkel, kein Auto, weder in der Einfahrt noch auf der Straße, kein Hinweis auf eine Alarmanlage. Die Fenster nach vorne hinaus sahen wie alte Sprossenschiebefenster aus, auf der Rückseite wahrscheinlich genauso.

Barry fuhr einmal um den Block, um sicherzugehen, gab dabei leise, schnurrende Laute von sich. Kelly packte das Koks aus, bereitete auf ihrem Schoß ein paar weitere Lines vor. Barry verlangsamte das Tempo, als sie erneut in die St. Margaret's Road einbogen, und nahm Hausnummer vier wieder in Augenschein, dann hielt er zwischen Straßenlaternen und unter einer überhängenden Kastanie an. Die zwei zogen sich vorn eine Line rein, Barry machte ein gurgelndes Geräusch, Kelly schniefte kehlig. Beide waren zugedröhnt, wo sie eigentlich hellwach sein müssten.

»Schwingt die Hufe«, sagte Barry und stieg aus dem Wagen.

• • •

Reinzukommen war einfacher als das letzte Mal. Hinten war ein Wintergarten angebaut worden, der allerdings so alt war, dass der Sperrmechanismus nicht sonderlich viel taugte. Die Glasschiebetür ließ sich ohne großes Murren aus der Führungsschiene heben, was diesmal Tylers Affenkletterei überflüssig machte. Er wünschte, er könnte im Auto bleiben, aber so lief das nicht. Barry wollte, dass immer alle dabei waren. Tyler vermutete, dass er sich sicherer fühlte in dem Wissen, dass sein Bruder und seine Schwester mit ihm in der Scheiße steckten, falls mal ein Bruch total in die Hose ging.

Sie trennten sich wie zuvor, Tyler lief zwei Stufen auf einmal nehmend die Treppe hinauf, während Barry und Kelly sich von der Küche ausgehend vorarbeiteten, der eine ins Wohnzimmer, die andere Richtung Arbeitszimmer. Diese großen Häuser hatten so viel Platz, dass Tyler sich fragte, wie man sich daran gewöhnen konnte. Er stellte sich die Wohnung vor, die er sich mit Mum und Bean teilte. Wenigstens waren sie drei allein, nachdem Barry und Kelly die Wohnung nebenan übernommen hatten. Davor war es unerträglich gewesen, man latschte sich permanent gegenseitig auf die Füße. Und es war auch eine große Erleichterung, Bean aus dem Dunstkreis der beiden herauszubekommen. Sie war nicht sicher in ihrer Gegenwart.

In einem Schrank am Kopfende der Treppe fand er einen Kissenbezug, blieb einen Moment stehen und atmete tief durch. Schnupperte. Er fragte sich, ob man Reichtum riechen konnte. Vielleicht roch er ganz genau so, nach Sandelholz nämlich und Bohnerwachs. Überall Hartholzböden, ein teurer Läufer über die gesamte Länge des Flurs. Kein Teppich bedeutete mehr Knarren und Quietschen, aber das spielte keine Rolle, war tatsächlich sogar hilfreich. Falls die Besitzer zu Hause waren, war es schwerer für sie, sich an ihn anzuschleichen.

Elternschlafzimmer. Er ließ den Strahl der Taschenlampe seines Telefons durch den Raum wandern. Er sollte sich wirklich eine dieser Stirnlampen besorgen, die man sich um den Kopf schnallte, um beide Hände frei zu haben, solche wie Bergwanderer und Läufer sie benutzten. Er hatte es Barry schon mal vorgeschlagen, der aber darauf nur lachte und ihn als Schwuchtel beschimpfte.

Das breite Doppelbett hatte lila Laken, unendlich kitschig, passte so überhaupt nicht zum Rest des Hauses. Das Zimmer mit dem Erkerfenster war groß genug für zwei Spiegelkommoden in schlichtem skandinavischen Stil, eine für ihn, eine für sie. Tyler ging zuerst zur Kommode der Frau. Jede Menge Gold und Platin, Armreifen und Fußkettchen, Broschen und Ringe. Er wischte alles in den Kissenbezug, durchsuchte dann die Schubladen. Mehr davon. Diese Leute hier hatten echt kein Problem mit Geldausgeben.

Rüber auf die Seite des Mannes. Drei protzige Armbanduhren

obendrauf, die er einsteckte, mehr Ringe, schwer, wahrscheinlich aus massivem Gold. Auch hier mehr davon in den Schubladen. Wer brauchte denn sieben wertvolle Uhren? Manche Leute waren dumm, was Geld betraf. Wenn Tyler so viel Kohle hätte, würde er mit Bean in den Urlaub fahren, dahin wo die Sonne schien, an einen leeren Strand, wo in einer kleinen Hütte gebratene Hähnchen und eisgekühlte Getränke verkauft wurden. Raum und Zeit, das sollte man sich mit Geld kaufen, nicht Cartier und TAG Heuer.

In der untersten Schublade der Kommode lagen sechs brandneue, noch nicht ausgepackte iPhones. Tyler runzelte die Stirn, als er sie in den Kissenbezug legte. Ergab keinen Sinn. Entweder war dieser Kerl wahnsinnig reich oder er führte irgendwas im Schilde.

Er schaltete die Taschenlampe kurz aus und sah aus dem Fenster. Nur eine ruhige Straße im gedämpften gelben Licht der Laterne ein Stück weiter runter. Nirgends in diesem Block ein Schild mit Nachbarschaftswache drauf, aber das war ja sowieso meistens nur Bullshit. In einer Stadt wie Edinburgh, wo kein Mensch miteinander redete, war es schwer, unter Nachbarn ein ineinandergreifendes Sicherheitssystem zu organisieren. Noch schwerer in reichen Gegenden, wo viele Leute sowieso nur die halbe Zeit da waren.

Etwas erregte seine Aufmerksamkeit. Ein Fuchs trottete mit wippendem Kopf die Straße entlang, den Schwanz gerade, das Fell glänzend im gelben Licht. Er blieb stehen und schnupperte an einer Hecke, hob den Kopf, sah sich um, schien zu verharren und ihn direkt anzustarren. Konnten Füchse gut sehen? Konnte er Tyler hinter dem Fenster stehen sehen? Der Fuchs machte sich aus dem Staub, flitzte die Straße hinunter außer Sicht, und Tyler musste wieder an die Sache mit der Kampf-oder-Flucht-Reaktion denken.

Er drehte sich um und schaltete die Taschenlampe wieder ein. Auf dem Nachttisch lag ein iPad, eine Gucci-Lesebrille oben drauf. In den Kissenbezug damit. Er öffnete die oberste Schublade und fand eine silberne Geldklammer mit reichlich Zwanzigern. Himmel. Er blätterte sie durch, schätzte, dass es alles in allem fünfhundert Pfund sein könnten. Barry würde begeistert sein. Cash war so viel problemloser als das ganze Gefeilsche mit dem Hehler. Tyler streifte einen Handschuh ab, zog fünf Zwanziger aus der Klammer, faltete sie und schob sie unter den elastischen Bund seiner Unterhose. Einmal, nach einem Bruch vor ungefähr drei Monaten, hatte Barry von ihm verlangt, die Taschen auszuleeren. In dieser Nacht waren sie leer gewesen, aber die Drohung war eindeutig. Tyler warf die Scheinklammer in den Kissenbezug und erkundete den Rest des Zimmers. Er fand noch einige weitere Schmuckstücke, allerdings billigeres Zeug als das vorhin.

Wieder auf dem Flur konnte er Barry und Kelly unten hören, wie sie herumwühlten und schnüffelten, eine Schranktür wurde geöffnet und geschlossen, ein metallisches Scheppern. Die Geräusche eben, wenn das Leben von Leuten auf den Kopf gestellt wurde.

Im nächsten Zimmer zog er das große Los. Ein Teenager, ein Gamer, mit einer Xbox One und einer PlayStation 4, jede Menge Spiele, Controller und Headsets sowie weitere Add-ons. Er ging zu dem Schrank im Flur, zog einen Bettbezug heraus, dann zurück ins Zimmer und füllte das Ding. Er sah sich um. Ein Poster der Hibs, die Siegermannschaft des Turniers um den Pokal, auf der gegenüberliegenden Wand ein Foto von Kim Kardashian, die ihren Hintern vorstreckt. Neben dem Bett stapelweise Motorrad- und Autoillustrierte, über den Boden verteilt die Standardkollektion an Trainingshosen, Turnschuhen und Hoodies. Es hätte Tylers Zimmer sein können, wenn er in einer Luxusbude leben würde und Geld wie Heu hätte. Er suchte nach Hinweisen, was für ein Typ der Junge war, fand aber nichts. Mädchen hatten mehr von solchem Zeug als Jungs. Ihre Namen als Lichterkette über dem Bett, Ausdrucke von Selfies mit BFFs an Moodboards oder hinter Spiegel gesteckt, Namen auf Tagebüchern. Tyler fand's besser, wenn sie in Häuser mit Mädchenzimmern einbrachen, denn dann konnte er immer irgendeine Kleinigkeit als Geschenk für Bean mitgehen lassen. Außerdem war es beruhigender, sich in einem weiblichen Raum aufzuhalten, verglichen mit den Ballerspielen und Hotrods, dem Wrestling und Rugby in typischen Jungszimmern.

Er ging weiter zum nächsten Zimmer, doch das war nur ein Gästezimmer, einfach möbliert, ein Bett und ein Schreibtisch, nichts, was sich mitzunehmen lohnte. Er kniete sich hin und sah unter dem Bett nach. Nichts. Ihm fiel ein, dass er das im Elternschlafzimmer nicht getan hatte, also ging er noch mal zurück, hockte sich hin und leuchtete mit der Taschenlampe.

Er saß in der Hocke und starrte sehr lange hin.

Schließlich streckte er die Hand aus und zog es heraus. Er hatte noch nie zuvor eine abgesägte Schrotflinte gesehen. Er hatte schon oft und viel mit Luftgewehren geschossen, auf unbebauten Grundstücken in der Nähe von zu Hause auf leere Coke-Dosen gezielt, aber das hier war eine andere Liga. Er legte die Taschenlampe hin und hob das Gewehr mit beiden Händen hoch, spürte sein Gewicht. Auf der Unterseite des Laufs ließ sich ein beweglicher Teil vor- und zurückschieben. Eine Pumpgun. Er musste an *Call of Duty* denken.

Er wusste nicht, wie man nachsah, ob das Ding geladen war. Sein behandschuhter Finger glitt über den Abzug. Mit der Schrotflinte in der Hand stand er auf und betrachtete sich im Spiegel der Kommode. Richtete den Lauf der Flinte auf den Spiegel und schnitt eine Grimasse. Er schwang die Waffe herum, damit er sie im Profil sehen konnte, posierte wie ein Soldat, dann wieder zurück, hielt sie wie ein Scharfschütze, das Auge auf einer Linie mit dem Visier. Er kniete sich hin, wirbelte herum, stellte sich vor, wie

Barry durch die Schlafzimmertür hereinrauschte und eine Ladung voll ins Gesicht bekam.

Er hörte etwas. Von draußen. Räder auf Kies, ein Motor, der ausgeschaltet wurde. Das dumpfe Zuschlagen einer Wagentür, der Piepton einer Verriegelung.

Er huschte zum Fenster. In der Einfahrt stand ein Auto und er sah flüchtig, wie jemand zur Haustür ging, eine Frau in Leggings und Turnschuhen.

Scheiße.

Er spitzte die Ohren. Er konnte Barry und Kelly unten hören, die immer noch das Wohnzimmer ausräumten. Sie konnten das Auto nicht gehört haben.

Er sah sich im Spiegel. Immer noch mit der Schrotflinte in der Hand.

»Fuck.«

Er durchquerte hastig den Raum, warf die Waffe unters Bett, griff nach seinem Telefon und schaltete die Taschenlampe aus. Steckte es ein, schnappte sich den Bettbezug und das Kopfkissen, gefüllt mit Kram.

Er stand am Kopfende der Treppe, als er hörte, wie ein Schlüssel ins Schloss der Haustür eingeführt wurde. Die Tür öffnete sich, das Licht im Flur ging an.

Die Geräusche aus dem Wohnzimmer hörten auf.

Tyler stand am oberen Ende der Stufen. Da die Treppe einen Zwischenabsatz hatte, konnte er von seinem Standort aus die Haustür nicht sehen.

Sein Herz klopfte wie verrückt, seine Finger kribbelten. Er machte vorsichtige Schritte die Treppe hinunter. Schaffte es bis zum Zwischenabsatz.

»Was verdammt noch mal …?«

Die Stimme einer Frau, schrill, aber auch derb, nichts, was man in dieser Gegend erwartet hätte.

»Was verdammt noch mal macht ihr da?«

Er kam einige weitere Stufen herunter, konnte jetzt ihre Turnschuhe sehen, als sie in der Tür zum Wohnzimmer stand. Sie waren rosa und himmelblau, teure Skechers. Die Leggings waren dunkelblau, schmiegten sich um ihre schlanken Beine. Sie ging ins Wohnzimmer und die Füße verschwanden aus Tylers Blickfeld.

»Keine Bewegung«, sagte Barry.

Tyler ging noch ein paar Stufen hinunter, zögerte.

»Droh mir nicht«, sagte die Frau. »Das hier ist mein Haus. Du hast ja keine Ahnung, mit wem du es zu tun hast.«

»Leg das Telefon weg«, sagte Barry.

Tyler machte zwei weitere Schritte.

»Wenn du nur einen Funken Grips hast«, sagte die Frau, »verschwindest du sofort aus meinem Haus. Und lass meinen Scheißkram hier. Was fällt dir überhaupt ein?«

»Leg das Telefon weg«, wiederholte Barry. »Ich sag's nicht noch mal.«

Tyler erkannte etwas in seiner Stimme und spürte ein Kribbeln auf der Haut. Sein Magen war schwer wie ein Stein, der ihn nach unten zog. Er machte einen weiteren Schritt, konnte jetzt ins Wohnzimmer sehen. Bei eingeschalteter Deckenbeleuchtung wirkte alles viel zu hell. Die Frau stand unmittelbar hinter der Tür, ein Handy in der Hand. Barry näherte sich ihr mit langsamen Schritten, sah über die Schulter der Frau hinweg zu Tyler. Kelly stand etwas seitlich, bewegungslos wie eine Statue.

Tyler machte einen weiteren Schritt, und die Xbox und das andere Zeug in dem Bettbezug schepperten gegeneinander.

Die Frau drehte sich um und starrte Tyler an, hielt das Smartphone ans Ohr gedrückt.

Sie trug eine dunkle Adidas-Trainingsjacke, den Reißverschluss hochgezogen, ihr rabenschwarzes Haar zu einem hoch sitzenden

Pferdeschwanz gebunden, als käme sie gerade aus dem Fitnessstudio. Sie war etwa Mitte vierzig, schlank und durchtrainiert, hatte hohe Wangenknochen und Feuer in den Augen.

Als sie Tyler ansah, stürzte sich Barry auf sie. Tylers Augen weiteten sich, als er sah, wie sich sein Bruder in Bewegung setzte, und die Frau begann, sich wieder umzudrehen, seinem Blick folgend, als Barry auch schon gegen sie krachte, die Hände niedrig auf ihrer Hüfte. Sie stolperte durch die Tür zurück, prallte mit der Schulter gegen den Türrahmen, hatte den Mund geöffnet, aber es kam kein Laut heraus. Sie ließ Telefon und Autoschlüssel fallen, warf Tyler einen verwirrten Blick zu und legte dann eine Hand in ihren Rücken. Sie hob die Hand vor ihr Gesicht, und sie war dunkel vor Blut. Sie griff nach der Türzarge, verfehlte sie und brach im Flur zusammen, schlug mit dem Kopf auf die Dielen wie ein Basketball.

Hinter ihr stand Barry mit einem langen Küchenmesser in der Hand, die ersten sechs, sieben Zentimeter davon blutverschmiert. Kelly starrte Barry an, das Messer, die Frau auf dem Boden.

»Fuck«, stieß Barry aus. Er ließ das Messer fallen. Das Scheppern hallte durchs Haus. »Lasst uns abhauen.«

Er schnappte sich einen Stoffbeutel voller Zeug und drückte sich an der Frau vorbei. Tyler sah ihr Gesicht. Sie atmete, starrte die Fußbodenleiste an.

Barry hob den Autoschlüssel auf, den die Frau fallen gelassen hatte, und warf ihn Kelly zu.

»Den nimmst du«, sagte er. »Am gewohnten Ort.«

Er schlenderte zur Haustür, als hätte er nicht gerade jemanden abgestochen.

»Komm schon«, sagte er zu Tyler. »Und vergiss dein Zeug nicht.«

Tyler nahm das Kopfkissen und den Bettbezug und kam die restlichen Stufen herunter. Barry und Kelly waren bereits draußen.

Sie stand einfach da und starrte das Audi-Logo auf dem Auto-schlüssel in ihrer Hand an.

Tyler blieb in der Tür stehen und sah zurück.

Die Frau hatte sich nicht gerührt, lag immer noch mit dem Oberkörper im Flur und den Beinen im Wohnzimmer. Er konnte den feuchten Fleck auf ihrem Rücken sehen, den schartigen Riss, wo das Messer den Stoff durchtrennt hatte. Sie versuchte, etwas zu sagen, aber es kam nichts raus. Ihre Blicke schossen zu Tylers Gesicht, ein Muskel zuckte an ihrer Schläfe, dann sah sie wieder auf den Boden. Die Finger ihrer rechten Hand begannen zu zu-cken, so als versuche sie, auf etwas zu zeigen, dann sackte die Hand zurück.

Tyler hob ihr Smartphone von der Stelle auf, wo sie es fallen gelassen hatte, und verließ das Haus, schaltete das Licht aus und zog die Tür hinter sich zu.

5

Tyler saß auf dem Beifahrersitz, Barry folgte der im Audi vorausfahrenden Kelly, beide mit etwa fünfzig, vor Temposchwellen bremsend und an Ampeln haltend. Tyler hätte am liebsten geschrien. Er spürte, wie die Frau ihn vom Boden aus anstarrte, ihr Blick leer. Während Barry fuhr, nahm Tyler das Telefon der Frau heraus. Es war nicht gesperrt. Er ging in die Einstellungen, deaktivierte die Ortungsfunktion, schaltete es dann aus. Sie befanden sich jetzt in Cameron Toll, womit das der letzte rückverfolgbare Ort war, bis es wieder aktiviert wurde. Sie fuhren Richtung Craigmillar, vorbei an der Abfahrt nach Niddrie, waren auf dem Weg zu Wee Sams Werkstatt in Pinkie, direkt hinter Musselburgh.

»Ein echtes Prachtstück«, meinte Barry und deutete mit einem Kopfnicken auf das vor ihnen fahrende Auto. »Der bringt uns ein pralles Sümmchen.«

»Scheiße, Barry.«

Barrys Hände umklammerten das Lenkrad fester. Er biss die Zähne zusammen und schluckte schwer. Er fuhr schweigend weiter, bis sie am Fort vor einer roten Ampel halten mussten. Er zog den Schalthebel in Leerlaufstellung, betätigte die Handbremse und packte Tyler am Hals, stieß ihn gegen die Sicherheitsgurthalterung und würgte ihn. Tyler zerrte mit den Fingern an Barrys Hand, versuchte, den Hals frei zu bekommen, fand aber keinen richtigen Ansatzpunkt. Seine Luftröhre war blockiert, er röchelte, versuchte verzweifelt, Luft einzusaugen.

»Vorhin in dem Haus ist absolut null passiert«, zischte Barry leise. »Hast du mich verstanden?«

Tyler versuchte zu sprechen, bekam aber nur ein Keuchen heraus.

Barry beugte sich ganz dicht zu ihm vor, ließ Tylers Hals immer noch nicht los. »Und? Hast du?«

Tyler war schwindelig, das Licht am Rande seines Blickfelds flackerte. Er versuchte zu schlucken, konnte aber nicht. Aus seiner Nase löste sich ein Geräusch, ein Würgereflex in seinem Hals. Er nickte, soweit das möglich war mit Barrys Fingern, die sich unter seiner Kinnlade in den Hals gruben.

Hinter ihnen hupte ein Auto. Barry lockerte den Griff, ließ aber noch nicht los. Tyler schnappte nach Luft. Barry drehte sich um, sah nach hinten. Ein Kerl in einem Toyota zeigte an ihnen vorbei auf die Ampel, die inzwischen auf Grün umgesprungen war. Kelly hatte die Kreuzung bereits überquert.

Barry starrte den Mann in dem Auto hinter sich einen langen Herzschlag an, dann ließ er Tylers Hals los. Tyler japste und riss die Hände hoch, berührte die Haut an seinem Hals, während Barry einen Gang einlegte und losfuhr. Er entschuldigte sich bei dem anderen Kerl mit einer erhobenen Hand und beschleunigte, um zu Kelly aufzuholen. Er warf einen Blick in den Rückspiegel zu dem Auto hinter sich.

»Schwanzlutscher«, schimpfte er leise.

Tyler blinzelte benommen, versuchte, die Lichtpunkte loszuwerden, die vor seinen Augen tanzten. Er starrte nach vorn auf das Nummernschild des Audis, MH 100. Ein personalisiertes Nummernschild an einem Oberklasse-Audi, das noble Haus, die Frau auf dem Boden. Eine Schublade voller iPhones und Designeruhren, eine abgesägte Schrotflinte unter dem Bett. Nichts davon verhieß Gutes.

• • •

Der Škoda stand vor einer Reihe niedriger Betongaragen, die Tore geschlossen. Licht sickerte unter dem Wellblech hervor. Verblasste Beschriftung über den Toren, die Tyler nicht lesen konnte. Es gab keine Straßenbeleuchtung, und zum ersten Mal an diesem Abend bemerkte Tyler den Mond, verschwommen hinter Wolkenstreifen. Der Geruch von Motoröl hing in der Luft. Kelly trat breit grinsend aus einem der Tore. Barry drehte den Kopf zu Tyler.

»Platztausch.«

Tyler verließ den Beifahrersitz und kletterte in den Fond, während sich Kelly nach vorn setzte.

»Fünfzehnhundert«, sagte sie und wedelte mit einem Bündel Zwanziger.

Barry lächelte. »Ich scheiß mich ein!«

Sie fuhren zurück durch Musselburgh und Fisherrow, dann westlich vorbei an Newcraighall. Tyler warf einen Blick auf die Uhr am Armaturenbrett. Fünfunddreißig Minuten, seit sie das Haus in der St. Margaret's Road verlassen hatten. Er stellte sich den Ausdruck auf ihrem Gesicht vor, das dunkle Rot des Bluts, viel dunkler, als er jemals erwartet hätte, dunkler als das Zeugs, das man für Halloween kaufen konnte. Er stellte sich vor, das alles wäre nur ein ausgeklügelter Streich, Barry und Kelly hätten ihn reingelegt, würden sich jetzt jeden Moment zu ihm umdrehen und »Reingelegt!« brüllen, ihm die versteckten Kameras zeigen. Du glaubst, wir hätten jemanden umgebracht, aber das war alles nur ein Jux und sie war mit von der Partie.

Wie sonst ließ sich ihr Verhalten da vorn erklären? Kelly bereitete auf ihren Knien neue Lines vor, Barry summte mit, als ein Blues-Typ im Radio davon sang, in die Kirche zu gehen. Als ob das noch irgendwer machte. Kelly sah von ihrem Koks auf und lächelte Barry an, streckte eine Hand aus und streichelte seinen Nacken.

Tyler sah aus dem Fenster. Vorbei an der Abzweigung auf The Wisp und dem Jack Kane Centre, dann waren sie auf der Greendykes Road und wieder in heimischem Revier. Vor Greendykes House hielten sie an, und Tyler dachte an Bean, die oben schlief und träumte.

Sie saßen im Schatten des Hochhauses, der Motor im Leerlauf.

»Wir ziehen noch um die Häuser«, sagte Barry. Damit meinte er das Casino am Ocean Way in Leith, wo sie bis morgens um sechs saufen und so viel wie irgend möglich von dem Geld verprassen konnten.

Barry deutete mit dem Kopf auf das gestohlene Zeug auf dem Rücksitz neben Tyler. »Hast du auch Bares?«

Tyler erinnerte sich an die Geldklammer. Er wühlte in dem Kissenbezug und gab sie ihm, dachte dabei an die Scheine, die er in der Hose versteckt hatte.

Barry warf einen Blick auf die Klammer und pfiff. »Die Fotze hatte echt Schotter, hä?«

Tyler zuckte mit den Achseln.

»Nimm den Rest mit nach oben«, sagte Barry. »Wir gehen morgen alles durch und bringen's dann rüber zu Fluff.«

Tyler blieb noch einen Moment sitzen.

»Mach hinne, Arschloch, schwirr ab.«

Tyler stieg aus und schleifte seine Beute hinter sich her.

Barry rief ihm nach: »Schlaf schön, Alter.«

Tyler warf die Tür zu und wartete noch ab, während Barry den Motor auf Touren brachte und dann mit quietschenden Reifen abdüste.

Er sah zum Greendykes House hinüber, ganz schwindelig angesichts der Höhe aus dieser kurzen Entfernung. Er stellte sich vor, bis ganz hinauf fliegen zu können, mit der Thermik aufzusteigen und dann aufs Dach hinabzuschießen.

Er zog das Handy der Frau aus der Tasche. Bei deaktivierten Ortungsdiensten waren die Teile nur lokalisierbar, wenn sie eingeschaltet waren, das wusste Tyler nach all den Telefonen, die sie bei ihren Brüchen eingesackt hatten.

Er verstaute das ganze gestohlene Zeug hinter den Mülltonnen und entfernte sich langsam von dem Hochhaus, ging zehn Minuten durch den Park dahinter und über die Fußballplätze, bis er auf der Rückseite der Eiscremefabrik am The Wisp war. Hier gab es keine Videoüberwachung. Er schaltete das Telefon ein und wählte die 999.

»Krankenwagen, bitte.«

Er wartete. Fragte sich, ob es wohl schon zu spät war.

»Ja, da ist so eine Frau mit einer lebensgefährlichen Messerverletzung. Sie liegt in Nummer vier St. Margaret's Road. Hausnummer vier, okay?«

Er beendete den Anruf und schaltete das Telefon aus, dann trottete er zurück nach Hause.

6

Er hörte den Fernseher, sobald er die Wohnungstür öffnete. Sein erster Gedanke war Bean, aber als er das Wohnzimmer betrat, war da nur seine Mum allein in der Dunkelheit, während das Licht des Bildschirms über ihr Gesicht flimmerte. Sie hatte auf einen bescheuerten Shoppingkanal geschaltet, wo gerade Pullover mit Darstellungen von Wölfen angeboten wurden.

Er ließ die Beute ihrer Einbrüche fallen und nahm die Fernbedienung, um den Fernseher leiser zu stellen.

»Mum, du weckst noch Bean.«

Angela lag auf dem Sofa, hatte den Kopf abgewinkelt. Ihre Augen waren fast zugefallen, aber noch nicht ganz, zwischen den Fingern ihrer rechten Hand glimmte ein Joint. Auf dem Boden neben ihr stand eine Flasche Wodka mit einem Rest von zwei, drei Zentimetern, daneben ein Löffel mit einem benutzten Wattebausch, einem Feuerzeug und einer Spritze. Der Gürtel lag locker um ihren Oberarm.

»Scheiße«, sagte Tyler und hob ihr Heroin-Besteck auf. »Du kannst das hier nicht einfach so rumliegen lassen.«

Träge drehte Angela den Kopf vom Bildschirm zu ihm.

»Schmeiß das nicht weg.« Ihre Stimme klang rau und belegt. »Ist meine letzte Nadel.«

Ihre Haare waren fettig, blond an den Spitzen, graue Strähnen an den dunkleren Stellen an ihrem Schädel. Sie war klein und ausgemergelt, Gliedmaßen wie Zweige, die Arme übersät mit vernarbten Einstichen. Sie trug ein schmuddeliges One-Shoulder-Top mit dem Aufdruck *Pineapple!*, keinen BH darunter, die Leggings überzogen mit der Asche des Joints und anderen Flecken.

Tyler stellte sich vor, wie er sie packte und schüttelte, ihr ins Gesicht brüllte, sich endlich zusammenzureißen und ihren Scheiß auf die Reihe zu bekommen.

Sie drehte sich wieder zum Fernseher, hob eine Hand an den Mund und nahm einen Zug vom Joint.

»Sieh dir die Scheiße an«, murmelte sie und wedelte mit einem Finger Richtung Bildschirm. Eine viel zu stark geschminkte Frau redete über eine Tagesdecke mit einer Bärenfamilie darauf.

Tyler brachte die Spritze und den Rest in Angelas Schlafzimmer, legte alles in die Schublade neben ihrem Bett, kehrte dann ins Wohnzimmer zurück. Er holte eine Decke von dem Stuhl vor dem Fenster, schlug sie auf und deckte sie zu. Er achtete darauf, dass der Stoff nicht zu nahe an ihrer Hand mit dem Joint war, fand einen alten Teebecher und stellte ihn als Aschenbecher auf den Boden. Sie seufzte dankbar.

Er griff in seine Hose und nahm das Geld heraus, zog einen Zwanziger ab und steckte den Rest wieder ein.

»Hier«, sagte er und hielt ihr den Schein hin.

Sie drehte sich zu ihm, sah das Geld, lächelte und nahm es.

»Mein Süßer«, sagte sie. »Komm her.«

Er setzte sich aufs Sofa, allerdings nicht nahe genug, dass sie ihn umarmen konnte. Sie stopfte das Geld in ihre Leggings und berührte seine Hand auf der Decke. Ihre Finger fühlten sich schweißig an.

»Mum«, sagte er und starrte auf den Bildschirm.

»Ich weiß«, sagte sie. Es war kaum zu spüren, als sie nun seine Hand drückte, fast als wäre sie ein Geist. »Ich versuch's ja.«

Er schloss die Augen und stellte sich die Frau in dem Haus vor, wie sie auf dem Boden lag und zu ihm hinaufstarrte. Als er die Augen wieder öffnete, blinzelte Angela schon wieder auf den Bildschirm.

Er ging in Beans Zimmer. Sie lag quer über dem Bett, ihre Füße hingen über die Kante, die Decke lag auf dem Boden. Sie hielt Panda mit beiden Armen umklammert, drückte das Stofftier fest an ihre Brust. Ihr Nachtlicht brannte, warf einen blauen Schatten über ihr Gesicht.

Tyler schob sie richtig rum aufs Bett und deckte sie wieder zu. Sie schlief immer sehr unruhig und würde sich wahrscheinlich sowieso in spätestens fünf Minuten wieder frei gestrampelt haben, aber es war gut zu spüren, dass man irgendwas tat. Ihr Mund war schlaff und sie atmete ein wenig rau, während sie sich an ihr Kuscheltier schmiegte. Tyler starrte sie lange an, dann ging er und zog hinter sich die Tür fast ganz zu.

Er verließ die Wohnung, ging den Korridor entlang und zog die Leiter zum Dach herunter. Stieg hinauf und saugte in tiefen Zügen die kalte Luft ein, als er oben die Tür öffnete, ging dann an die westliche Kante und schaute hinunter. Sechsundvierzig Meter bis zum Boden. Hoch genug.

Er blickte hinaus. Schon komisch, dass diese beiden Gebäude als einzige stehen gelassen worden waren, wie zwei Späher, die die Augen nach Ärger aufhielten. Er sah zu den Lichtern des Krankenhausgeländes hinüber. Er fragte sich, ob sie wohl schon dort war, von einem Krankenwagen in die Notaufnahme gebracht, vorbei an den Fußballverletzungen und den Opfern häuslicher Gewalt, den verstauchten Knöcheln und allergischen Entzündungen. Bereits versorgt. Oder vielleicht hatten sie ihm ja auch nicht geglaubt, dachten, es wäre nur ein Telefonstreich, und hatten sich nicht weiter gekümmert. Er hatte null Ahnung, welche Verhaltensregeln die hatten.

»Tyler?«

Bean stand hinter ihm an der Zugangstür, den Panda im Arm.

Er ging zu ihr. »Wieso bist du auf?«

»Ich hatte einen bösen Traum«, sagte sie mit gerunzelter Stirn. »Barrys Hunde waren hinter uns her. Sie haben dich verjagt und ich konnte dich nirgends finden.«

Er hob sie hoch und streichelte ihren Kopf.

»Ist nur ein blöder Traum.« Er trug sie zurück die Leiter hinunter und lächelte sie beruhigend an.

»Aber es hat alles so echt gewirkt«, sagte sie.

Er spürte die Anspannung in ihrem Körper, aber sie ließ bereits nach.

Er sprach ruhig weiter. »Keine Angst, mich wird nie irgendwas von dir verjagen können.«

7

Er war bereits wach, als der Wecker losging. Ein paar Sekunden lang starrte er sein Telefon an, dann schaltete er den Ton aus. Bean lag ausgestreckt neben ihm und warf ihren Arm über seine Brust. Er nahm ihn weg.

Nachdem sie oben auf dem Dach gewesen war, hatte er sie wieder ins Bett gebracht, wo sie sofort einschlief, doch als sie dann um halb vier wieder aufwachte, war sie zu ihm gekommen und hatte ihm von einem weiteren schlechten Traum erzählt. Ein dunkles, schemenhaftes Monster hatte Tyler vor ihren Augen in Stücke zerrissen. Immer dasselbe, böse Mächte trennten sie beide voneinander. Man musste kein Genie sein, um herauszufinden, woher das kam. Tyler hatte seine Bettdecke angehoben, und sie war zu ihm gekrochen, mitsamt Panda, und nach wenigen Minuten schlief sie wieder ein, während er ihren Kopf streichelte. Es war ihm viel zu warm mit ihr so dicht neben sich, also schob er die Decke fort, war innerlich völlig außer sich und grübelte über alles nach. So blieb es, während der Himmel draußen heller wurde, und nun war's Zeit zum Aufstehen.

»Aufwachen«, sagte er und rieb Beans Nase. »Du musst dich für die Schule fertig machen.«

Sie schlug die Augen auf und lächelte. »Du bist hier.«

»Wo sollte ich denn sonst sein?«

Er stand auf, zog eine schwarze Hose an und die Vorhänge zurück. Es war ein wolkenloser Morgen, die Sonne am Osthimmel bereits auf halber Höhe. Er war froh, dass sich sein Zimmer auf der Rückseite der Wohnung befand, bedeutete das doch, dass er von hier aus das Krankenhaus nicht sehen konnte.

Er hatte auf seinem Telefon die Nummer der Notaufnahme herausgesucht, als er vorhin noch im Bett lag, und sein Daumen schwebte über dem Anrufen-Button. Aber wie sollte das laufen? Er kannte ihren Namen nicht. Und wenn er sie beschrieb, belastete er sich selbst.

Bean stand auf, rieb sich ein Auge, schleifte Panda an einem Ohr mit.

Tyler lächelte. »Deine Schuluniform wartet auf dich in deinem Zimmer.«

»Kannst du mir mit der Strumpfhose helfen?«

Er stöhnte übertrieben. »Na schön, aber du bist eine große Siebenjährige, und du solltest das auch allein können.«

Er hasste es, ihr bei der Strumpfhose zu helfen. Er konnte machen, was er wollte, nie war es bequem, nie war's so ganz richtig, und sie veranstaltete immer ein albernes Tänzchen, wenn sie sie hochzog und dann wieder aus der Poritze zupfen musste.

Er zog den Rest seiner Klamotten an, dann half er ihr, und schließlich gingen sie zusammen ins Wohnzimmer und zur Kochnische. Angela war nicht da, also hatte sie es irgendwie ins Bett geschafft. Tyler war froh. Sie so zu sehen, war nicht gut für Bean, egal wie viel Bockmist er ihr darüber erzählte, dass Mum sich nicht gut fühlte. Sie war ein kluges Mädchen und wusste genau, was los war. Wenn man hier aufwuchs, wurde man entweder schnell erwachsen oder abgehängt. Drogensüchtige und gewalttätige Eltern gab es in diesem Viertel überall, drei Generationen kaputter und ausrangierter Loser von vorne bis hinten. Über die Hälfte der Kids in Beans Klasse hatten nur einen Elternteil, und die Hälfte von denen wiederum galt als gefährdet.

Tyler dachte an die Frau auf dem Boden, an ihr Kind. Das Zimmer ihres Sohnes war voller Teenager-Kram. Wie viel einfacher war das Leben für sie, weil sie Geld hatten. Er versuchte, sich vorzustellen, wie sich diese Frau vor den Augen ihres Sohnes einen

Schuss setzte, so wie es Angela jahrelang vor seinen Augen getan hatte. Er hatte so oft versucht, ihr zu helfen. Aber ab einem bestimmten Punkt mussten die Leute selbst Verantwortung für sich übernehmen, oder? Er konnte keine Zeit mehr für seine Mutter verplempern, er musste dafür sorgen, dass Bean behütet war, dass sie unversehrt in die Schule und zurückkam. Und dass sie so weit wie möglich von den beiden nebenan ferngehalten wurde.

Er holte eine Packung Aldi-Shreddies aus dem Schrank, roch an der Milch aus dem Kühlschrank. Fand eine saubere Schale und wusch an der Spüle einen Löffel ab, stellte dann alles auf die Frühstücksbar. Bean hatte den Fernseher angemacht und er ließ sie Zeichentrickfilme sehen, während sie geräuschvoll mampfte und schlürfte. Sich selbst machte er Toast, klaubte ein paar Schimmelstellen von der Kruste und schnipste sie in den Mülleimer. Er packte seine und Beans Schultasche. Sie bekam Gratis-Mittagessen, das war also schon mal was. Er erinnerte sich wieder an das Geld in seiner Hose und berührte den Rand der Scheine. Das war der sicherste Platz dafür. Wenn Barry herausfand, dass er sich was einsteckte, setzte es wieder Prügel.

Im Fernsehen lief jetzt eine Sendung, in der ein Zeichentrickjunge im Haus einer echten Familie wohnte. Aus irgendeinem Grund waren es Nordiren. Er brachte sie immer irgendwie in Schwierigkeiten, aber am Ende der zehnminütigen Sendung war alles wieder gut, die glückliche und liebevolle Familie, Mum, Dad und Schwester, umarmte ihn heftig. Tyler war froh, dass es in Beans Leben so was gab, denn da hatte sie wenigstens ein echtes Ziel für ihr Erwachsenenleben statt all der Scheiße um sie herum.

»Können wir noch zu Snook und den Babys?«, fragte Bean mit Milch auf dem Kinn.

Tyler verzog das Gesicht und sah auf die Uhr. »Wenn du dir ganz schnell die Zähne putzt.«

Sie sprang vom Hocker und flitzte ins Bad.

Er legte ihre Schale, den Löffel und sein Messer ins Abwaschbecken, spülte alles ab und stellte es aufs Abtropfbrett. Er holte etwas zu essen für Snook aus dem Schrank und verstaute es in seiner Schultasche.

Er drehte sich um und starrte das Kopfkissen und den Bettbezug mit der Beute an, die immer noch auf einem Haufen in der Ecke des Zimmers lagen. Bean hatte nicht danach gefragt. Ihm fiel die Polaroidkamera von dem ersten Bruch des Vorabends ein und er nahm sie heraus.

»Fertig«, rief Bean von der Tür her. Ihre Uniform war schmuddelig, die Strumpfhose ziemlich dünn an den Knien, und er wusste, dass sich zwischen den Beinen ein kleines Loch befand, das man jedoch nur dann sehen konnte, wenn sie ein Rad schlug. Der Pullover mit dem Schulwappen drauf war beim Schulflohmarkt geklaut, ein gebrauchtes Kleidungsstück.

»Komm her«, sagte Tyler. »Dreh dich um.«

Er nahm ihr Haargummi heraus, zog es mehrere Male über seine Finger und band die Haare ordentlicher zusammen.

»Sieh mal hier«, sagte er und zeigte ihr die Polaroid.

»Was ist das?« Sie drehte den Fotoapparat in ihren Händen, ließ die Finger über Schalter und Knöpfe gleiten.

»Eine Kamera.«

»Wie an deinem Telefon?«

»Nicht ganz. Pass auf.« Er öffnete eine Filmpackung, lud die Kamera und richtete diese auf sie.

»Und einmal lächeln, bitte.«

Sie machte einen Schmollmund und mit den Fingern ein Peace-Zeichen. Die Kamera blitzte und surrte, dann spuckte sie das Bild aus. Sie nahm es ihm ab.

»Da ist ja nichts drauf«, sagte sie und starrte auf das weiße Quadrat.

»Warte.«

Langsam erschien ihr Gesicht, und sie hob die Augenbrauen.

»Wow«, sagte sie. »Kann ich die mit in die Schule nehmen?«

»Klar, aber verplemper den Film nicht. Ist nicht so wie digital. Wenn der Film alle ist, dann war's das. Mach was draus, jede Aufnahme ist einzigartig.«

»Komm, wir machen ein Selfie«, sagte sie.

Er verdrehte die Augen, beugte sich aber dennoch dicht zu ihr, hielt die Kamera in der ausgestreckten Hand und drückte auf den Auslöser. Blitz und Surren. Er hielt das Foto, bis das Bild auftauchte, zwei lächelnde Gesichter, ein für immer eingefangener Moment. Er gab ihr die Aufnahme, doch sie schüttelte den Kopf.

»Behalt du das«, sagte sie. »Damit du mich nicht vergisst, während ich in der Schule bin.«

Er starrte das Bild an, während sie die Kamera in ihrer Tasche verstaute.

»Komm, gehen wir«, sagte sie. »Ich will die Kleinen sehen.«

Tyler schob das Foto in seine Tasche und schaltete den Fernseher aus, dann schnappte er sich beide Schultaschen und begleitete sie aus der Tür, während er die ganze Zeit daran dachte, wie sich die Hand der Frau hob und dann wieder auf den lackierten Parkettboden fiel.

• • •

Sie umrundeten das Baugelände und gelangten zu einem einzelnen, verfallenen Haus. Bean hielt Tylers Hand und sang die Titelmelodie der letzten Fernsehsendung. Als alle anderen Häuser abgerissen worden waren, hatte man aus irgendeinem Grund dieses eine stehen lassen, aber schließlich zogen auch dessen Bewohner aus, und jetzt war es praktisch nur noch eine Betonfassade mit einem zerfallenden Dach, umgeben von Brachland.

Sie gingen auf die Rückseite zu einem der zugenagelten Fenster, wo die Bretter locker waren. Aus Gewohnheit sah Tyler sich um.

Nur die Neubauten von Sandilands Close am Horizont, das Krankenhaus, weiter südlich Bürogebäude. Jemand ging mit seinem Hund auf halber Höhe des Craigmillar Hill spazieren. Er war immer in Sorge, dass sich Junkies in diesem Haus einnisteten. Er zog das Brett vom Fensterrahmen, warf einen Blick ins Innere und hörte leises Winseln. Er hob Bean durch den Spalt, achtete darauf, dass sie nicht mit der Uniform an einem der Glassplitter des Fensterrahmens hängen blieb. Er kletterte nach ihr hinein und wartete einen Moment, damit sich seine Augen an die Dunkelheit gewöhnen konnten.

»Snook.« Bean lief zu dem Mischling auf der Matratze. Sie war halb Collie, halb irgendwas anderes, hatte ein schwarz-weißes Fell, ein eingerissenes Ohr, das rechte Auge blutig unterlaufen. Ihr Schwanz klopfte auf den Rand der Matratze, als Bean ihre Ohren wuschelte und dafür im Gesicht abgeleckt wurde. Um Snooks Zitzen herum schnüffelten drei schlaftrunkene Welpen.

Sie hatten sie vor einer Woche auf dem Heimweg nach der Schule gefunden, als sie gerade die Kleinen zur Welt brachte. Sie lag keuchend und leise jaulend unter einem Strauch am Straßenrand. Bean hatte gefragt, was da gerade passierte, und Tyler hatte versucht, es ihr zu erklären. Er hatte gesagt, sie solle das Tier beruhigen, und Bean hatte sich voll in diese Aufgabe gestürzt, hatte einen endlosen Strom von rührseligem Kauderwelsch geflüstert, der Hündin Ohren und Nase gestreichelt, sie verhätschelt, als gehörten sie alle zu einem Rudel. Als der erste Welpe herauszukommen begann, sah Bean mit riesengroßen Augen zu. Ihre Hand blieb auf der Schnauze des Hundes liegen. Snook winselte und begann, Beans Hand zu lecken, und sofort setzte sie das Streicheln fort, redete ihr weiter ins Ohr, behielt diesmal jedoch den Blick fest aufs Hinterteil gerichtet, hob die Augenbrauen, als der erste Welpe herausglitt und ein zweiter folgte. Tyler legte den ersten dicht neben die Schnauze seiner Mum, und Snook bewegte ihren Kopf fort von Bean und fing an, den Welpen abzulecken.

Zehn Minuten später waren es alles in allem drei pelzige kleine Dinger, die saugende Geräusche von sich gaben und sich wanden. Es fing an zu regnen. Tyler zog die Jacke aus und packte die Welpen hinein, band die Ärmel zusammen und gab sie Bean.

»Sei vorsichtig.«

Er hatte Snook auf den Arm genommen, und dann joggten sie den Hang hinunter. Tyler wollte sie eigentlich mit in die Wohnung nehmen, musste dann aber an Barry denken. Der Himmel allein wusste, was er mit drei neugeborenen Welpen und einer erschöpften Mutter machen würde. Schon schlimm genug, wie er seine eigenen Hunde behandelte.

Also blieb Tyler vor dem Haus stehen, in dem sie sich jetzt befanden, fand auf der Rückseite einen Weg hinein und quartierte Snook und die Welpen dort ein. Bei nachfolgenden Besuchen hatten sie alles Nötige für die Hunde mitgebracht: eine alte Matratze von der Straße als Schlafplatz, Eiscremebehälter aus Plastik als Schalen für Futter und Wasser. Tyler gefiel, wie einfach es war. Essen, Unterschlupf und eine Mum, die sich um einen kümmerte, mehr brauchte man nicht, um am Leben zu bleiben.

Er betrachtete Bean, die jetzt mit den Welpen spielte. Er hatte hier keinen langfristigen Plan, keine Ahnung, was er tun sollte, wenn sie älter wurden. Für immer konnten sie hier nicht bleiben, aber vorläufig reichte es aus. Es war ein gutes Gefühl, so als hätte man alles voll im Griff und unter Kontrolle.

Er leerte Hundefutter in die Schale und füllte auch Wasser aus dem Hahn im Bad nach. Aus irgendeinem Grund war das Wasser nie abgestellt worden. Bei seiner Rückkehr stocherte Snook im Futter herum, und die Welpen winselten, als sie sie aus dem Weg schubste.

Tyler sah auf seine Uhr.

»Wir müssen los.«

»Ooooch …«

»Wir können ja nach der Schule noch mal kurz reinschauen.«

»Wann können wir mit ihnen spazieren gehen?«

»Hab ich dir doch gesagt: Die Welpen sind noch zu klein. Und ihre Mummy können wir ihnen auch nicht wegnehmen.«

Bean dachte darüber nach. Dieses Mutter-und-Babys-Ding weckte alle möglichen Gedanken in ihrem Kopf, und das gefiel Tyler gar nicht. Er wollte sie einfach nur rechtzeitig in die Schule bekommen, dann wieder nach Hause, dann morgen früh dasselbe und am nächsten Tag wieder.

»Verabschiede dich«, sagte er.

Bean fasste Snooks Hals an, dann hob sie nacheinander jeden Welpen hoch und knuddelte ihn. Tyler verdrehte die Augen. Bean nahm die Polaroid aus der Tasche, richtete sie auf die Hunde. Es blitzte. Sie strahlte zuerst Tyler an, dann die Aufnahme, verstaute schließlich alles in ihrer Tasche.

»Wir sehen uns nach der Schule«, sagte Bean zu den Hunden. »Passt gut auf euch auf!«

• • •

Die Craigmillar Primary war ein Backsteinneubau, gesichert durch Überwachungskameras und einen mit Spitzen versehenen Zaun. Die Grundschule war im Zuge des PPP-Skandals vor einem Jahr geschlossen worden, nachdem eine Mauer in einer ähnlichen Schule am anderen Ende der Stadt eingestürzt war, allerdings hatte man hier keine Mängel finden können, weswegen die Schule wieder geöffnet wurde. Sie war erheblich besser als das verfallende Dreckloch, das Tyler ein paar Jahre zuvor besucht hatte, und hundertmal netter als die benachbarte Bruchbude der Castlemound High, auf die er jetzt ging.

Bean ließ seine Hand los, als sie durchs Tor kamen, und rannte zu Isla und Aisha, die sich gegenseitig ihre JoJo-Siwa-Haarschleifen zeigten. Bean war schon seit Ewigkeiten scharf auf eine, aber die Dinger kosteten neun Tacken das Stück. Vielleicht sollte er ihr eine von dem Geld besorgen, das er am Abend zuvor abgezweigt hatte, aber er wusste nie, wie viel Zeit zwischen Zahltagen lag, also hatte er immer ein ungutes Gefühl, wenn er Geld für Luxussachen ausgab statt für Essen und Strom. Und jetzt musste er obendrein auch noch Hundefutter kaufen.

Für ihre Freundinnen hieß Bean Bethany, nur zu Hause wurde sie Bean genannt. Tyler konnte sich nicht erinnern, wie das angefangen hatte, hoffte aber, dass es nicht Barrys Idee gewesen war, von dem nie was Gutes kam. Vielleicht weil sie so klein war, ganze fünfzehn Zentimeter kleiner als Isla und Aisha.

Die Glocke ertönte und Bean und ihre Freundinnen schlenderten zu der Schlange wartender Schulkinder hinüber. Tyler blieb zurück bei den Mums. Manche von denen waren nicht viel älter als er selbst, was bedeutete, sie hatten ihre Kinder bekommen, als sie selbst noch zur Schule gingen. Tyler wartete, ob Bean noch einmal herübersah, als Miss Kelvin sie hereinrief, aber sie quatschte mit Aisha und war völlig in ihrer eigenen Welt versunken.

Er ging, vermied jeden Blickkontakt mit Miss Kelvin und den Mums, dann trat er durchs Tor und bog nach links, in die entgegengesetzte Richtung zur Highschool. Er ging den Niddrie Farm Grove hinunter, vorbei an den rot-weißen Reihenhäusern und der Arztpraxis, und kam an der Bushaltestelle heraus. Er wartete einige Minuten, dann sprang er in einen 30er Bus, in dem er seinen gefälschten Ausweis an das Fahrkartendings drückte. Er hatte ihn vor ein paar Monaten bei einem Bruch mitgehen lassen und sein eigenes Foto über das des eigentlichen Besitzers geklebt. Martin Lawrence. Das Ding war nicht für ungültig erklärt worden, daher funktionierte es immer noch. Das Computersystem von Lothian Buses hatte ganz offensichtlich Lücken. Die Leute denken immer, Sicherheitssysteme seien dazu da, sie zu schützen, aber in neun von zehn Fällen funktionieren sie ganz einfach nicht. Es sind besondere Berechtigungen erforderlich, um sie miteinander zu vernetzen, damit sie kommunizieren, und wer hat schon Zeit für so was? Über jedem schwebt das Fallbeil, jeder Job ist gefährdet, Etats werden gekürzt, alle müssen länger für weniger Geld arbeiten. Ein Teenager, der mit der Dauerkarte von irgendwem für lau Bus fährt, ist den Leuten doch so was von scheißegal. Sie interessieren sich nicht für eine Xbox, die durch eine Versicherung abgedeckt ist, auch nicht für ein Auto, das bei einem Hehler landet. Sie bekommen Ersatz, schicker und schöner als das gestohlene Teil, mit mehr Ausstattung, besserem Navi, Bluetooth fürs iPhone, beheiztem Fahrersitz.

Er stöpselte seine Ohrhörer ein und spielte Boards of Canada. Alle anderen in seinem Jahrgang hörten Hip-Hop oder Metal. Er hatte zu Hause schon mehr als genug zornigen Scheiß. Er liebte Boards of Canada, bei denen sich die Zukunft wie eine Projektion aus der Vergangenheit anhörte. Er hatte gegoogelt und herausgefunden, dass es zwei Brüder aus East Lothian waren, die nie Interviews gaben und auch nicht live auftraten, was ihm gefiel.

Er starrte aus dem Fenster im Oberdeck, während wabernde Synthies und besoffene Drums miteinander kämpften. Er hatte dasselbe Gefühl wie letzte Nacht, der schnelle Wechsel vom grauen Kieselrauputz der Häuser in Niddrie und Craigmillar zu den größeren Häusern in Prestonfield und Newington.

Er nahm das Telefon der Frau aus der Tasche und starrte es einen langen Moment an, dann schaltete er es ein. Auf dem Bildschirm der Hinweis auf sechs verpasste Anrufe, einer vom Notrufdienst am Abend zuvor, die anderen von »Derek«. Ein Ehemann oder Freund, der sich fragte, wo sie steckte. Oder ein Sohn. Er schaltete das Gerät wieder aus und steckte es ein. Falls man bereits versuchte, das Telefon zu lokalisieren, würden sie jetzt einen Ping des Mastes in Prestonfield erhalten.

An der Dalkeith Road verließ er den Bus und schlenderte an

den wuchtigen Häusern der Blacket Avenue vorbei. Er wechselte zur Grange Loan, dann weiter rauf zum Dalrymple Crescent, dem Ort des ersten Bruchs vom Vorabend. Er atmete tief ein und aus, ging aber ganz normal weiter. Nur ein Teenager, der eine Straße hinunterging und Musik hörte, mehr nicht. Im Vorübergehen warf er einen Blick auf Hausnummer dreizehn. Kein Lebenszeichen, keinerlei Hinweis darauf, dass sie dort eingestiegen waren. Er dachte an die Polaroidkamera, die sich jetzt in Beans Schultasche befand. Er ging weiter, schluckte schwer, blinzelte. Wenn er die Augen schloss, spürte er den Schlafmangel, während gleichzeitig sein Adrenalinspiegel stieg, weil er wieder hier war.

Er trottete am Dick Place entlang und an der Blackford Road, noch mehr luxuriöse Häuser mit Preisschildern jenseits der Million, der Bürgersteig überschattet von Baumkronen, die über hohe Mauern und dichte Hecken hinausragten. Er stellte sich die Menschen darin vor, wie sie in ihren Gartenhäusern saßen, sich in einem begehbaren Kleiderschrank etwas zum Anziehen heraussuchten, auf einem Home-Entertainment-System ein Autorennspiel zockten.

Sein Herz blieb ihm im Hals stecken, als er die Whitehouse Loan hinaufging und die St. Margaret's Road erreichte. Ohne Zögern bog er in die Straße ein. Man wusste nie, ob man von einer Überwachungskamera erfasst wurde, und jedes Herumlungern war verdächtig. Solange man aussah, als hätte man ein Ziel, konnte man praktisch alles tun. Er sah im Vorbeigehen verstohlen zu den Häusern hinüber, und erst jetzt fiel ihm auf, dass die Hausnummern auf der einen Straßenseite anstiegen – eins, zwei, drei – und auf der anderen dann wieder kleiner wurden. Es war eine winzige Straße mit gerade mal acht Häusern. Er ging noch mal in Gedanken durch, warum sie sich für keines der anderen entschieden hatten. Das eine besaß eine anscheinend erst kürzlich installierte Alarmanlage, ein anderes hatte zu wenig abschirmende Bäume und

Autos in der Einfahrt, direkt vor dem dritten war eine Straßenlaterne.

Dann war er auch schon auf Höhe von Nummer vier. Er ging minimal langsamer, nicht genug, um dadurch aufzufallen, aber doch ausreichend, um sich zu konzentrieren und mit großen Augen alles aufzunehmen. Er sah die beiden steinernen Torpfosten der Zufahrt, die Kletterpflanze an der Seitenwand, die ordentliche Garage direkt neben dem Haus, die weiße geschlossene Haustür. Er stellte sich vor, zu dieser Tür zu gehen und zu klingeln, sich irgendeinen Scheiß auszudenken von wegen Marktforschung oder Fenster verkaufen. Er stellte sich die Frau vor, die ihm die Tür aufmachte, ein Geschirrtuch in den Händen oder ein Glas Saft, wie sie ihn anlächelte und dankend ablehnte, dennoch ein freundlicher Blick in ihren Augen. Sie erkannte ihn nicht wieder, einfach, weil in der letzten Nacht überhaupt nichts passiert war. Sie war vom Sport zurückgekommen, hatte geduscht, sich ein Sandwich gemacht, vielleicht ein Glas Rotwein getrunken, war dann mit einem Buch ins Bett gegangen, wartete darauf, dass ihr Mann nach dem gemeinsamen Kneipenausflug des Büros, vor dem ihm gegraut hatte, nach Hause zurückkehrte.

Dann erinnerte er sich wieder an die Schrotflinte unter dem Bett, an den Stapel Smartphones, die Geldklammer. Der Ausdruck auf ihrem Gesicht, als sie blutüberströmt dalag.

Er war zu diesem Zeitpunkt bereits um die Ecke, fast am Ende des Greenhill Place. Er beugte sich vor und kotzte hinter einen elektrischen Verteilerkasten an der Ecke, wischte sich den Mund ab und ging weiter.

Wie benebelt setzte er seinen Weg fort, als hätte er keine Macht über seine Bewegungen. Er fand sich auf dem Strathearn Place wieder, dann Greenhill Gardens, Church Hill und schließlich Clinton Road, wobei die Häuser immer größer wurden. Er ging weiter, achtete dabei auf die Sicherheitsvorkehrungen der Gebäude. Es war heller Tag, und doch fühlte er sich unsichtbar, fast wie ein Geist, der durch die Leben reicher Leute wandert. Der Lieferjunge, der Uber-Fahrer, der Gebäudereiniger, der Handwerker, der Gärtner. Kein Teil dieser Welt, also wurde man ignoriert, bis sie einen brauchten.

Es gab Häuser mit Türmchen und Türmen, zinnenartige Silhouetten, die an Burgen erinnerten. Es drängte ihn heftig, nicht mehr länger nur Beobachter zu sein, sondern etwas zu tun. Er erkannte dieses Gefühl, es überkam ihn nach jedem der nächtlichen Brüche. Seine Antennen kribbelten. Da war ein Haus, damit konnte er etwas anfangen. Keine Alarmanlage, alte Fenster und Türen, jede Menge Deckung. Er ging die Einfahrt hinauf, das Knirschen seiner Schritte wie Gewehrschüsse. Er erreichte die Haustür, überladene Musselin-Glasscheiben in massiver Eiche. Er klingelte mit zugeschnürter Kehle. Er schluckte schwer, bekam einen zugeschnürten Hals. Wartete. Klingelte wieder. Legte den Kopf schief und lauschte. Ein leises Blätterrascheln in den Birken. Er trat zwei Schritte zurück und schaute nach oben. Viktorianisch, mindestens fünf Schlafzimmer, das Mauerwerk unlängst gereinigt und neu verfugt. Mehrere Mansardenzimmer mit kleinen Fenstern etwas zurückgesetzt im Obergeschoss. Er drehte sich um und betrachtete den Garten. Tyler befand sich bereits gut fünfzehn Meter von der Straße entfernt, eine hohe Steinmauer und mehrere Ahornbäume versperrten den Einblick von der Straße aus.

Er ging um die Seite des Hauses und versuchte die hintere Tür der angrenzenden Garage. Offen. Er ging durch die Garage, vorbei an Regalen mit Farbe und Dünger, und versuchte sein Glück an der Verbindungstür zum Haus. Abgeschlossen. Er ging wieder hinaus. Über der Garage befand sich ein Flurfenster, klein, aber doch groß genug, um durchzukommen. Er kehrte in die Garage zurück, holte eine Leiter heraus und lehnte sie gegen die Wand.

Tyler kletterte hinauf, stieg aufs Garagendach, versuchte das Fenster. Unverriegelt. Er drückte es auf, atmete tief ein und sprang, packte den Sims und zog sich mit Schwung auf die Ellbogen hinauf. Er tastete mit den Turnschuhen über den Stein, zog sich hoch und rüber, stützte sich mit den Händen auf der inneren Fensterbank ab, schob sich zappelnd durch den offenen Spalt und fiel wie ein neugeborenes Fohlen innen auf den Boden.

Er kauerte eine ganze Minute dort, lauschte auf seinen Atem und sonst nichts.

Er war drin.

8

Er wanderte von Zimmer zu Zimmer, um ein Gefühl für das Haus zu bekommen. Dieses Zuhause befand sich im Winterschlaf, war nicht leer, wurde aber auch nicht täglich genutzt. In sämtlichen Schlafzimmern war alles ordentlich in Schubladen und Schränke geräumt, auf den Nachttischen weder Bücher noch Gläser mit Wasser, auf dem Boden des Zimmers eines männlichen Jugendlichen keine achtlos fallen gelassenen Kleidungsstücke, über allem eine feine Staubschicht. Neutrale Tagesdecken auf Betten, in denen nicht geschlafen worden war, geschmackvolle Lampen und viel dunkles Holz. Aber es gab auch Lebenszeichen – ein Bücherregal voll Harry Potter, Kram von den eigenen Abenteuern eines Jungen, ein junger James Bond.

Im Elternschlafzimmer nicht anders. Es war schon eine ganze Weile nicht mehr benutzt worden, aber im Schrank hingen Kleider, auf den Regalböden eines Schranks eine ganze Kollektion Stöckelschuhe. Im Bad standen einige Flaschen auf dem Badewannenrand, aber es gab keine Seifenkleckse, keine feuchten Handtücher, die Kacheln vollkommen trocken. Fast war es wie ein Musterhaus, hier und da ein paar wenige persönliche Dinge, platziert, um dem Haus so etwas wie Charakter zu geben. Oder wie eine Airbnb-Wohnung, in der während der Festivalsaison eine reiche Familie wohnte, die überteuerte Theater- und Comedyvorstellungen besuchte.

Die Mansardenzimmer genauso. Kleine eiserne Kaminöfen, Wollmäuse unter den Betten, der Blick aus den höheren Fenstern hinaus auf den Garten. Durch das Laub sah er einen Kastenwagen der British Telecom, Arbeiter standen um ein Loch in der Straße.

Er schaute einen Moment zu, dann ging er zwei Treppen nach unten, ließ dabei die Hand über das Geländer streichen, verschwendete keinen Gedanken an Fingerabdrücke. Kein Mensch suchte nach Fingerabdrücken, wenn man nicht mal wusste, dass überhaupt eingebrochen worden war.

Im Erdgeschoss fand er verschiedene persönliche Dinge. Eine Sammlung Vinylschallplatten mit klassischer Musik neben einem Linn-Plattenspieler. Er ging die Scheiben durch, die alphabetisch sortiert waren, und zog eine heraus. Erik Satie. Er nahm sie aus der Hülle und legte sie auf den Plattenspieler. Schaltete die Maschine ein, es ploppte und summte, dann senkte er die Nadel auf die Schallplatte. Der warme Klang der Musik erfüllte den Raum. Langsames Klavier, melancholisch, viel Stille. Er spürte, wie sich seine Atmung und der Herzschlag verlangsamten, während er im Raum umherwanderte. Auf dem Kaminsims gerahmte Familienfotos. Mum, Dad, zwei Söhne. Der Dad sah militärisch aus, kräftige breite Schultern, Oberschicht, Offiziersmaterial. Die Frau war schön auf eine knochige Art, scharfe Gesichtszüge und leere Augen. Sie lächelte, aber es lag keinerlei Wärme darin. Die beiden Jungs waren untersetzte Teenager, der eine etwas älter als Tyler, und sie versuchten, Daddy nachzueifern, die Brust gereckt, das Kinn gehoben, dieselbe Anspruchshaltung.

Tyler ging zur Haustür und hob die Post vor dem Briefschlitz auf. Der Anzahl der Briefe nach war seit Wochen niemand im Haus gewesen. Aber sie bekamen immer noch Rechnungen geschickt, also war es das Familienhaus. Fotheringham, Jason und Charlotte.

Er legte die Post zurück und ging in die Küche. Schwarzer Schieferboden, verchromte Armaturen, eine lange Frühstückstheke aus irgendeinem weißen Stein. Er ging zum Kühlschrank, nahezu leer. Sie hatten offenbar in nächster Zeit nicht vor, sich einen Snack zu machen. Im Eisfach selbst gekochtes Zeug in Tupperdosen – Lasagne, Pollo Cacciatore, Wildgulasch. »Ben & Jerry's Cookie Dough«-Eiscreme und eine Flasche Grey-Goose-Wodka. In den Schränken fand er Kekse und Chips, Thunfischdosen und Kidneybohnen. Er nahm ein KitKat und wickelte es aus, dann hörte er den Krach von zersplitterndem Glas.

Er hörte auf zu kauen und lauschte.

Die Klaviermusik lief immer noch in dem anderen Zimmer.

Er ging zur Küchentür und sah in den Flur, konnte aber nichts Ungewöhnliches entdecken.

Ein weiteres Krachen. Mehr Glas, ein dumpfer Schlag aus dem Wohnzimmer.

»Kackenscheiß.«

Er sah die Treppe hinauf. Er hatte voll freie Bahn von hier aus, konnte in einem halben Dutzend Sprüngen die Treppe hinauf sein, durch das Fenster oben im Flur, und kein Mensch kriegte was davon mit.

Aber irgendwas war mit dieser Stimme.

Er starrte zur Wohnzimmertür, durch die Klaviermusik herausperlte. Jemand ächzte.

Den KitKat-Riegel in der Hand ging er zur Tür.

Ein Fenster war eingeschlagen, Glassplitter lagen über den Läufer verteilt, mittendrin ein glatter Stein aus dem Garten. Das Fenster war geöffnet und hochgeschoben worden, und ein Mädchen in einem roten Schulblazer kletterte herein, hielt dabei die Handfläche der einen Hand in der anderen.

»Scheiße.«

Sie war schlank und knochig, ein paar Zentimeter größer als er, ungefähr das gleiche Alter. Unter dem Blazer trug sie eine weiße Bluse, einen knielangen marineblauen Rock und eine marineblaue Strumpfhose, dazu flache schwarze Schuhe. Ihr rotblondes Haar hatte sie zu einem Pferdeschwanz gebunden. Als sie sich aufrichtete, fielen Tyler ihre Gesichtszüge auf, eine spitze Nase und grüne Augen, markante Wangenknochen und scharf geschnittene Kieferpartie, ein schmaler Mund.

Sie drehte sich um. Mit Überraschung in den Augen wanderte ihr Blick von seinem Gesicht zu dem KitKat, dann von oben bis unten über seine Uniform.

»Wer zum Teufel bist du denn?«, fragte sie.

»Das hab ich mich auch gerade gefragt.«

»Das ist nicht dein Haus.«

Tyler dachte an die Familienfotos der Fotheringhams. »Dito.«

»Du bist widerrechtlich hier eingedrungen.«

»Gleichfalls.«

Sie seufzte. »Wir könnten den ganzen Tag so weitermachen.«

Sie senkte den Blick auf ihre Hand und Tyler sah, dass Blut auf den Läufer tropfte, dasselbe Rot wie ihr Blazer.

»Wer immer du bist – weißt du, wo ich hier ein Pflaster oder so was finde?«, fragte sie.

Tyler drehte sich um. »Hier lang.«

9

Er ließ an der Küchenspüle das kalte Wasser laufen und sah über seine Schulter zurück. Sie war ihm gefolgt, eine Spur von Blutstropfen zog sich hinter ihr über den Boden. Sie kam näher, die Augen zusammengekniffen, starrte ihn an.

»Halt sie unter Wasser«, sagte er.

Das machte sie und zuckte sofort zusammen, ließ ihn aber nicht aus den Augen. Er sah zu, wie das rosa Wasser in einem Strudel im Ausguss verschwand. Er fragte sich, wo er in einem so großen Haus einen Verbandkasten aufbewahren würde. Er ging zu einem Abstellraum an einer Seite der Küche, darin Waschmaschine und Trockner, ausgelagerte Winterjacken und Stiefel. In der zweiten Schublade fand er einen Schnellverschlussbeutel mit einem Kreuz darauf, gefüllt mit Pflaster und Antiseptikum, Zeugs gegen Insektenstiche, eine Rolle Verbandmull und eine Schere. Damit kehrte er in die Küche zurück, warf den Beutel aufs Abtropfbrett und hielt ihr ein Geschirrtuch hin.

»Lass mal sehen.«

Sie hob die Hand. Die Schnittwunde über ihrem Handballen war ungefähr drei Zentimeter lang, aber nicht tief, und das Blut quoll auf der gesamten Länge hervor, während sie zuschauten. Nur ein Stück weiter unten und es hätte ihr Handgelenk erwischt, quer über die Vene.

Er spürte, dass sie ihn beobachtete, spürte, wie er einen roten Kopf bekam.

»Darf ich?«, fragte er.

Sie hielt ihm ihre Hand hin, und er tupfte sie vorsichtig mit dem Geschirrtuch ab. Es fühlte sich komisch an, wie ein religiöses Ritual.

»Ich glaube, es ist jetzt trocken«, sagte sie schließlich, und sein Gesicht fühlte sich noch heißer an.

Er ließ das Geschirrtuch fallen, gab etwas Antiseptikum auf einen Wattebausch und ergriff ihr Handgelenk. Er hatte bei Bean schon so viele kleine Wunden versorgt, dass er genau wusste, was er tat.

»Das wird jetzt brennen.« Er tupfte.

»Oh verdammt!« Sie zuckte zusammen und zog ihre Hand zurück. Einen kurzen Augenblick berührten sich ihre Finger, dann hielt sie ihm wieder die Hand hin. Er tupfte sie ab, während sie scharf ein- und schwer ausatmete.

»Meinst du, es muss genäht werden?«, fragte sie.

Er schüttelte den Kopf. »Ist nicht tief.«

Er maß ein Stück Verbandmull ab, schnitt es zurecht und legte den Anfang in die Beuge ihres Daumens. »Halt das fest.«

Sie drückte einen Finger darauf. Er wickelte den Verband über den Handrücken und dann über den Schnitt, einmal ums Handgelenk und wieder hoch, prüfte dabei immer wieder, ob es stramm genug saß. Er fand eine kleine Sicherheitsnadel und fixierte den Verband.

Sie hob die Hand, ließ die Finger spielen und ballte sie zur Faust. »Ich sehe aus wie ein Boxer.« Sie machte eine schnelle Folge von Geraden und täuschte dann einen Uppercut mit der anderen Hand an.

»Wie willst du das erklären?«

Sie sah ihn an. »Wem müsste ich es denn erklären?«

Tyler zuckte mit den Achseln.

Sie lächelte. »Ich werd einfach sagen, ich hätte an mir rumgeschnippelt, das machen an der Schule alle.«

Sie deutete auf das Wappen an ihrem Blazer, ein dickes rotes Kreuz, eingefasst mit Blättern, und oben drüber was auf Latein. »Inveresk.«

Das piekfeine Internat in Musselburgh. Er hatte noch nie einen Schüler von dort kennengelernt, sie hielten Distanz zu den anderen Kids der Stadt, allein schon, um Ärger aus dem Weg zu gehen. Die Schule war von hohen Steinmauern umgeben, und jede Menge Security sorgte dafür, dass die Einheimischen draußen blieben.

Tyler las den Text auf ihrem Schulwappen. »Spartam nactus es, hanc exorna«.

Sie verdrehte die Augen. »Irgend so ein uraltes Zeugs über Sparta. Wörtlich ergibt es überhaupt keinen Sinn, so was wie ›Sparta gehört dir, verschönere es‹. Heutzutage sagt man, es bedeutet so viel wie ›Entwickle deine Talente‹. Alles extrem motivierend.«

Er versuchte, sich an das Motto seiner Schule zu erinnern, aber er war nicht mal sicher, ob sie überhaupt eines hatte.

»Wie heißt du?«, fragte sie.

»Tyler.«

»Damit kann ich was anfangen.« Sie bot ihm ihre verletzte Hand an. Er nahm sie, drückte aber nicht zu, spürte den Unterschied zwischen ihrer glatten Haut und dem rauen Verband.

»Ich bin Flick«, sagte sie. »Weil du mich ja nie fragen wirst. Eigentlich ist es Felicity, aber kein Mensch nennt mich so außer meinen Eltern, und die sehe ich nie.«

Tyler schüttelte ihre Hand, bis es sich irgendwie blöd anfühlte.

»Nett, dich kennenzulernen, Flick.«

Sie ließ seine Hand los und sah sich theatralisch um.

»Also, wieso bist du an einem Dienstagmorgen im Haus meines Ex-Freundes?«

Er begann, die Sachen wieder in die Reiseapotheke zu räumen, dann zog er den Verschluss zu und legte sie zurück in die Schublade im Lagerraum.

»Du bist der starke, stille Typ, ja?«

Er kam zurück und lehnte sich gegen die Spüle. »Du bist hier diejenige, die eingebrochen ist.«

»Du auch.«

»Das weißt du nicht.«

»Ich wette, ich finde dafür Beweise.«

Tyler dachte an das offene Flurfenster oben, an die Leiter, die draußen an der Garagenwand lehnte. »Jedenfalls ist es nicht haufenweise Glas auf dem Läufer im Wohnzimmer und überall Blut.«

Sie spitzte die Lippen, als wär's ein Spiel.

»Du bist keiner von Wills Freunden.«

»Wer sagt das?«

Sie musterte ihn übertrieben betont. »Weil du so ziemlich das genaue Gegenteil von diesem Drecksack bist.«

Tyler hätte längst weg sein sollen, er hätte die Biege machen müssen, als er im Wohnzimmer das Glas zerbrechen hörte. Aber er war immer noch hier und genoss es, Flicks Gesicht anzusehen und den Schwung ihrer Hüfte, und er roch auch ihren Duft, irgendwas Zitroniges.

Sie berührte die Spitze ihres Pferdeschwanzes. »Dann bist du also ein Dieb?«

Tyler streckte die Hände aus. »Siehst du mich irgendwas klauen?«

»Vielleicht hab ich dich ja auf frischer Tat erwischt.«

»Ja, klar, du hast dich angeschlichen und mich in flagranti erwischt, obwohl du Fenster eingeschlagen hast und hier alles vollsaust.«

»Okay, Klugscheißer.«

Sie hatte einen vornehmen Edinburgh-Akzent, eine Stimme, wie man sie bei Nachrichtensprecherinnen oder Moderatorinnen im Frühstücksfernsehen hörte. Er hatte noch nie einen echten Menschen getroffen, der sich tatsächlich so anhörte. In ihrer Stimme lag ein Selbstvertrauen, das man bekommt, wenn man sich nie Sorgen machen muss, wie man an die Kohle fürs Essen oder den Saft aus der Steckdose kommt, solche Sachen hatte sie einfach nicht auf dem Schirm. Er nahm sich vor, später im Internet die Schulgebühren von Inveresk nachzusehen.

Sie deutete mit dem Kopf Richtung Wohnzimmer. »Was ist mit der Musik?«

Erst als sie es jetzt erwähnte, registrierte er, dass das Album immer noch lief, klassische Musik herüberdriftete.

»Ist beruhigend.«

»Du bist bei jemandem eingebrochen, um Klaviermusik zu hören?«

»Hab's doch schon mal gesagt, ich bin nicht eingebrochen.«

»Wenn du das sagst.«

Er trat einen Schritt zur Seite und nahm ein Geschirrtuch. »Wahrscheinlich sollten wir die Schweinerei beseitigen, die du veranstaltet hast.«

Sie sah ihn stirnrunzelnd an. »Warum?«

»Damit sie nicht merken, dass wir hier waren.«

»Und was ist, wenn ich genau das möchte?«

Er schüttelte den Kopf. »Das ist einfach nur dumm. Willst du verhaftet werden?«

Sie dachte darüber nach. »Woran denkst du?«

»Die zerbrochene Scheibe können wir nicht verbergen, also lassen wir das Glas und den Stein liegen, machen das Fenster zu und beseitigen sämtliche Blutspuren, das wäre das Wichtigste. Dann sieht's vielleicht so aus, als hätte irgendein Idiot nur einen Stein durchs Fenster geschmissen. Videoüberwachung gibt's hier nicht, also ist das kein Problem.«

Er ließ unter dem Hahn Wasser auf das Tuch laufen und drückte es aus, dann machte er in der Spüle einen Lappen nass und gab ihr den.

»Komm.« Er begann, den Weg zurückzugehen, den sie gekommen waren, die Augen auf dem Boden, kniete sich hin, um Blut wegzuwischen, wenn er welches entdeckte. Schiefer und Marmor waren kein Problem, der Teppich im Wohnzimmer war schwieriger. Aber er war dunkel und gemustert, also hatten sie vielleicht Glück.

Sie kniete sich neben ihn und tupfte einen Fleck ab.

»Vorsichtig«, sagte er. »Direkt neben deinem Knie sind Glassplitter. Auf noch mehr Blut können wir echt verzichten.«

Sie saß in der Hocke da und schaute ihn an. Sah sich im Zimmer um und ging wieder auf die Knie. »Warum hilfst du mir?«

»Warum nicht?« Er ließ den Blick durch den Raum wandern. »Das dürfte reichen.«

»Werden die nicht die Polizei verständigen?«, fragte Flick. »Die Spurensicherung kommen lassen?«

»Hättest du darüber nicht nachdenken sollen, bevor du einen Stein durch ihr Fenster wirfst und einsteigst?«

»Hab nicht nachgedacht.«

Er stand auf, schloss das Fenster und verriegelte es. Rieb an einem Blutstropfen auf dem Holzrahmen, bis der weg war.

Sie stand auf. »Willst du wissen, warum ich hier bin?«

Er breitete die Hände aus, lud sie ein zu sprechen.

Sie ging zum Kaminsims, starrte das Familienfoto an und zeigte auf den jüngeren der beiden Brüder. »Dieser Arsch hat mich wie Scheiße behandelt. Er hat mir Sachen versprochen. Alles nur Lügen. Er hat die ganze Zeit Tabby gevögelt und wahrscheinlich auch noch andere. Ich will Rache.«

Tyler nahm ihr den Lappen ab, dann gingen sie in die Küche. Er spülte den Lappen aus und legte ihn aufs Abtropfbrett, dann wrang er das Geschirrtuch aus und stopfte es in seine Tasche.

»Kann ich schlecht hierlassen«, sagte er. »Zu offensichtlich.«

»Du hast so was schon mal gemacht, stimmt's?«, meinte Flick.

Sie stand dicht genug, dass er wieder ihr Parfum riechen konnte, Zitronen und Blumen.

»Warum – wenn du nichts mitnimmst?«

Er dachte an die Frau, die in ihrem Blut auf dem Boden lag, wie Barry an ihr vorbeigegangen war, an die Schrotflinte unter dem Bett. Er dachte an Bean auf dem Dach, an seine zugedröhnte und auf dem Sofa pennende Mum, an den Hund in dem verlassenen Gebäude.

»Was genau machst du hier?«, fragte er. »›Rache‹ ist ziemlich schwammig.«

Sie wedelte mit ihrer verbundenen Hand. »Ich weiß nicht, 'n bisschen Chaos hinterlassen. Was mitnehmen. Ein Feuer in seinem Zimmer machen.«

»Um dann wegen Brandstiftung einzufahren? Super Idee.«

»Tja, was schlägst du vor?«

Er war nicht sicher, ob sie wirklich Ideen hören wollte oder eher nicht. Ihr Lächeln deutete an, dass sie es selbst nicht so genau wusste.

»Alles, was du tust, beweist doch nur, dass er dir an die Nieren gegangen ist«, sagte Tyler. »Und du handelst dir damit ziemlich sicher fetten Ärger ein. Wenn du ihn wissen lässt, dass du hier warst, und wenn er wirklich so ein Arsch ist, wie du sagst, dann wird er dir auch die Bullen auf den Hals hetzen.«

»Also?«

»Also tu so, als würde er nicht existieren. Vergiss ihn und zieh weiter.«

Flick kaute nachdenklich auf ihrer Lippe. »Für so einen kleinen Typen bist du ganz schön vernünftig.«

Tyler vermutete, dass sie auf der Schule im gleichen Jahrgang waren, sagte aber nichts.

Inzwischen lächelte Flick. »Darf ich denn wenigstens auf sein Bett pinkeln?«

»Gibt Typen, die fahren auf so was ab.«

Sie schnitt eine Grimasse. »So wie ich ihn kenne, trau ich ihm das sogar zu.«

Mit einem metallischen Geräusch und Knacken hörte die Musik im Wohnzimmer auf. Die plötzliche Stille fühlte sich an, als würden sie voreinander bloßgestellt. Sie gingen hinüber, und Tyler nahm die Platte mit den Fingerspitzen hoch, steckte sie in die Hülle und sortierte sie wieder in dem Regal ein. Sein Blick fiel auf die Glasscherben und den Stein auf dem Teppich, auf die zerbrochene Scheibe, und dann hörte er ein Geräusch, bei dem er erstarrte. Schritte auf dem Kies draußen, die lauter wurden, als die Person sich dem Haus näherte. Flick warf ihm einen Blick zu, aber er schüttelte nur den Kopf. Die Schritte wurden lauter, hörten dann auf, und die Türglocke erklang. Tyler packte Flick und drückte sie an den Kaminsims. Schweigend standen sie da. Er hörte das Schlurfen von Schuhen draußen auf der Stufe, dann ein Geräusch, das Umschläge machten, die durch einen Briefschlitz geworfen wurden, wie sie innen auf die Fußmatte fielen. Wenn der Briefträger nur einen Schritt zur Seite machte und hereinblickte, musste er sie sehen. Selbst wenn er sich nur in diese Richtung drehte, würde er das eingeschlagene Fenster sehen. Tyler bewegte einen Fuß und zuckte zusammen, als er gegen den Gitterrost des Kamins stieß und Metall über Stein schrammen ließ. Flick hob die Augenbrauen. Tyler starrte aufs Fenster, wartete darauf, ein Gesicht zu sehen. Ein paar weitere Sekunden, Stille im Raum und draußen. Dann das Knirschen von Schritten, die sich die Einfahrt hinunter entfernten.

Tyler dachte an die an der Garage lehnende Leiter, die von der Vorderseite des Hauses nicht zu sehen war.

»Wir sollten besser gehen«, meinte Flick. »Irgendeine Idee, wie wir hier rauskommen?«

Tyler lächelte.

10

Tyler verkniff es sich, zum Haus zurückzusehen, als sie die Einfahrt hinuntergingen. Tu so, als würdest du hierhergehören, als würde das alles dir gehören. Der Wind raschelte in den Birken, Spatzen flatterten um den Teich rechts von ihnen, eine Katze beobachtete die Vögel vom Rand eines Rhododendrons.

Er konnte die Energie zwischen ihnen spüren, den Kick, gemeinsam gegen Regeln zu verstoßen. Flick schien richtig hin und weg zu sein. Er selbst fühlte sich nie so bei seinen nächtlichen Streifzügen mit Barry und Kelly, fühlte sich nie als Teil von irgendwas, so wie jetzt.

Sie erreichten das Ende der Einfahrt, und Tyler wollte schon rechts zur Bushaltestelle abbiegen, doch Flick berührte seinen Arm und deutete mit dem Kopf in die andere Richtung.

»Ich nehme dich mit.«

»Du hast 'n Auto?«

»Jep.«

»Und 'n Führerschein?«

»Einen vorläufigen, ja. Eigentlich darf ich ohne einen Beifahrer mit regulärem Schein ja gar nicht fahren, aber wen interessiert's?«

Die BT-Arbeiter standen bei ihrem Wagen und an dem Loch in der Straße, drehten Däumchen. In der Straße parkte praktisch kein Auto, weil alle Häuser Einfahrten hatten. Das nächste war ein knallrotes Käfer-Cabrio, inmitten der grauen Straße und der Steinmauern so auffällig wie ein entzündeter Daumen.

»Sag jetzt bitte nicht, das da ist es«, meinte Tyler.

»Traumhaft, oder?«

Sie ging darauf zu und kramte ihren Schlüssel heraus. Die Arbeiter auf der anderen Straßenseite hörten auf zu reden und gafften ihr nach. Sie war ein echter Hingucker. Er sollte kehrtmachen und in die andere Richtung gehen.

»Mach schon«, rief sie zurück.

Er folgte ihr zu dem Wagen und stieg ein. Im Inneren roch es nach Leder und neuem Kunststoff. Sie ließ den Wagen an, der Motor summte, dann fuhr sie los.

»Falls die in dem Haus irgendeinen Verdacht haben, bist du ja nicht direkt unauffällig und anonym.«

»Na und?«

»Diese Arbeiter werden sich an dich erinnern.«

»Die kennen mich nicht.«

Tyler schüttelte den Kopf. »Ein hübsches Mädchen in einem roten Blazer fährt in einer auffälligen Karre weg. Es wird ein Klacks sein, dich ausfindig zu machen.«

»Du findest mich also hübsch?«

»Ist das dein Kick?«

Sie lächelte und schaltete hoch. Sie fuhr schnell, übersteuerte, ließ den Motor aufheulen. Sie drückte den Play-Button auf einem iPod zwischen ihnen, und das aktuelle Paramore-Album startete.

»Ist fast so, als wolltest du erwischt werden«, sagte er.

»Wie meinst du das?«

»Fahr doch einfach wie ein normaler Mensch.«

Sie bremste nicht ab. »Wo kann ich dich absetzen?«

Sie waren bereits am Cameron Toll.

»Irgendwo.«

Sie runzelte die Stirn, als sie mit aufheulendem Motor einen Fußgängerweg hinter sich ließen. »Schämst du dich für deinen Stadtteil?«

Er sagte nichts. Sie warf ihm immer wieder Seitenblicke zu, während sie den Kreisverkehr passierte und Richtung Osten fuhr.

»Tut mir leid«, sagte sie schließlich. »Das war unangebracht.«

»Schon okay.«

»Sag doch einfach, ich soll die Klappe halten.«

»Halt die Klappe.«

Sie lachte, und ihm gefiel, wie sich das anhörte. Er sah aus dem Fenster, während flotte Gitarrenmusik den Raum zwischen ihnen füllte. Als sie an Peffermill vorbeikamen, sah er auf die Uhr.

»Du könntest mich an der Schule absetzen«, sagte er. »Wahrscheinlich sollte ich zum Unterricht gehen.«

»Wo ist das?«

»Nicht mehr weit. Nur noch ein Stück und dann rechts.«

»Craigmillar?«

»Niddrie.«

Diese beiden Namen trugen so viel Bedeutung, transportierten einen ziemlichen Ruf. Die härtesten sozialen Brennpunkte der Stadt, auf einer Stufe mit den übelsten Stadtteilen des Landes, Synonyme für Armut, Kriminalität, Drogen und den ganzen Rest. Jedes Klischee von sozialer Verwahrlosung passte hier, und er verkörperte das alles. Er fühlte sich schmutzig in diesem sauberen Auto, fast als würde er schon allein durch seine Anwesenheit Flicks makelloses Leben beschmutzen. Er stellte sich vor, wie er auf sie wirken musste, und fühlte sich gleich mies.

Sie fuhren schweigend weiter, bis er auf den Abzweig hinter dem Ärztezentrum und dem Aldi zeigte. Sie holperte über Verkehrsschwellen und um ein paar Ecken, bremste dann direkt vor dem Schultor. Zwei jüngere Typen, die die Schule schwänzten, blieben stehen und glotzten das Auto an.

Sie fischte ihr Smartphone aus der Tasche, entsperrte den Bildschirm und reichte es ihm. »Gib mir deine Nummer.«

Er sah sie an, nahm das Telefon jedoch nicht. Erinnerte sich an das Gefühl ihrer Haut, an das Blut an ihrer verletzten Hand. Den Klang ihrer Stimme aus dem anderen Raum, an das Fluchen. Er inhalierte ihren Duft, vermischt mit dem Geruch des Autos.

»Lass mich nicht betteln«, sagte sie. Er sah etwas in ihren Augen, ein Flackern hinter ihrem großspurigen Auftreten, das vielleicht doch nur eine Fassade war, um etwas tiefer darunter Liegendes zu verbergen. Vielleicht war sie ja gar nicht so selbstbewusst, wie sie tat. »Willst du mich nicht wiedersehen?«

Sie lächelte ihn verschämt an, und die Verletzlichkeit in ihren Augen war fort, wieder ganz die selbstbewusste Flick.

Er nahm das Telefon und gab seinen Namen und die Telefonnummer ein. Er verwendete seinen richtigen Nachnamen, warum auch nicht? Sie würde ihn wegen des Hauses nicht verpfeifen, denn damit würde sie sich automatisch selbst in die Scheiße reiten. Und er wollte sie unbedingt wiedersehen. Er gab das Handy zurück, und sie sah es an.

»Tyler Wallace«, las sie, als würde sie den Wert seines Namens abwägen. »Wenn du mir eine falsche Nummer gegeben hast, werde ich Jagd auf dich machen und dich umbringen.«

Sie lachte zu laut. Einen Moment dachte er schon, sie würde auf die Wählen-Taste drücken, um sich zu vergewissern, ob das Telefon in seiner Tasche klingelte.

»Ich werd mich melden, Tyler Wallace.«

»Ich hoff's.«

Er stieg aus und schloss die Tür. Mit aufheulendem Motor und quietschenden Reifen bretterte sie davon, und es fühlte sich an, als wäre alles nur ein Traum gewesen.

11

Er bekam keinen Ärger, weil er den größten Teil des Vormittags verpasst hatte. Seine Fehlstunden wurden zwar registriert, aber in dieser Gegend war die Quote der Schulschwänzer so hoch, dass jeder, der zum Unterricht erschien, schon ein Triumph war. Sie konnten ihn nicht bestrafen, er war alt genug, um zu gehen, wann immer er wollte. Die Schülerzahlen stürzten ab, sobald die Kids sechzehn wurden, wobei die meisten Jungs eine Berufsausbildung begannen, zur Army gingen oder einfach nur faulenzten. Das Militär war clever, sie machten regelmäßig Rekrutierungskampagnen in den ärmsten Vierteln der Stadt, heuerten reichlich frisches Kanonenfutter für den jüngsten Krieg im Nahen Osten an. Die Mädchen machten entweder Ausbildungen zu Friseurinnen oder suchten sich Aushilfsjobs in Nagel- und Sonnenstudios. Klischees, klar, aber wenn sich die Horizonte vom Tag deiner Geburt an ständig verengen, wenn du niemanden in deiner näheren Umgebung kennst, der etwas anderes macht, dann macht man bei dieser Scheiße eben mit. Keiner von hier wurde Pilot oder Chirurg oder Anwalt, denn diese Berufe kosteten erst mal Geld.

Die Schule wusste auch, dass sie Tyler nicht nachsitzen lassen konnten, denn er musste ja Bean abholen. Sie wussten alles über seine familiären Verhältnisse, dafür sorgten schon die Sozialarbeiter. Er und Bean waren aktenkundig, aber es gab hier Hunderte, die im selben Boot saßen, viel zu viele, um sich um alle zu kümmern, und überflutet von Papierkram und Notfalleinsätzen hatte niemand die Zeit oder das Geld, wirklich zu helfen. Es arbeitete gegen Tyler, dass er sich und Bean über Wasser hielt, dass er seine Sache gut machte, sie beide großzuziehen, aber immerhin galten sie nicht als Krisenfälle.

Er stellte sich vor, mit Flick in Wills Haus zu sitzen, während Bean im Garten Rad schlug und er einen netten Mittelschichtsdrink schlürfte, einen Gin Tonic oder einen Prosecco oder irgend so einen Scheiß. Prösterchen. Zwischen den Sprüngen und Dehnübungen schaufelte sich Bean immer mal wieder eine Ladung »Cookie-Dough«-Eiscreme in den Mund.

Es war in der Nachmittagspause, als er es erfuhr.

Er kam gerade aus der Englischstunde und googelte »Felicity« und »Inveresk« auf seinem Smartphone, als Connell ihn packte.

»Hast du's schon gehört?«

Connell war dumm wie Schifferscheiße, hatte aber ein gutes Herz. Er war groß und breit, wog wahrscheinlich doppelt so viel wie Tyler, hatte aber nicht mal einen Funken Aggression im Leib. Seine Ohren und Wangen waren ständig gerötet, als käme er gerade eben von einer Schneeballschlacht ins Warme rein, und seine Schulkrawatte sah immer scheiße aus.

Tyler sah ihn an. »Keine Ahnung, was denn?«

Connell beugte sich zu ihm und senkte die Stimme. »Paar Idioten sind letzte Nacht bei Ryan Holt eingebrochen, haben 'ne Menge Scheiße mitgehen lassen und seine Mum abgestochen.«

Tyler steckte sein Telefon ein. Sein Herz war erstarrt und ihm war kotzübel, Schweiß klebte unter seinen Achseln. »Was?«

Connell bekam große Augen. »Ich weiß, okay? Die Holts.«

»Scheiße.«

»In den Schuhen von denen möchte ich jetzt ganz bestimmt nicht stecken. Wenn Deke Holt die in die Finger kriegt, werden die vernichtet. Gottverdammt gefoltert und die ganze Scheiße. Die werden sich wünschen, sie wären tot.«

Die Holts waren eine Legende in Niddrie, die übelste kriminelle Großfamilie, die es gab, und das schon seit Jahrzehnten. Damals in den Achtzigern hatten sie sich mit der Young Niddrie Terror Gang rumgetrieben, seitdem aber an Macht und Ansehen gewaltig zugelegt. Deke war das Familienoberhaupt und betrieb unter anderem völlig legale Geschäfte, investierte Drogengeld in Immobilien, obwohl er auch bereits wegen Gewaltdelikten gesessen hatte. Sein Sohn Ryan war in Tylers Jahrgang auf der Schule und drehte noch Däumchen. Man ging ihm aus dem Weg wegen seiner Connections und weil er diesen Ausdruck in den Augen hatte, als würde er nicht aufhören, wenn er einmal angefangen hatte. Tyler kannte die Holt-Männer vom Sehen, nicht jedoch Ryans Mum.

»Wo ist das passiert?«, fragte er und versuchte, seine Stimme ruhig zu halten. Seine in den Taschen geballten Fäuste waren schweißnass.

»Irgendwo oben in Bruntsfield, glaub ich.«

»Wohnen die nicht mehr hier in der Gegend?«

Connell sah Tyler an, als hätte er nicht mehr alle Tassen im Schrank. »Würdest du, wenn du die Kohle hättest, von hier zu verschwinden?«

»Und wieso ist Ryan dann noch auf der Castlemound?«

Connell zuckte mit den Schultern. »Seine Gang ist hier. Außerdem bleibt er so in Verbindung mit all den anderen Spasten.«

Tyler dachte an die abgesägte Schrotflinte unter dem Bett, erinnerte sich, wie er sie im Spiegel auf sich gerichtet hatte, an das Gewicht des Teils in seinen Händen. Er dachte an die Frau, an das neben ihr fallen gelassene Messer. Er dachte an den Beutel mit dem ganzen Kram, dem Kram der Holts, der sich immer noch im Wohnzimmer seiner Wohnung befand.

Er schloss die Augen und versuchte, sich an die Klaviermusik aus Wills Haus zu erinnern, versuchte, sich Flick vorzustellen, wie sie mitten in dem Zimmer stand. Doch er konnte nichts anderes sehen als nur Ryan Holts Mum auf dem Boden, wo sie in ihrem eigenen Blut schwamm.

Er schluckte. »Geht's seiner Mutter gut?«

Er war nicht gläubig, aber jetzt betete er heftig zu jedem Gott, den es gab.

»Sie liegt im Krankenhaus«, antwortete Connell. »Ihr Zustand ist kritisch, aber stabil. Was immer das jetzt heißt.«

»Scheiße.«

Connell sah ihn an. »Mit dir alles okay? Du siehst irgendwie voll krank aus.«

Tyler zwang sich zu einem Lachen, das allerdings völlig falsch klang. »Hab letzte Nacht nicht besonders viel geschlafen, das ist alles.«

Connell schüttelte den Kopf. »Ich möchte echt nicht einer dieser Ärsche sein. Die können unmöglich gewusst haben, dass es die Bude der Holts war. Warum sollte man die ausrauben wollen? Es wird zu einer echt krassen Vergeltung kommen, wenn Deke herausbekommt, wer das war.«

»Wie soll er das denn herausfinden?«

Connell runzelte die Stirn über diese Frage. »Erst mal haben die ihre Karre mitgenommen. Das wird er in Umlauf bringen, und er wird die Karre finden. Außerdem haben die Unmengen Zeugs aus dem Haus mitgehen lassen. Das wird früher oder später irgendwo auftauchen. Wahrscheinlich sind seine Jungs jetzt schon unterwegs und suchen. Die Leute werden reden, weil die nämlich alle eine Scheißangst vor Deke haben.«

Tyler leckte sich über die Lippen, versuchte, irgendwie Feuchtigkeit in seinen total trockenen Mund zu bekommen.

»Bist du sicher, dass mit dir alles okay ist?«, fragte Connell.

12

Eine Last hob sich von ihm, als er Beans Gesicht sah. Sie kam über den Schulhof auf ihn zugerannt, hielt ihm einen Behälter mit zähflüssigem Schleim hin, der gerade angesagte heiße Scheiß, grün und klebrig.

Miss Kelvin stand lächelnd in der offenen Tür ihres Klassenzimmers und kam dann heraus. Sie hatten eine Abmachung: Tyler holte Bean von der Schule ab, aber manchmal schaffte er es nicht rechtzeitig, je nachdem, ob er als Letztes eine Freistunde hatte. Falls es nicht klappte, blieb Bean bei ihrer Lehrerin, half aufzuräumen oder spielte für sich allein, wenn Miss Kelvin Schreibkram zu erledigen hatte. Es gab eine Nachmittagsbetreuung, aber dafür fehlte Tyler das Geld. Als er mal das Thema gegenüber Angela erwähnt hatte, da hatte sie nur gelacht. Miss Kelvin musste das alles nicht tun, aber von Bean wusste sie alles über ihr Leben zu Hause. Und dass Bean nicht nervig war, erleichterte manches.

»Hey, Tyler«, sagte Miss Kelvin.

Sie war jung, hatte gerade erst die Lehrerausbildung hinter sich – vielleicht war das der Grund, warum sie nicht so streng mit Tyler war. Ein erfahrenerer Lehrer hätte sie vielleicht einfach im Regen stehen lassen. Die Verwaltung redete viel von Inklusion und davon, Familien zu helfen, die in Armut lebten, aber die Wahrheit war, dass die Schule kaum genug Geld für die notwendigsten Betriebsmittel hatte, geschweige denn für sonst irgendwas.

»Hi, Miss Kelvin.«

Bean ließ den Schleim zwischen ihren Fingern hervorquellen und grinste breit.

»Hol deine Tasche und Jacke«, sagte Tyler.

Sie drückte ihn kurz und flitzte dann zurück ins Klassenzimmer.

»Pass auf, dass du alles hast«, rief er ihr nach.

Er drehte sich zur Lehrerin um. »War sie heute okay?«

»Natürlich. Wie immer.« Sie war genauso groß wie Tyler, hatte ihre schwarzen Haare zu einem kurzen Bubikopf geschnitten. »Du weißt, dass demnächst Elternabend ist.«

Tyler presste die Lippen aufeinander.

»Die Einladung dazu steckt in ihrer Tasche.« Miss Kelvin musterte ihn aufmerksam, als er mit den Füßen scharrte. »Wie geht's deiner Mum?«

Er kratzte sich am Kopf. Er begriff, dass er voll dem Klischee des verschlossenen Teenagers entsprach, aber er hatte wirklich keine Ahnung, was er sagen sollte.

»Besteht die Chance, dass wir sie am Elternabend sehen?«

»Ich kann fragen.«

»Wäre super.«

Gepolter aus dem Klassenraum. In ihrer Hektik, ihren ganzen Kram zusammenzupacken, hatte Bean ihre Wasserflasche fallen lassen.

»Sie hatte heute viel Spaß mit ihrer neuen Kamera«, sagte Miss Kelvin.

Tyler überlegte, was er darauf antworten sollte. »War ein Geschenk.«

»Sie spricht dauernd von dir. Sie ist total in dich vernarrt.«

»Sie ist ein gutes Mädchen.«

Miss Kelvin verfolgte, wie Bean aus der Klasse gestolpert kam, um zu ihnen zu kommen. »Du bist für sie auch ein guter Bruder, Tyler.«

Er sah Bean an. »Alles klar?«

»Jep.«

»Dann komm.«

Er streckte eine Hand aus, die Bean sofort ergriff. »Was sagst du zu Miss Kelvin?«

»Vielen Dank, Miss Kelvin.« Runtergeleiert, als wär's ein Witz.

»Sehr, sehr gern, Bethany.« Sie sah Tyler an. »Pass auf dich auf.«

Sie gingen. Tyler spürte, wie Bean im Gehen seine Hand drückte.

• • •

»Snook!« Bean stürmte los, sobald Tyler sie durch das Fenster gehoben hatte. Die Hündin war auf den Beinen und beschnupperte ihren Wurf, die Welpen stolperten übereinander, es sah komisch aus. Snook wedelte mit dem Schwanz, als sie Beans Stimme hörte, und sie begann sofort, Hände und Gesicht des Mädchens abzulecken.

»Braves Mädchen«, sagte Bean, als die Welpen kamen, um nachzusehen, was das Theater sollte.

Sie waren süß, würden aber sehr schnell erwachsen werden, brauchten Futter und mussten ausgeführt werden. Er fragte sich, wie Bean damit klarkommen würde. Sie konnten unmöglich vier Hunde halten, und es gab auch keine Garantie, dass sie nicht einfach wegliefen. Snook war halbwild, einer von vielen Hunden, die im Brachland südlich der Burg herumstreunten und Jagd auf Essensabfälle machten. Tyler stellte sich vor, wie das wohl sein mochte, die Freiheit zu haben, einfach herumzustreichen und eine ganze Welt erkunden zu können. Die Kehrseite war jedoch, dass man ständig am Rande von Hunger und Gewalt lebte, Kämpfe mit anderen Tieren, Grausamkeit seitens der Menschen. Er war nicht sicher, ob es sich dafür unter dem Strich lohnte.

Er füllte die Wasserschüssel nach und stellte sie neben die Matratze. Snook hatte angefangen, ihr Geschäft in der anderen Ecke des Raumes zu machen, aber die Welpen hinterließen in dieser Ecke immer noch überall eine glitschige Schweinerei. Er versuchte, so gut es ging, mit alten Zeitungen sauber zu machen. Sie brauchten dringend eine Reinlichkeitserziehung, aber er hatte keinen Schimmer, wie man das machte. Und mussten Welpen nicht auch irgendwelche Impfungen bekommen?

Bean steckte mitten in einem Fellknäuel, kicherte und lachte, lag auf der Matratze und ließ die Welpen auf sich herumklettern. Er widerstand der Versuchung, ihr zu sagen, sie solle ihre Uniform nicht schmutzig machen, stand einfach nur da und schaute zu, lächelte über ihr Glücksgefühl. Nach einer Weile schienen die Welpen müde zu werden.

»Denke, wir sollten uns auf den Heimweg machen«, sagte er.

»Aaach.«

»Die Welpen sehen schläfrig aus. Und ich hab Hunger. Lass uns einen Snack besorgen.«

Nach einer ausführlichen Verabschiedung zwischen Bean und den Hunden gingen sie die Straße hinunter. Der Lärm und das Poltern vom Baugelände begleitete sie. Bagger schaufelten große Brocken Erde aus dem Boden, Kräne schwangen lange Rohre durch die Luft und platzierten sie in Gräben, jede Menge Typen in Arbeitswesten sagten sich gegenseitig, was zu tun war.

Als sie die Straße zum Greendykes House überquerten, stieg eine Frau aus einem davorparkenden Ford. Sie reckte sich und sah sich um, registrierte ihre Umgebung, und dann tat sie, als würde sie auf einmal Tyler und Bean bemerken, als wär's der reinste Zufall.

Detective Inspector Pearce. Sie war klein und stämmig, hatte schulterlange Locken, trug eine weiße Bluse und einen schwarzen Rock. Sie hatte ihn schon zweimal auf dem Revier in der Duddingston Road West vernommen, das eine Mal hatten sie die üblichen Verdächtigen verhaftet, beim anderen Mal war es um eine üble Schlägerei in der Schule zwischen zwei Mädchen seiner Klasse gegangen. Pearce war in Niddrie aufgewachsen, und das ließ sie einen gern wissen, und während sie sich damit einerseits einen gewissen Respekt verschaffte, cancelte sie diesen gleich wieder, als sie beschlossen hatte, zu den Bullen zu gehen. Sie war auch schon mal in ihrer Wohnung gewesen, hatte mit Barry und Kelly geplaudert, aber bislang hatte sie noch keinem Wallace irgendwas anhängen können.

Sie lächelte, als sich Tyler und Bean näherten. »Tyler.«

Er hob bestätigend das Kinn.

Sie behielt das Lächeln auf dem Gesicht. »Darf ich auf ein Schwätzchen mit zu euch raufkommen?«

Tyler dachte an die Bettbezüge mit dem gestohlenen Kram im Wohnzimmer.

»Nicht ohne Haftbefehl.«

»Du kennst deine Rechte.«

»Das bringt einem die Schule bei.«

»Wie ich von deiner Schule weiß, bist du ziemlich helle.«

Tyler gab Bean seine Hausschlüssel. Er wollte nicht, dass sie das hier mitbekam, war aber auch nicht sicher, was sie oben erwartete. Ähnlich war's bei Pearce. Er konnte sie nicht einladen, mit raufzukommen, aber gesehen zu werden, wie er hier draußen mit ihr redete, war auch nicht gut für seine Gesundheit.

»Geh du schon mal rein«, sagte er zu Bean. »Im Küchenschrank neben dem Wasserkessel sind noch Chips. Ich komm gleich nach.«

Sie zögerte zu gehen, beäugte Pearce, doch Tyler ließ ihre Hand los und schickte sie mit einer Handbewegung fort, sah ihr nach, als sie ins Haus ging.

»Sie werden so schnell erwachsen«, meinte Pearce.

»Was wollen Sie?«

»Ich bin hier, um zu helfen.«

»Klar.«

»Polizeidienst in der Gemeinde, damit du sicher bist.«

Tyler setzte an zu gehen. »Wenn Sie nicht auf den Punkt kommen ...«

Pearce verstellte ihm den Weg. »Fleißig letzte Nacht?«

Tyler machte einen Schritt zurück. »Nein.«

»Was hast du gemacht?«

»Bin zu Hause gewesen, hab ferngesehen.«

»Kann das irgendwer bestätigen?«

Tyler schüttelte den Kopf. »Bean hat geschlafen. Mum war weggetreten.«

Da war etwas auf Pearces Gesicht, das ihm überhaupt nicht gefiel. Mitgefühl. Es war genau derselbe Blick, den er von jedem bekam, wenn die Leute erfuhren, wie es bei ihm zu Hause aussah. Lehrer, Sozialarbeiter, Polizei – alle überschütteten ihn nur mit den besten Absichten mit ihrem herablassenden Applaus dafür, dass er damit zurechtkam. Drauf geschissen.

»Schon gehört?«, fragte Pearce.

Tyler starrte sie ausdruckslos an.

Pearce seufzte. »Letzte Nacht ist eine Frau bei einem Einbruch fast getötet worden. An der St. Margaret's Road. Davon gehört?«

»Nein.«

»Direkt unterhalb von den Bruntsfield Links. Ganz nette Gegend eigentlich.«

Tyler schaute zu seinem Hochhaus auf und fragte sich, von wie vielen Augenpaaren sie gerade beobachtet wurden und ob Barry oder Kelly am Fenster standen.

Pearce sah zu dem zivilen Polizeifahrzeug hinüber. Tyler bemerkte einen zweiten Beamten auf dem Beifahrersitz. Sie kamen immer zu zweit, aber wieso war er nicht mit Pearce ausgestiegen? Das machte dies inoffiziell, keine Zeugen, also blieb alles, was er sagte, zwischen ihnen beiden. Der Wagen war ein grauer Ford Focus, bewusst gewählt, um unauffällig zu sein, die gleiche Taktik, die Barry bei seinen Raubzügen benutzte. Trotzdem konnte man eine Bullenkarre schon von Weitem erkennen. Zunächst mal hatten die zwei Antennen. Die Bullen legten die zweite immer flach, denn sie wussten selbst, dass sie damit auffielen, aber zu sehen war sie trotzdem. Und auch mit den Nummernschildern war irgendwas – sie hatten offenbar einen anderen Lieferanten, deswegen war das S merkwürdig kantig, wie ein spiegelverkehrtes Z, und auch die Rs waren komisch.

Pearce drehte sich wieder zu ihm um. »Sie heißt Monica Holt. Klingelt da was?«

MH 1000 auf dem Audi.

»Nein.« Gegen seinen Willen stellte er sich den Ausdruck auf ihrem Gesicht vor, als er das Haus verließ.

»Die Frau von Deke Holt.«

»Genau.«

»Ich weiß, dass du über die Holts bestens Bescheid weißt.«

»Wenn Sie das sagen.«

Er fragte sich, ob sie wohl wach im Krankenhaus lag. Ob sie ihn bei einer Gegenüberstellung identifizieren könnte. Barry und Kelly hatte sie besser gesehen, aber er hatte sie angeschaut und ihr tief in die Augen gesehen, als sie auf dem Boden lag.

»Sie ist ziemlich übel dran«, sagte Pearce, als könnte sie seine Gedanken lesen. »Aber sie wird durchkommen. Immer noch nicht bei Bewusstsein, aber sie wird aufwachen, und ich bin sicher, sie wird uns dann bei unseren Ermittlungen helfen können.«

Es erschien sehr unwahrscheinlich, dass Monica Holt reden würde, Deke würde das selbst erledigen wollen. Aber sicher konnte Tyler nicht sein, denn das hier war anders als der übliche Scheiß unter Banden, der gelegentlich aufflackerte. Hier ging es um das widerrechtliche Eindringen in das Haus eines Mannes, den Angriff auf seine Frau. Sie befanden sich jetzt in einer Situation, die Tyler völlig fremd war; alles war möglich.

»Ich hoffe, es geht ihr bald wieder besser«, sagte Tyler, und er meinte es auch so.

Pearce starrte ihn an. Sie wusste, natürlich, Bescheid, konnte aber nichts beweisen. Oder vielleicht wusste sie es auch nicht, vielleicht war sie blöder, als sie aussah. Aber sie wäre nicht hier, hätte sie nicht schon irgendwas davon gehört, dass die Wallaces letzte Nacht wieder unterwegs gewesen waren.

»Hör zu, du bist ein anständiger Junge.« Sie schaute zu dem über ihnen aufragenden Hochhaus auf, blickte dann zur Baustelle. »Du machst deine Sache echt gut mit deiner kleinen Schwester, wenn man die Situation bei euch zu Hause berücksichtigt.«

Er scharrte mit dem Turnschuh über den Boden.

»Ich weiß, dass du kein schlechter Mensch bist, Tyler, das sagt mir jeder. Aber jetzt steckst du in einer ziemlich ernsten Geschichte. Das ist was anderes, als bei Costa einen Laptop zu klauen, das hier ist echt eine andere Liga. Hier geht's um Einbruch, bewaffneten Raubüberfall und versuchten Mord.« Sie seufzte. »Und um die Holts. Echt jetzt? Hat Barry diese Sache absichtlich provoziert? Falls ja, muss er lebensmüde sein. Falls es versehentlich passiert ist, na ja, bis zu einem gewissen Punkt einfach nur Pech. Aber das Messer?«

Sie beugte sich dicht zu ihm, senkte die Stimme.

»Ich weiß, dass Barry durchgeknallt ist, du weißt, dass Barry durchgeknallt ist. Früher hat er dich ja vielleicht beschützen können. Aber jetzt wird er dich nicht mehr beschützen können, verstehst du das? Er wird auf die eine oder andere Art verlieren. Entweder kriegen die Holts ihn oder wir. Willst du mit ihm untergehen?«

»Ich weiß nicht, wovon Sie reden.«

»Denk mal drüber nach, was aus Bethany wird.«

In ihren Augen lag Freundlichkeit, aber auch Härte. Sie war ungefähr so alt wie Tylers Mum, vielleicht waren sie ja sogar zusammen zur Schule gegangen. Er fragte sich, was sie von Angela hielt, falls das eine Rolle spielen sollte. Früher oder später spielte an einem Ort wie diesem alles eine Rolle, die Geister der Kindheit der Leute verfolgten einen auf Schritt und Tritt in einer Gemeinde, in der alle so eng miteinander vernetzt waren.

»Denk mal drüber nach, was aus deiner kleinen Schwester wird, wenn du nicht mehr da bist. Wer wird sie zur Schule bringen? Wer wird ihr Tee kochen und sie in die Wanne stecken? Wer wird sie davon abhalten, die gleichen Fehler zu machen wie ihre Mum?«

»Ich muss jetzt los.« Tyler sah sich um. Zwei alte Frauen an der Bushaltestelle, ein Kid auf einem BMX fuhr auf dem Hinterrad den Bürgersteig hinunter. Der Himmel mattgrau bewölkt, der Geruch feuchter Erde von der Baustelle.

»Das ist deine Chance, den Mund aufzumachen«, sagte Pearce.

»Ich weiß von alledem nichts.«

»Wir stehen erst am Anfang der Ermittlungen, und ich bin schon hier. Wir haben noch nicht mal die Überwachungskameras von der Straße ausgewertet.«

Tyler dachte daran, wie er an diesem Morgen mit der Kapuze auf dem Kopf die Straße hinuntergegangen war.

Pearce schüttelte den Kopf. »Und die Spurensicherung. Bei einem Einbruch würden wir normalerweise keinen großen Aufwand betreiben, aber versuchter Mord ist etwas völlig anderes.«

Tyler dachte an die Handschuhe, die er getragen hatte, und versuchte, sich Barrys Hände vorzustellen, Kellys.

»Und Menschen reden«, sagte Pearce. »Wenn sie nicht mit uns reden, dann werden sie mit Deke Holt reden, und das weißt du. Die Uhr tickt.«

»Ich muss jetzt nach Bean sehen«, sagte Tyler.

Pearce hielt seinem Blick einen Moment stand, dann trat sie zur Seite.

»Schön. Eines noch. Die Castlemound hat mir gesagt, dass du heute Morgen ein paar Stunden versäumt hast. Wo bist du gewesen?«

»Einmal ums Karree.«

»Wo genau?«

Tyler gestikulierte vage. »Nur ein bisschen frische Luft schnappen.«

Pearce hob die Augenbrauen. »Wenn wir die Videoüberwachung von heute Morgen checken, werden wir dich nirgendwo in der Nähe der St. Margaret's Road sehen?«

»Natürlich nicht.«

Er dachte daran, wie er im Wohnzimmer von Wills Haus stand, vor der Küchenspüle Flicks Hand verband, in ihrem Auto abgedüst war. Schloss einen Moment lang die Augen und fühlte sich unendlich müde.

Pearce streckte eine Hand aus und berührte seinen Arm, und er zuckte überrascht zusammen.

»Ich weiß, dass du dich mies fühlst«, sagte sie. »Ich weiß, dass du so was nie tun würdest. Aber ich weiß auch, dass du dort warst, und schon bald werde ich es beweisen können. Wenn du mir hilfst, kann ich dich beschützen, ich kann dafür sorgen, dass ihr zusammenbleibt, du und Bethany, dass man sich gut um euch kümmert. Aber wenn du das hier eskalieren lässt, dann kann ich absolut nichts mehr tun.«

Sie griff in ihre Tasche, nahm eine Visitenkarte heraus und gab sie ihm. Detective Inspector Gail Pearce, das Logo der schottischen Polizei, eine Handynummer. Er sah die Karte kurz an, dann stopfte er sie in seine Tasche.

»Ruf mich an«, sagte sie und ging zum Auto. »Bald.«

Sie stieg ein, ließ den Motor an und verließ den Parkplatz in einem weiten Bogen. Er sah dem Wagen nach und spürte dabei, wie der fünfzehn Stockwerke hohe Betonsilo bedrohlich über ihm aufragte.

13

Er trat aus dem Fahrstuhl und ging auf seine Wohnung zu, wusste aber, dass er es nicht so weit schaffen würde. Er war total angespannt, als er auf das Geräusch der sich öffnenden anderen Tür wartete, und als er dann das Quietschen des Scharniers hörte, war es wie eine bizarre Erleichterung.

»Tyler.«

Er atmete tief ein und drehte sich um zu Barry, der in der Tür stand. Er trug ein Muscleshirt mit dem Logo eines Boxstudios, irgendwas Fiktives, Pseudo-Amerikanisches. Schwarze Jogginghose und nackte Füße.

»Und hereinspaziert!«, sagte er und trat zur Seite, um Tyler vorbeizulassen.

Tyler geriet nicht aus dem Tritt, als er in der Tür an Barry vorbeiging. Der Geruch von Wodka, Sex und Schweiß stieg ihm in die Nase. Die Tür fiel hinter ihm ins Schloss, und Tyler ging ins Wohnzimmer, der Grundriss der Wohnung eine seitenverkehrte Version derjenigen, die er sich mit Bean und Mum teilte. Diese Bude hier war die reinste Müllkippe, Flaschen und Pizzaschachteln auf dem Boden, neben einem zusammengerollten Zwanziger weißes Pulver auf der Arbeitsfläche der Miniküche.

Kelly saß auf dem Sofa, trug nur eines von Barrys T-Shirts und sonst nichts, die nackten Beine unter sich eingeschlagen. Sie kraulte die Ohren eines ihrer Hunde, ein brauner Staffordshire Bullterrier mit einem ziemlich üblen Charakter. Sie hatten zwei Hunde, Ant und Dec, Tyler konnte sie nicht auseinanderhalten. Der andere Staffie kam herübergelatscht, knurrte und schnüffelte dann so ungestüm zwischen Tylers Beinen, dass dieser das Gleichgewicht verlor. Er stieß den Hund mit dem Oberschenkel weg, woraufhin der sofort nach ihm schnappte.

»Verpiss dich«, sagte Tyler.

»Er mag dich«, sagte Barry.

Im Fernseher lief eine Gameshow, eine Version der Münzschieberautomaten, wie man sie am Porty Beach findet. Beantworte eine Frage, wirf eine Münze ein, gewinn einen Preis. Oder eben nicht.

Barry machte keinerlei Anstalten, den Hund von Tyler wegzuziehen. Kelly sah vom Sofa auf. »Hey, Alter.«

»Mach die Taschen leer«, sagte Barry.

»Was?«

Barry trat näher. »Du hast mich gottverdammt verstanden.«

Tyler machte ein Gesicht, als wäre das eine saublöde Anweisung. »Wieso?«

Barry machte einen weiteren Schritt, tippte dabei mit den Fingern auf die Arbeitsfläche der Küche, spannte die Muskeln in seinem Hals an. »Tu's einfach.«

Tyler dachte an das Geld, das immer noch unter dem Bund seiner Unterhose steckte, als er seine Taschen auf der Arbeitsfläche entleerte. Kleingeld, Kaugummi, sein Telefon. Und die Karte von Pearce.

Barry nahm sie. »Was ist das?«

»Ich wollte deswegen sowieso zu dir kommen. Zuerst kurz nach Bean sehen, dann direkt hierher.«

Barry hatte alles vom Fenster aus gesehen, das hatte Tyler ja auch schon vermutet, also konnte er es jetzt auch so durchziehen.

»Was hast du ihr erzählt?«

»Nichts.«

Barry spielte mit der Karte zwischen seinen Fingerspitzen. »Denk schärfer nach.«

»Offensichtlich hab ich nichts gesagt, wieso sollte ich auch?«

»Was wollte sie?«

»Sie hat gesagt, sie weiß Bescheid über die Brüche letzte Nacht.«

»Bullshit.« Barry knüllte die Karte in seiner Faust zusammen. »Wie sollte sie?«

Tyler schluckte schwer. »Der zweite Bruch.«

»Was ist damit?«

Jetzt passte Kelly scharf auf, als auf dem Bildschirm die Pennys purzelten und ein Kandidat auf und ab hüpfte und dabei wie der letzte Schwachkopf grinste.

»Es war das Haus von Deke Holt.«

Eine Münze ragte prekär weit über den Rand einer Ebene des Automaten. Es war irrwitzig spannend.

»Als ob.«

Tyler nickte. »Ich hab's auch in der Schule gehört.«

»Was genau hast du gehört?«

»Connell hat erzählt, dass Ryan Holts Mum bei einem Einbruch abgestochen worden wär. In der St. Margaret's Road. Ihr Auto wurde gestohlen.«

»Und was hast du Connell erzählt?«

»Nichts, für wen hältst du mich?«

Kelly machte den Mund auf. »Scheiße. Das ist voll übel.«

Barry richtete einen Finger auf sie, um sie zum Schweigen zu bringen. »Lass mich nachdenken.«

Der Hund, Ant oder Dec, stupste wieder Tylers Bein. Was für kraftvolle Muskeln. Diese Drecksköter konnten innerhalb von Minuten ein Kind in Stücke reißen. Er war froh, dass sie hierblieben und nicht mal in die Nähe von Bean kamen. Denen müsste man einen Maulkorb anlegen, aber natürlich würde Barry das nie tun.

Tyler versuchte, Barry nicht anzustarren, während der alles zusammenfügte. Sie waren ja so dermaßen am Arsch. Er warf einen schrägen Blick auf die Karte von Pearce in Barrys Faust. Tyler hatte im Fahrstuhl auf dem Weg nach oben die Nummer schon unter einem erfundenen Namen in seinem Handy gespeichert, also war die Karte selbst nicht mehr wichtig. Er wusste noch nicht, wozu er Pearce womöglich noch brauchte, jedenfalls wurde sein Weg aus dieser ganzen Sache von Minute zu Minute schmaler, weswegen er sich den Rücken freihalten musste.

»Dann ist das eben so«, sagte Barry schließlich.

»Was soll das denn heißen?«, meinte Kelly.

»Es bedeutet, was es bedeutet, du blöde Kuh. Wir stecken jetzt in was drin, also ziehen wir's bis zum Ende durch.«

Kelly schwieg, hütete sich, dieselbe Frage zweimal zu stellen. Tyler hatte die Veilchen, die blauen Flecken auf den Armen gesehen. Natürlich nicht anders bei ihm. Zumindest das hatten sie gemeinsam.

Tyler fragte sich, ob Barry eine Ahnung hatte, was nun zu tun war. Wenn er einfach das Messer nicht benutzt hätte, würden sie jetzt nicht in dieser Scheiße stecken, aber Tyler dachte ja nicht daran, das zu sagen.

Barry nahm einen Schluck aus einer Wodkaflasche, die auf der Arbeitsfläche stand, schniefte und rieb sich sein stoppeliges Kinn. Es schien ihm am Arsch vorbeizugehen. Er strich die Karte in seiner Hand glatt und starrte sie an. »Die behalte ich.«

Tyler nahm den Rest seiner Sachen und verstaute wieder alles in den Taschen.

Barry trank einen weiteren Schluck und Tyler fragte sich, wie besoffen er schon war. Er stand sicher auf beiden Beinen, allerdings konnte er auch saufen wie ein Loch und trotzdem nüchtern wirken, also hatte das nicht viel zu sagen.

»Und du bist auch ganz sicher, dass du dieser Bullenschlampe nichts gesagt hast?«

Tyler schüttelte den Kopf.

»Wieso war sie so schnell hier?«

Tyler zuckte mit den Achseln. »Irgendwer muss gequatscht haben.«

Darüber dachte Barry nach. »Ich werd meine Fühler ausstrecken. Rausfinden, was abgeht.«

»Was ist mit den Holts?«, fragte Kelly, die zusammenschrumpfte, während sie das sagte.

»Um die Wichser kümmere ich mich noch.« Barry klang nicht überzeugt.

»Hast du das Zeug von letzter Nacht verschoben?«, fragte Tyler.

»Was geht's dich an?«

»Das wird zu uns zurückführen.«

Barry zog ein Bündel Zehner aus der Tasche. »Zu blöd, ey, es ist weg.«

Tyler spürte, wie der Hund ihn wieder anstupste.

»Ich muss jetzt nach Bean sehen«, sagte er. »Sie wird sich schon fragen, wo ich bleibe.«

Barry kniff die Augen zusammen. »Klar. Aber geh nirgendwohin, ohne mir vorher Bescheid zu geben.«

Tyler streckte die Hände aus. »Wohin sollte ich denn schon gehen?«

14

Bean saß vor dem Kinderkanal und aß Pringles aus der Packung. Tyler ging zu ihr hinüber und wuschelte durch ihre Haare, und sie lächelte, ohne aufzusehen. Er mochte es, dass sie einfach darauf vertraute, dass er da war. Manchmal war's echt okay, für selbstverständlich gehalten zu werden.

»Was siehst du da?«

»The Next Step.«

»Was ist das denn?«

Sie verdrehte die Augen, als wäre das eine superblöde Frage. »Es geht dabei um ein Tanzstudio. Die haben richtige Freunde und Freundinnen und Wettbewerbe, und es gibt auch üble Typen.«

»Klingt ziemlich beknackt.«

»Du bist beknackt.«

Zwei unecht hübsch aussehende Teenager, eine Blondine und eine Brünette, stritten sich gerade wegen irgendwas in einem Café. Er versuchte, sich zu erinnern, ob das Zeug, das er in Beans Alter gesehen hatte, besser oder schlechter gewesen war. Er hatte in ihrem Alter alles sehen, alles machen dürfen. Angela hatte nichts im Griff, und Barry und Kelly war's scheißegal gewesen.

Er schätzte das Gewicht der Pringles-Dose und drückte den Deckel drauf.

»Hey, ich esse die gerade«, protestierte Bean.

»Du hast schon eine Hälfte verputzt. Iss einen Apfel.«

»Kannst du mir einen in Stücke schneiden?«

Er zeigte ihr einen Vogel. »Dafür hat man Zähne.«

»Bit-tööööö.«

Er holte ein Messer und viertelte einen Apfel. Er warf einen

Blick rüber in die Ecke, die Bettbezüge mit dem gestohlenen Zeug waren tatsächlich nicht mehr da. Er dachte an Barry und Kelly nebenan. Die Tatsache, dass sie miteinander schliefen und es ihnen scheißegal war, dass er das wusste, war total abgefuckt. Er fragte sich, was DI Pearce wohl von Inzest hielt.

Er legte die Apfelstücke auf einen Teller und reichte ihn Bean. »Ist Mum da?«

»Im Bett«, sagte Bean. »Wodka.«

Tyler hatte im Internet gelesen, dass während der ersten zehn Lebensjahre das Gehirn am formbarsten war. Wie sahen deshalb Beans Chancen aus? Ihr Verstand bildete sich aus, ihr Selbstempfinden entwickelte sich, und die ganze Kacke um sie herum wurde dabei verarbeitet. Andererseits hatte er das Gleiche hinter sich, und er war ja ganz okay. Er dachte über Monica Holt nach und fragte sich, warum.

»Warst du bei ihr?«, fragte Tyler.

Bean nickte. »Konnte sie nicht wecken.«

»Wie viel Mühe hast du dir denn gegeben?«

»Ziemlich viel.«

Tyler ging zum Schlafzimmer, achtete darauf, nichts zu überstürzen, klopfte an, wartete, ging dann hinein.

Die Vorhänge waren zugezogen, abgestandener Alk und Kippen, der Gestank von Schweiß und Pisse.

Angela lag nackt auf dem Bett, ihre Haut gespensterhaft bläulich, eine dunkle Stelle zwischen den Beinen. Er hielt eine Hand vor ihren Mund, spürte ihren heißen Atem. War ja schon mal was. Er sah einen nassen Fleck auf dem Laken, der sich unter ihr ausbreitete. Er drehte sie auf den Bauch, holte ein altes Handtuch und legte es auf den Fleck, dann rollte er sie zurück auf das trockene Handtuch. Warf eine Decke über sie und betrachtete sie eine ganze Weile. Tiefe Falten um die Augen und auf der Stirn, selbst im Schlaf. Rot geäderte Haut auf den Wangen und der

Nase, der typische Teint eines Alkoholikers. Wunde Stellen an der Oberlippe und Flecken um den Mund. Zwei angeschlagene Frontzähne von dem Sturz, als sie versucht hatte, ihren Schlüssel ins Türschloss zu kriegen. Trotz allem sah sie irgendwie friedlich aus, zumindest im Moment ohne Sorgen.

Er hob die leere Flasche auf, ließ aber den halb gerauchten Joint im Aschenbecher neben dem Bett, nachdem er sich vergewissert hatte, dass er nicht mehr brannte. Er kehrte in die kleine Küche zurück, stellte die Flasche in den Recyclingbehälter unter der Spüle. Mit den Händen links und rechts neben der Spüle aufgestützt, stand er eine ganze Weile da und dachte nach.

Er ging in sein Zimmer und nahm sein Telefon heraus, sah die Nummer des Edinburgh Royal Infirmary nach.

»Hallo, Sie sind mit dem ERI verbunden.«

»Hi, ich rufe wegen meiner Mum an, Monica Holt«, sagte er. »Ich hab mich gerade gefragt, wie's ihr wohl geht?«

»Einen Moment bitte, ich verbinde Sie mit der Station.«

Warteschleifenmusik, viel zu beschwingt. Ariana Grande.

»Ja, Intensivstation?«

Nordirischer Akzent.

»Hi, ich wollte mich nach meiner Mum erkundigen, Monica Holt.«

»Ryan?«

Scheiße. »Ja.«

»Keine Veränderung, Süßer, seit du heute Morgen hier warst. Tut mir leid.«

»Okay. Danke.«

»Dein Dad ist noch hier, falls du den sprechen möchtest.«

Tylers Kehle fühlte sich an, als stünde sie in Flammen. »Nein, schon okay. Ich seh ihn ja später zu Hause.«

»Okay, mein Lieber, mach's gut.«

Er legte auf und sah sich im Zimmer um. Seine Hände zitterten. Er holte tief Luft, schloss die Augen, dachte an Wellen, die auf einen Strand schlugen. Schließlich spürte er, wie die Hitze hinter seinen Augen abebbte, also kehrte er ins Wohnzimmer zurück.

Bean hatte ihren Apfel aufgegessen. »Was gibt's zum Abendessen?«

»Fischstäbchen.«

Er stand in der Küche, seine Finger berührten die Arbeitsfläche, und er versuchte, sich zu erinnern, wie man kochte.

· · ·

Bean schlief bereits seit einer halben Stunde, als Tylers Smartphone klingelte. Es rief nie jemand an. Er näherte sich dem Telefon, als wäre es ein frei laufender Tiger, und starrte auf den Bildschirm. Eine Zahlenreihe, die ihm nichts sagte. Er dachte an den Anruf im Krankenhaus vorhin, der von der Zentrale aus durchgestellt worden war. Aber wieso sollte jemand diesen Anruf für verdächtig halten? Seine Hand bewegte sich aufs Telefon zu, als würde sie wie magnetisch davon angezogen.

Er nahm den Anruf an, sagte aber nichts.

»Hallo, hallo, ich hoffe schwer, dass du Tyler Wallace bist.«

Flick.

»Hey.«

»Bist du das?«

»Ja.«

»Auch gut so«, sagte Flick. »Wenn du mir eine falsche Nummer gegeben hättest, wärst du tot.«

Tyler dachte an Monicas Telefon, an Dekes Nachricht.

»Wie würdest du mich denn aufspüren?«

»Ich kenne doch deinen Namen, Dummerchen.«

»Und wenn der auch falsch wäre?«

»Bist du ein internationaler Spion oder was?«

»Vielleicht hielt ich's ja für das Beste, dir einen falschen Namen zu geben, so angesichts des Ortes, an dem wir uns begegnet sind.«

»Halt den Mund, ich hab dich schon auf Instagram gefunden.«

»Oh.«

»Jede Wette, du hast nicht damit gerechnet, von mir zu hören.«

Tyler überlegte, was er antworten sollte. »Ich hatte es aber gehofft.«

»Richtige Antwort.« Es folgte eine Pause, in der sie entweder etwas trank oder irgendwas rauchte. »Hör zu, was machst du?«

»Wann?«

»Na jetzt.«

Er schaute sich nach einer Antwort suchend um. Er dachte an Bean, aber die war versorgt. »Nicht viel.«

»Ich muss hier raus«, sagte Flick. »Lust auf 'ne Spritztour?«

»Wohin?«

»Keine Ahnung, irgendwohin. Ist 'ne Spritztour, darum geht's doch.«

Einen Moment lang sagte er nichts.

»Hallo?«, sagte Flick. »Abgemacht?«

»Klar.«

»Super. Schick mir deine Adresse, dann hole ich dich ab.«

• • •

Er sah kurz nach Bean. Sie hielt Panda im Arm, hatte sich frei gestrampelt und schnarchte leise. Er zog die Bettdecke hoch und gab ihr einen Kuss. Er ging in Angelas Zimmer, keine Veränderung, holte dann seine Jacke und öffnete die Wohnungstür. Steckte den Schlüssel von außen ins Schloss und drehte ihn, damit es nicht klickte, wenn er die Tür zuzog. Er starrte zu Barrys und Kellys Wohnung hinüber, stellte sich vor, durch den Spion beobachtet zu werden. Er schlich auf Zehenspitzen fort und drückte die Tür ins Treppenhaus auf. Er hielt es nicht aus, auf den

Fahrstuhl zu warten, da er damit rechnete, dass Barry jeden Moment herausgepoltert kam. Fünfzehn Treppen runter, ganz schwindelig von den Wiederholungen, dann war er draußen auf dem Hof.

Fünf Minuten später kam der Käfer um die Kurve gerast, bremste scharf ab und wendete auf dem Parkplatz. Er warf einen Blick zu den Fenstern weit oben und fragte sich, ob wohl irgendwer gerade herunterschaute.

Flick lächelte, als die Scheibe auf der Beifahrerseite sich mit einem Summen senkte. »Hey.«

Sie trug schwarze Leggings und ein weites T-Shirt mit der Aufschrift *Loser* in Heavy-Metal-Schrift. Sie trug die Haare offen, Lidschatten und Lippenstift.

Er stieg ein, und sie sah zu dem Wohnsilo hinüber. »Du wohnst da oben?«

»Oberste Etage.«

»Bestimmt ein toller Ausblick.«

»Ja, auf die Baustelle gegenüber.«

Sie fuhr los und folgte dem Straßenverlauf. Tyler war froh, dass es dunkel war, so war der überall herumliegende illegal abgeladene Müll und die ganze Scheiße nicht zu erkennen. Sie fuhren an der Schule vorbei und weiter auf die Hauptstraße Richtung Innenstadt. Tyler musste an vergangene Nacht denken, da waren sie, ebenfalls im Dunkeln, exakt diese Strecke gefahren, Richtung Westen zu den noblen Häusern, Barry und Kelly befummelten sich vorne, die ganze Scheiße, die dann passierte. Er konnte kaum glauben, dass es gerade mal vierundzwanzig Stunden her war, ihm kam's vor, als würde er Flick schon seit Wochen kennen. Er fühlte sich wohl hier mit ihr, als sie vor der Ampel bei Cameron Toll durch die Gänge wieder runterschaltete. Er fragte nicht, wohin sie fuhren, machte einfach mit. Sie fuhren durch Southside, vorbei an Studentenkneipen und einfachen Restaurants, runter zum

Pleasance und weiter auf der Cowgate durch die Touristenströme auf dem Grassmarket.

Als sie die Lothian Road hinauffuhren, nahm er Monica Holts Smartphone aus der Tasche. Schaltete es ein. Wartete, umklammerte das Handy viel zu fest. Als es endlich hochgefahren war, rollten die Benachrichtigungen über den Bildschirm. Er ging zu den Kurznachrichten, suchte nach welchen von Deke:

Dieses Telefon wurde gestohlen, bitte setzen Sie sich sofort mit dieser Nummer in Verbindung. Es gibt eine Belohnung.

Er starrte einen langen Moment darauf, registrierte dann, dass es eine neuere Nachricht direkt darüber gab.

Falls du das Telefon hier geklaut hast, bist du schon so gut wie tot.

Geschickt heute Mittag. Er starrte darauf, bis der Bildschirm dunkel wurde, dann schaltete er das Handy wieder aus und steckte es zurück in seine Tasche. Er schaute auf The Meadows hinaus, den großen öffentlichen Park, an dem sie jetzt vorbeirasten, eine weitere Irreführung für jeden, der das Telefon trackte.

Dann erkannte er, dass sie wieder in Richtung des Hauses ihres Ex-Freundes unterwegs waren, als sie auf die Marchmont Road einbog. Rechts lag die St. Margaret's Road, aber sie fuhren geradeaus weiter und bogen an der Ecke dann wieder links ab.

»Was machst du?«, fragte er.

»Fahr einfach so rum.«

»Nein, tust du nicht.«

Sie berührte sein Bein. Er sah ihre Hand an, dunkelrote Nägel, lange, schmale Finger.

»Ich will nur mal sehen.«

Zum Tatort zurückkehren. Als ob er erzählen könnte, wie er

am frühen Morgen die St. Margaret's Road runtergegangen war, die Kapuze über dem Kopf.

Sie bog in die Clinton Road ein und hielt auf der gegenüberliegenden Straßenseite von Wills Haus.

»Wir sollten nicht hier sein«, sagte Tyler.

»Nur ganz kurz.«

Das Haus war still und dunkel, kein Lebenszeichen. Er erinnerte sich an die zarte Klaviermusik. Flick glotzte über die Straße.

»Bestiehlst du Leute?«, fragte sie.

Er schloss die Augen, öffnete sie wieder. »Wie kommst du darauf?«

Sie warf ihm einen »Na jaaa«-Blick zu. »Ich hab dich gestern im Haus von fremden Leuten angetroffen.«

»Du bist da auch eingebrochen.«

»Ich hab ihn aber nicht bestohlen.«

»Ich hab auch nichts gestohlen.«

»Aber du hättest es gekonnt.«

Schweigen. Nur die Scheiben beschlugen von ihrem Atem.

»Hab ich aber nicht.«

Sie starrte ihn an. »Macht mir nichts aus, wenn du ein Einbrecher bist.« Sie lächelte und berührte seine Schulter. »Eigentlich ist das sogar ziemlich sexy.«

Er schüttelte ihre Hand ab. »Du weißt nicht, wovon du redest.«

Sie ging bei seinem Ton sofort in die Defensive. »Immer locker bleiben, war ja nur Spaß.«

»Wir sollten von hier verschwinden.«

Sie sah ihn lange an. Eine Frau mittleren Alters ging mit ihrem Hund vorbei, und Tyler drehte den Kopf, um in die andere Richtung zu schauen, damit sie sein Gesicht nicht sehen konnte. Flick bemerkte das, ließ den Motor an und fuhr los.

Sie fuhren zur Blackford und dann um King's Buildings, wieder unterwegs Richtung Osten. Tyler dachte schon, sie würde ihn wieder bei sich zu Hause absetzen, und er überlegte, was er sagen sollte. Er wollte bei ihr bleiben, überlegte, ob er sie vielleicht irgendwie gekränkt hatte. Aber sie bog frühzeitig rechts ab und fuhr den Berg hinauf zum Craigmillar Castle, hielt auf dem winzigen Parkplatz oben.

Sie zog den Zündschlüssel ab und stieg aus. »Komm.«

Ohne ein Wort folgte er ihr.

Sie kletterten über die niedrige Absperrung und gingen am Torhaus vorbei, in dem sich das geschlossene Büro befand, wo man Eintrittskarten kaufen konnte. Rechts von ihnen erstreckten sich Felder und der Wald des großen Parks, dahinter Arthur's Seat als dunkle Präsenz vor dem Hintergrund des blutunterlaufenen Horizonts. Sie waren hoch genug, um bereits den Fjord von Forth mit der Insel Inchkeith sehen zu können, das Blinzeln des Leuchtturms alle paar Sekunden. Die Lichter der Stadt färbten eine Handvoll Wolken orange, aber weiter draußen über dem Wasser war der Himmel schwarz. Vor ihnen lag die Burg, eigentlich nur eine Ruine, aber der größte Teil befand sich in ganz ordentlichem Zustand. Einige Wände und Dächer fehlten, aber ein Großteil des Mauerwerks war intakt.

»Was machen wir hier?«, fragte Tyler und holte zu ihr auf.

»Mir gefällt's hier.«

»Das ist widerrechtliches Betreten.«

Flick verdrehte die Augen. »Das hat dich bei Wills Haus ja auch nicht aufhalten können.«

»Es gibt hier Kameras«, sagte Tyler. Er hatte bereits am Torhaus eine ausgemacht.

Flick schüttelte den Kopf. »Die funktionieren alle nicht. Ich bin schon Dutzende Male hier oben gewesen und nie erwischt worden. Es interessiert niemanden, solange man nicht mutwillig irgendwas kaputt macht.«

Das gitterartige eiserne Tor der Burg war abgeschlossen. Flick ging seitlich vorbei und kletterte die zerbröckelnden Steine hinauf. Eine Minute später war sie oben auf der Mauer, und Tyler folgte ihr. Sie gingen etwa zwanzig Meter weit bis zu einer weiteren bröckelnden Ecke, dann nutzten sie den zusammenstürzenden Teil als Stufen hinunter aufs Burggelände. Sie bewegte sich schnell und präzise, machte das offensichtlich nicht zum ersten Mal. Er folgte ihrem Beispiel.

»Warum ausgerechnet hier?«, fragte er.

Sie streckte die Arme zu der Aussicht aus, die sich jetzt nach Norden bis zum Meer öffnete.

»Nicht zu fassen, dass es hier keine besseren Sicherheitsvorkehrungen gibt«, sagte Tyler.

»Hier gibt's nichts zu stehlen.« Flick ging auf den Mittelturm zu. Sie aktivierte die Taschenlampe ihres Smartphones und stieg die Stufen hinauf. Er folgte ihr, während der wippende Lichtstrahl um die Windungen der Wendeltreppe verschwand. Sie lief, also lief er ebenfalls, holte sie am Kopfende der Treppe ein.

Sie lehnte an der Mauer, betrachtete das Panorama, das aus über dreißig Metern Höhe noch erheblich beeindruckender war. Ganz Edinburgh lag ausgebreitet vor ihnen, Hunderttausende Menschen lebten ihre Leben, dachten keine Sekunde daran, dass sie auch solche Momente haben könnten, im Dunkeln, mit einem Mädchen, in einer Burgruine.

Sie sahen sehr lange auf die weite Stadt hinaus, die sich vor ihnen erstreckte. Je länger sie schweigend dastanden, desto wohler fühlte sich Tyler. Er konnte ihr Parfum riechen, genau wie schon früher am Tag.

»Ich liebe es hier oben«, sagte Flick schließlich.

»Das verstehe ich.«

Sie seufzte. »Wenn in der Schule alles zu viel wird, weißt du? Da sind so viele Leute, es gibt so viel Tratsch und Scheiße. Er hat gesagt, sie hat gesagt, den ganzen Tag lang, es hört nie auf. Man

hat überhaupt keine Zeit, mal innezuhalten und nachzudenken.«
Sie lachte über die Worte, die aus ihrem Mund gesprudelt waren.
»Sorry, das klingt wahrscheinlich voll dumm.«

»Nein«, sagte Tyler. »Ich versteh's.«

Sie lächelte ihm im Dunkeln zu. »Das hab ich gewusst.« Sie
drehte sich wieder der Aussicht zu. »Deshalb bist du heute Morgen in Wills Haus gewesen, stimmt's? Zeit zum Innehalten und
Nachdenken.«

Tyler überlegte, was er darauf antworten sollte. »Ich kann's eigentlich nicht richtig erklären. Ich hab noch nie darüber geredet.
Es ist so was wie eine Flucht.«

»Flucht wovor?«

»Dem Leben.«

»Vor was genau in deinem Leben musst du denn abhauen?«

»Vor allem.«

Sie hakte sich bei ihm ein und lehnte sich leicht an ihn.

»Erzähl mir von deiner Familie.«

»Warum sagst du das?«

»Wenn Leute Probleme haben, hat das immer was mit ihrer
Familie zu tun.«

»Ich hab eine kleine Schwester, Bethany, wir nennen sie Bean.
Sie ist sieben.«

»Ich hab keine Brüder oder Schwestern«, sagte Flick. »Das klassische Einzelkind – übertrieben selbstbewusst, verwöhnt und narzisstisch.«

»Bean ist super, wir sind uns sehr nah. Ich hab auch noch ältere
Halbgeschwister, Barry und Kelly.«

»Und wie sind die so?«

»Beknackte Arschlöcher.«

»Ich bin sicher, du liebst sie trotzdem.«

Er schüttelte den Kopf. »Du hast ja keine Ahnung.«

»Du hast deine Eltern noch nicht erwähnt.«

Tyler sah hinter sich zum Mittelturm, an dessen Außenseite ein Blitzableiter angebracht war, der wie eine Nadel in die Dunkelheit ragte.

»Hatte nie einen Dad. Und Mum hat Probleme.«

»Was für Probleme?«

Tyler schüttelte den Kopf. Schweigen breitete sich zwischen ihnen aus. Draußen auf dem Meer konnte er ein Schiff erkennen, gespenstisch beleuchtet. Rechts von ihnen kamen ein paar Autos die Straße herauf, ihre Scheinwerfer zerteilten die Nacht, dann waren sie über die Bergkuppe und wieder verschwunden. Es war so friedlich hier oben, nur der Wind in den Eichen unten im Park.

»Tja, meine Eltern sind der reinste gottverdammte Albtraum«, sagte Flick, hob dabei die Stimme, versuchte, es wie einen Witz rauskommen zu lassen. Aber in ihrem Ton lag eine gewisse Schärfe. »Zuerst mal haben sie mich in dieser Drecksschule abgeladen. Dad war viele Jahre Offizier bei der Marine, also sind sie oft umgezogen. Heute ist er so was wie ein spezieller privater Militärberater. Momentan ist er irgendwo in Afghanistan. Mum ist ebenfalls dort, als seine persönliche Assistentin. Sie hätte auch hierbleiben können, dann müsste ich nicht mit all diesen hochnäsigen Arschlöchern zusammenleben. Sie hat sich entschieden, lieber mit Dad zusammen zu sein als mit mir. Allerdings ist sie auch eine bestens funktionierende Alkoholikerin. Es ist leicht, wenn man begütert ist, dann ist es voll sozialverträglich, den ganzen Tag lang zu saufen. Und zum Einschlafen, zum Aufwachen, um bei Laune zu bleiben und um dem Tag etwas von seiner Schärfe zu nehmen, schmeißt sie eine fette Ladung Pillen ein. Es ist erbärmlich. Dad weiß es nicht mal. Seit einem Einsatz im Irak leidet er unter einer PTBS, hat Nachtängste. Er hat seinen eigenen Scheiß, mit dem er irgendwie klarkommen muss.«

Tyler fragte sich, wie er sein Familienleben beschreiben sollte, damit es halbwegs einleuchtend war. Ihm fielen nicht mal die passenden Worte ein. Flick hatte ihre ganze Situation komplett im Kopf ausgearbeitet, die ungerecht behandelte, verlassene Tochter. Aber sie hatte Geld, Freunde, bekam ihre Mahlzeiten zubereitet. Sie hatte tägliches Routineprogramm, Unterricht, außerschulische Scheiße, ihr Leben war klar durchorganisiert und strukturiert.

Er mochte die Schule, weil sie ihm, sofern er nicht gerade schwänzen musste, um nicht wahnsinnig zu werden, genau das Gleiche gab: Struktur. Ganz besonders mochte er Mathe und Naturwissenschaften, weil die Naturgesetze und Mathematik Regeln gehorchten, eine innere Logik besaßen, Ursache und Wirkung, alles so ordentlich und symmetrisch.

»Tut mir leid, dass ich wie ein Wasserfall geredet hab«, meinte Flick.

»Schon okay«, sagte Tyler. »Ich hör deine Stimme gern.«

Sie lachte. »Ist doch nur eine Stimme.«

»Deinen Akzent bin ich nicht gewohnt«, sagte Tyler. »Du klingst wie eine Wettermoderatorin.«

Sie lachte wieder und zog an seinem Arm. »Komm mit.«

Sie ging an der von einer Mauer umgebenen Außenseite des Bergfrieds entlang, sah zuerst nach Nordwesten zum beleuchteten Hang der Royal Mile und dem Höcker von Edinburgh Castle, dann nach Südwesten zu den sich in der Ferne erstreckenden Pentland Hills. An der südöstlichen Ecke blieb sie stehen. Bäume in der Nähe versperrten den Blick auf Greendykes House. Sie schaute in diese Richtung.

»Wie ist das so, wenn man in Niddrie lebt?«

»Nicht mehr so schlimm, wie's früher mal war.«

»Früher gab's dort eine Menge Gangs, stimmt's?«

Er nickte.

»Bist du in einer Gang?«

»Drauf geschissen«, sagte Tyler. »Der schnellste Weg, ein Messer zwischen die Rippen zu kriegen.«

Sofort bedauerte er seine Worte. Er blickte nach rechts, sah unterhalb von ihnen im Tal das weitläufige Krankenhaus, das mit seinen Hunderten Lichtern wie radioaktiv glühte. Irgendwo dort unten lag Monica Holt und kämpfte um ihr Leben. Wartete darauf aufzuwachen und der Welt zu erzählen, was sie gesehen hatte. Eine klaffende Wunde von einem Messer, die Wochen oder sogar Monate brauchen würde, um zu heilen, falls sie je wieder zu Bewusstsein kommen sollte. Er dachte an Ryan und Deke, die vor Wut schäumend an ihrem Bett saßen und sich nichts mehr wünschten, als sich an den Bastarden zu rächen, die das getan hatten.

»Vielleicht sollte ich mitkommen und bei dir in Inveresk bleiben«, sagte er nach einer Weile.

»Da kriegst du vielleicht kein Messer zwischen die Rippen«, sagte Flick, »aber glaub mir, wir haben da schon auch unsere eigene Scheiße.«

Er machte ein skeptisches Gesicht, konnte es sich nicht verkneifen.

Sie grinste. »Ich weiß, wie sich das anhört. Das arme kleine reiche Mädchen mit ihren emotionalen Problemen.« Sie ruderte mit den Armen, äffte sich nach, legte dann einen Handrücken auf ihre Stirn, als würde sie jeden Moment in Ohnmacht fallen. »Du meine Güte!«

Sie rieb mit einem Finger am Mauerwerk, hielt den Kopf gesenkt. »Aber das lässt die Probleme auch nicht verschwinden.«

Tyler betrachtete sie einen Moment lang, dann legte er seine Hand auf ihre.

Sie beugte sich zu ihm und küsste ihn auf die Wange, ließ sich Zeit dabei.

»Ich mag dich, Tyler Wallace«, flüsterte sie, ihr Gesicht ganz dicht an seinem. »Ich fänd's echt scheiße, wenn du ein Messer zwischen die Rippen bekämst.«

Er hielt ihren Blick fest und bemerkte, dass er nicht mal ihren Familiennamen kannte.

15

Tyler schob den Schlüssel vorsichtig ins Schloss, drehte ihn und betrat die Wohnung. Er ging direkt in Beans Zimmer, um nach ihr zu sehen. Sie hatte sich wieder frei gestrampelt; das Mädchen konnte keine drei Minuten still liegen. Sie atmete tief und schniefte, als er die Bettdecke wieder hochzog. Er beugte sich vor und streifte mit den Lippen ihre Haare, blieb einen Moment neben dem Bett stehen und sah sie an, dann ging er.

Als Nächstes betrat er Angelas Zimmer und wurde fast erschlagen von dem Geruch, als er die Tür öffnete. Allerdings auch nicht schlimmer als zu dem Zeitpunkt, an dem er gegangen war, und das war die Hauptsache. Allem Anschein nach hatte sie nicht mehr gekotzt oder gepisst. Er legte zwei Finger auf ihr Handgelenk und spürte einen starken Puls. Ihr Atem war Wodka pur.

Er zog die Tür hinter sich zu, ging weiter ins Wohnzimmer, schaltete das Licht an und zuckte zusammen. Barry saß auf der Arbeitsfläche der kleinen Küche und rauchte. In der freien Hand hielt er die TV-Fernbedienung, aber der Fernseher war aus.

»Wo zum Geier bist du gewesen?«, fragte er.

»Nur spazieren.«

Barry schüttelte den Kopf und atmete ein. »Nur spazieren.«

»Ja.«

»Wo genau?«

Tyler sah aus dem Fenster. »Oben Richtung Craigmillar Castle.«

»Oben Richtung Burg?«

»Genau.«

»Bist du schon jemals in deinem Leben in dieser beschissenen Burg gewesen?«

Tyler schüttelte den Kopf, blieb auf Distanz. »Glaub nicht, nein.«

»Nein. Ich auch nicht. Und wieso zum Geier warst du dann heute Abend da?«

Tyler rührte sich nicht, fast als würde er sich in Acht nehmen, nicht versehentlich eine Tretmine auszulösen. »Ich musste nachdenken.«

Barry sprang von der Arbeitsfläche, eine Zigarette im Mundwinkel und die Fernbedienung immer noch in der Hand. »Wieso brauchst du Zeit zum Nachdenken?«

Tyler antwortete nicht, denn es gab keine Antwort.

Barry kam einen Schritt näher. »Bro, du musst nicht nachdenken.« Das letzte Wort war getränkt in beißendem Spott. »Ich bin der Denker in dieser Familie.«

Barry machte einen weiteren Schritt.

Tyler wich nicht von der Stelle in der Tür. »Kein Problem.«

Barry saugte an der Zigarette. »Was hab ich dir gesagt?«

»Nicht zu denken.«

»Du vorwitziges Arschloch. Ich meinte vorhin. Was hab ich da zu dir gesagt?«

Tyler blieb stumm.

Barry hob die Augenbrauen. »Na?«

»Keine Ahnung.«

»Du hast keine verfickte Ahnung.« Dann noch mal, erheblich langsamer: »Du hast keine verfickte Ahnung.« Er rieb sich die Augen und sah müde aus. »Mit was für Scheiße ich mich abgeben muss, Mann ey, echt. Deine Schwester, diese dumme Schlampe, unsere abgefuckte Mum, sogar dieses kleine Miststück, das da hinten pennt.«

Bei der Erwähnung von Bean reckte Tyler sofort die Schultern und versuchte, die Tür auszufüllen. »Tut mir leid, Barry.«

»Ach, es tut dir leid, das ist ja süß.« Er klopfte die Fernbedienung gegen seinen Oberschenkel. »Was genau, bitte schön, tut dir denn leid?«

Tyler schüttelte den Kopf.

Die Kippe zwischen Barry Lippen brannte runter, war jetzt kaum noch mehr als der Filter. »Wieso sagst du, es tut dir leid, wenn du nicht mal weißt, was dir leidtut?« Barry breitete die Arme weit aus, suchte im Zimmer nach Antworten. »Tut's dir vielleicht leid, weil ich dir gesagt hab, du sollst heute Abend nicht aus dem Haus gehen, du's aber trotzdem gemacht hast?«

Tyler rieb seine Handfläche.

»Tut's dir leid, dass du mir Lügengeschichten erzählst von wegen, wo du gewesen bist?«

»Hab ich nicht, ehrlich.«

Barry kam näher, zeigte mit der Fernbedienung auf ihn.

»Du bist ein verlogenes Stück Scheiße«, flüsterte er. »Ich hab gehört, wie du dich rausgeschlichen hast, und ich hab gesehen, wie du unten in ein Auto gestiegen bist, also warst du nicht einfach unterwegs, um mal frische Luft zu schnappen oder deinen verschissenen Kopf frei zu bekommen.«

Er hob die Fernbedienung und holte damit nach Tylers Kopf aus. Tyler wich zurück und duckte sich weg, aber das Ding erwischte ihn am Ohr. Zwei weitere Schläge, die Plastikkante der Fernbedienung knallte gegen Tylers Schläfe und seinen Augenwinkel. Tyler beugte sich vor, die Arme schützend gegen die Schläge gehoben, aber sie kamen trotzdem, *bang-bang* auf den Hinterkopf, dann wieder seitlich neben das Auge, als Tyler versuchte aufzuschauen, Blut tropfte von einer Platzwunde dort, als weitere Schläge auf ihn niederprasselten, wieder aufs Ohr, dann auf die Schädelbasis.

Barry ließ die Fernbedienung fallen und packte Tyler am Hals, drängte ihn gegen die Wand zurück, würgte ihn. Sein Atem roch nach Wodka und Zigarettenrauch, als er in Tylers Gesicht spuckte.

»Also, wieso erzählst du mir nicht einfach, was genau du heute Abend gemacht hast?«

»Ich war mit einem Mädchen aus!« Tylers Stimme überschlug sich.

Barry lächelte. »Mit einem Mädchen? Ich hab immer gedacht, du wärst andersrum.«

Tyler rang nach Luft, griff nach Barrys Fingern auf seinem Hals, fand aber keinen Halt.

»Wo hast du sie kennengelernt?«

»Im Netz.«

»Auf einer Website?«

Tyler versuchte zu nicken.

»Woher kommt sie?«

»Mussy.«

»Und fährt so 'ne Karre?«

»Gehört ihrer Mum.«

»Muss voll stinkreich sein, die Alte.« Barry lockerte den Druck auf seinen Hals, und Tyler schnappte nach Luft. »Wo wart ihr?«

Tyler schluckte zwischen den Worten. »Wir sind rauf zur Burg.«

»Hast du sie geritten?«

Tyler antwortete nicht, also drückte Barry wieder zu.

»Nichts in der Richtung«, röchelte Tyler.

Barry runzelte die Stirn. »Vielleicht bist du ja doch schwul.«

Blut von der Platzwunde am Auge lief Tyler in den Mund. Er saugte es ein und schluckte. Schmeckte nach Rost.

Barry entspannte sich ein wenig, behielt die Hand aber auf Tylers Hals. »Wie heißt sie?«

»Fiona.«

»Fiona und weiter?«

»Mehr hat sie mir nicht gesagt.«

»Wahrscheinlich misstrauisch bei einem Arsch wie dir. Siehst du sie wieder?«

»Weiß nicht.«

»Falls ja, dann will ich sie kennenlernen, alles klar?«

Tyler sagte nichts, bis Barry wieder den Druck auf seinen Hals erhöhte. »Natürlich.«

»Geht ja nicht, dass so eine dahergelaufene Fotze über uns Bescheid weiß, besonders nicht im Moment.«

Tyler nickte, und Barry ließ seinen Hals los. Tyler brach zusammen und hustete, berührte seinen Augenwinkel, und die Hand war rot, als er sie herunternahm.

Barry nahm die Kippe aus dem Mund und ließ sie auf den Teppich fallen, trat sie dort aus.

»Und jetzt mach hier deswegen keinen auf Mimöschen«, sagte er und zeigte auf Tylers Auge. »Ist ja nur ein Kratzer.«

Er machte Anstalten, den Raum zu verlassen, behielt Tyler aber im Auge.

»Es wird noch viel schlimmer für dich, falls du mich jemals wieder anlügst. Kapiert?«

Tyler rührte sich nicht, beobachtete nur, wie sein Bruder das Zimmer verließ. Er hörte, wie die Wohnungstür geschlossen wurde, dann ließ er sich zurücksinken und fing an zu heulen.

16

Der Geruch von gebratenen Eiern weckte ihn. Er berührte den Winkel seines Auges, das inzwischen halb zugeschwollen war, spürte die empfindliche Haut, die Platzwunde über der Augenbraue. Er erhob sich vom Bett, alles tat weh, zog ein T-Shirt über und versuchte, der Sache auf den Grund zu gehen.

In der Tür zum Wohnzimmer blieb er stehen. Angela beugte sich über den Herd und sang leise »Angels« von Robbie Williams. Er hatte sie seit Wochen nicht mehr um diese Uhrzeit auf den Beinen gesehen.

»Hey, Mum.«

Sie drehte sich zu ihm um. Einen Augenblick schien es, als würde sie ihn nicht erkennen, dann lächelte sie. »Mein Hübscher, lass dich mal ansehen.«

Er machte mehrere Schritte vorwärts, und sie ließ die Bratpfanne stehen und kam ihm entgegen, hielt seine Unterarme fest, als versuchte sie, ihn daran zu hindern abzuhauen. Die Pfanne zischte und fauchte hinter ihr. Ihre Augen waren glasig, entweder war's der Kater oder sie war immer noch betrunken, oder vielleicht hatte sie an diesem Morgen auch schon wieder angefangen zu trinken. Ihr Atem roch danach.

»Ich bin ja so stolz auf dich«, sagte sie und strich sich die Haare aus dem Gesicht. »Weißt du das?«

Tyler zog seine Arme zurück. Es war komisch, nach so langer Zeit ohne jeden körperlichen Kontakt von ihr berührt zu werden. Als hätte sie kein Recht dazu. Aber sie war seine Mum, das musste er sich immer wieder vor Augen führen.

Sie sah enttäuscht aus, dass er sich zurückgezogen hatte, aber sie versuchte, es zu verbergen, und setzte ein Lächeln auf. »Spiegelei auf Toast okay für dich?«

»Klar.«

Sie widmete sich wieder dem Kochen. »Weckst du deine Schwester? Sonst kommt sie noch zu spät zur Schule.«

Bean saß in ihrem Bett und spielte mit dem Slime; der Glibber spannte sich zwischen ihren Fingern.

»Zeit aufzustehen«, sagte Tyler. »Mum macht Frühstück.«

»Ach, Quatsch.«

Er hob die Augenbrauen. »Kein Scheiß.«

»Warum?«

Tyler zuckte mit den Achseln. »Zieh dich einfach an.«

»Was ist mit deinem Auge passiert?«, fragte Bean.

»Nichts. Bin letzte Nacht irgendwo gegen gerannt.«

Erst als er aus dem Zimmer und wieder im Flur war, erkannte er, dass Angela keine Silbe über sein Auge verloren hatte. Vielleicht hatte sie es nicht bemerkt.

Er zuckte zusammen bei dem Geräusch eines Schlüssels in der Wohnungstür. Er sollte die Schlösser auswechseln lassen, aber dann wäre Barry stinksauer und würde es als persönliche Beleidigung auffassen. Das Auswechseln der Schlösser kostete sowieso erst mal Geld, und Barry könnte dann einfach die Tür eintreten.

Die Tür ging auf, und es war Kelly. Tyler versuchte, sich zu erinnern, wann er sie das letzte Mal ohne Barry gesehen hatte, aber es fiel ihm nicht ein. Sie sah übernächtigt aus und trug ein dickes Sweatshirt und Jeggings.

Sie machte die Tür hinter sich zu, sah ihn an und legte eine Hand auf seine Wange. »Is'n mit dir passiert?«

»Bin in der Küche gegen einen Schrank gerannt.«

Sie versuchte, mit dem Fingernagel an der Platzwunde entlangzustreichen, doch er zuckte zurück. Sie sah ihn schräg an. »Am besten machst du genau das, was er sagt.«

»Glaubst du?«

Sie seufzte. »Er will nur unser Bestes.«

»Wie kannst du das nach neulich Abend sagen?«

»Ich weiß nicht, wovon du redest«, erwiderte Kelly. »Neulich Abend ist nichts passiert.«

Tyler schüttelte den Kopf. »Ich krieg's einfach nicht aus dem Kopf.«

Sie senkte die Stimme. »Dann streng dich einfach mehr an, andernfalls bringst du uns alle noch ins Grab.«

Mit ihr zu reden war wie mit Barrys Handpuppe zu reden, sie stimmte einfach allem zu, was er sagte.

Kelly sah ins Wohnzimmer. »Was machst du zum Frühstück?«

»Ich mach gar nichts. Mum kocht.«

»Der war gut.«

»Echt.« Er gestikulierte zur Küche.

Angela stellte eine Flasche Wein zurück in den Schrank, als Tyler die Tür erreichte. Er war enttäuscht, aber nicht überrascht. Und alles in allem war Wein gar nicht so schlimm.

Bean kam hinter ihm herein und starrte ihre Mum an.

»Was machst du da?«, fragte Kelly entgeistert.

Angela drehte sich um. »Mir war nicht klar, dass es so ein Mordsding ist, für meine Kids zu kochen.«

»Normalerweise machst du das ja auch nicht«, sagte Kelly.

Angela holte Teller aus dem Schrank, warf Toast und Eier darauf. Der Toast war angebrannt, die Eier auf der Unterseite ebenso, dafür aber oben noch glibberig. Angela bewegte sich mit dem gleichmäßigen Schwanken eines besoffenen Matrosen, als hätte sie lange Zeit auf See verbracht und an Deck ständig mit den Gleichgewichtsverlagerungen gerungen.

Bean sah den Teller vor sich an und verzog das Gesicht, woraufhin Tyler ihr mit einem Blick zu verstehen gab, es wenigstens mal zu versuchen. Er beugte sich zu ihr. »Ich besorg dir auf dem Weg zur Schule was anderes zu essen.«

»Das habe ich gehört«, sagte Angela. »Verdammt, ich versuch mein Bestes.«

Tyler warf Bean einen weiteren Blick zu, machte sie beide damit zu Verschwörern. »Sorry.«

Kelly verfolgte das alles mit großen Augen. »Ich lass euch Leute jetzt am besten allein.« Sie verschwand Richtung Tür, tat dann so, als fiele ihr wieder etwas ein. »Tyler, kannst du nach der Schule kurz zu Barry rüberkommen? Er will mit dir über irgendwas reden.«

»Klar«, sagte Tyler.

Kelly ging, und Bean drückte ein Messer in das glibberige Ei-weiß oben auf ihrem Spiegelei. »Was will Barry denn?«

»Woher soll ich das wissen?«, erwiderte Tyler. »Iss jetzt auf.«

Bean schüttelte den Kopf, was sie vor Angela zu verbergen versuchte.

»Scheiß drauf«, sagte Angela. Sie öffnete den Schrank, nahm den Wein heraus, ging zu ihrem Schlafzimmer und knallte die Tür hinter sich zu wie ein pampiger Teenager.

Tyler legte Messer und Gabel hin.

»Vergiss das«, sagte er mit einem Blick auf Beans Teller. »Lass uns gehen.«

17

Bean umarmte ihn und flitzte dann über den Schulhof zu ihren Freundinnen. Die drei anderen Mädchen hatten diese Schleifen in verschiedenen phosphoreszierenden Farbtönen in den Haaren. Miss Kelvin sah zu Tyler herüber und winkte mit diesem Ausdruck auf dem Gesicht. Er hatte dieses Mitgefühl so unendlich satt, vermutete aber, dass es immer noch besser war als Gleichgültigkeit oder Aggression. Wenn er doch nur aus Mitgefühl etwas machen könnte, das von hier wegführte. Er erwiderte das Winken, als die Schulglocke ertönte, und sah zu, wie Bean sich in der Schlange anstellte. Ein Junge rastete aus und warf mit seiner Schultasche herum, gab vor den Mädchen an. Ein anderer heulte und klammerte sich an seine Mum, die nur die Augen verdrehte. Kein Theater von Bean, sie war schon so erwachsen.

Nachdem sie im Gebäude war, verließ er das Schulgelände durchs Tor Richtung Highschool, an deren Eingang er jedoch vorbeiging, sich die Kopfhörer in die Ohren steckte, Four Tet hörte, Ambient Dance mit schrägen Streichern. Er nahm den Weg, der den Wald von den Feldern trennte. So dicht bei der Schule war der Wald voller Scheiß, ausgebrannte Reste von Lagerfeuern und Grillpartys, ganze Berge Bier- und Ciderdosen, benutzte Kondome, geschmolzenes Plastik und verbogenes Metall. Je weiter er sich entfernte, desto weniger wurde der Müll, und er tat so, als befände er sich an einem ruhigen und abgelegenen Ort. Die abgefahrenen Beats in seinen Ohren halfen.

Er kam gegenüber der Burg aus dem Wald auf die Straße. Er blieb stehen und betrachtete ihre Silhouette vor dem Himmel, erinnerte sich, letzte Nacht über die Mauern dort oben gegangen zu sein.

Er stiefelte die Straße hinunter und schlug sich dann wieder zwischen die Bäume, kletterte auf Höhe des Hubschrauberlandeplatzes über den Zaun und war dann auf dem Gelände des ERI. Er folgte den Schildern zum Eingang. Neben den Türen standen Leute in Morgenmänteln und rauchten, eine Frau hatte einen Tropf auf Rädern neben sich, dessen Schlauch irgendwo in den Falten ihres Nachthemds verschwand.

Im Gebäude folgte er der Ausschilderung und den farbigen Linien auf dem Boden zur Intensivstation. Tausende von Menschen befanden sich in diesem Gebäude, jeder mit seinen ganz eigenen Problemen und Sorgen, den eigenen Dramen und Katastrophen, Herzinfarkten und Krebserkrankungen, Entzündungen im Darm und Harnleiter, gebrochenen Knochen, künstlichen Gelenken, Krampfadern, Hirntumoren. Beinahe tödlichen Stichverletzungen.

Er ging zu dem Schalter, wo eine blutjunge Krankenschwester etwas auf ein Blatt Papier schrieb. Auf ihrem Namensschild stand »Justyna«. Er vermutete, dass die Krankenschwester von seinem Anruf am Vorabend, die Ryan namentlich und vom Sehen kannte, jetzt dienstfrei hatte. Diese hier sah erheblich jünger aus als die Stimme am Telefon. Sie schaute auf und lächelte ihn müde an.

»Kann ich Ihnen helfen?« Starker osteuropäischer Akzent, ganz sicher nicht dieselbe Krankenschwester.

»Ich hab vergessen, in welchem Zimmer meine Mum liegt. Monica Holt.«

»Müsstest du jetzt nicht in der Schule sein?«

»Lernzeit.«

Justyna warf einen Blick auf das Whiteboard hinter sich. Es war das reinste Chaos an Symbolen und Abkürzungen, eine Geheimsprache unter Ärzten und Krankenschwestern.

»Zimmer sechs«, sagte sie und zeigte den Korridor hinunter. »Die dritte Tür rechts.«

»Wie geht's ihr?«

Justyna sah wieder auf das Board, wühlte dann auf der Suche nach irgendwas in Papieren auf ihrem Schreibtisch. »Keine Veränderung, fürchte ich. Sie liegt immer noch im künstlichen Koma. Aber der Chefarzt sieht gegen Mittag wieder nach ihr, dann gibt's vielleicht was Neues.«

»Danke.«

Er versuchte, sie anzulächeln, aber sie war bereits wieder in ihren Papierkram versunken, klopfte nachdenklich mit einem Stift gegen ihre Zähne, blätterte in beigefarbenen Ordnern und sortierte Papiere ein.

Er starrte auf das Whiteboard hinter ihr, runzelte die Stirn angesichts der Hieroglyphen, ging dann fort, holte tief Luft und atmete ebenso tief wieder aus. Er schloss einen Moment die Augen und stellte sich vor, auf einem schneebedeckten Berggipfel zu stehen, wo frische alpine Luft in seinen Lungen brannte.

Er stand vor ihrer Tür. Vier Betten, zwei davon leer. In einem lag eine alte Frau, ihr weißes Haar wie Zuckerwatte, eingefallene Gesichtszüge, Augenlider und Gesicht mit blauen Flecken überzogen. Die andere war Monica Holt. Ihr Haar war offen, nicht mehr der Pferdeschwanz, den sie neulich nachts getragen hatte. Das obere Teil ihres Bettes leicht hochgestellt, und er fragte sich, warum wohl. Ein Plastikschlauch verschwand in ihrem Mund, war mit einem Pflaster an ihrer Wange fixiert, dazu ein Faltenschlauch, der mit einem Beatmungsgerät verbunden war. Sie trug einen lockeren Krankenhauskittel, die nackten Arme an ihren Seiten, ein Tropf führte in eine deutlich sichtbare Vene auf ihrer Hand.

Sie sah jünger aus, als er in Erinnerung hatte, als wären alle Sorgen aus ihrem Gesicht verschwunden. Die Krankenschwester hatte gesagt, sie läge im künstlichen Koma. Er nahm sich vor, das im Internet nachzusehen, wenn er wieder fort war.

Er näherte sich vorsichtig ihrem Bett, sah sich bei jedem Schritt um und rechnete damit, dass jeden Moment jemand hereinkam und ihn packte. Das Beatmungsgerät machte pfeifende Geräusche, und er zuckte zusammen. Ihre Brust hob und senkte sich, und er fragte sich, was mit ihren Muskeln war, durchschnitten und wieder zusammengefügt unter diesem Kittel und den Verbänden.

Neben dem Bett ein Plastikstuhl. Er sah ihn an, setzte sich aber nicht. Er machte einen weiteren Schritt auf sie zu, starrte in ihr Gesicht. Er bemerkte, wie glatt ihre Wangen waren, die trockene Haut ihrer Lippen, die Wirbel ihrer Haare. Ihre Augenbrauen waren ebenmäßig, ihre Fingernägel glänzend rot.

»Es tut mir leid«, sagte er.

Seine Hand schwebte über ihrer, und er rieb mit dem Daumen an seinen Fingern, kratzte sich an der Stirn, hielt die Hand dann wieder dicht über ihre. Er streichelte ihren Handrücken mit zwei Fingerspitzen und dachte daran, wie sie auf dem Boden ihres Hauses gelegen hatte. Dachte an seine eigene Mum, stellte sich vor, wie sie in einer Blutlache lag. Er erinnerte sich, wie er heute Morgen bei Angelas Berührung zurückgezuckt war.

»Ich wusste es nicht. Barry ...« Er holte tief Luft, als seine Augen brannten. »Ich hab den Krankenwagen gerufen, ich weiß, das ist nicht viel. Ich weiß nicht, ob Sie mich hören können, ich schätze mal, wohl eher nicht. Es tut mir so leid.«

Er stand da und beobachtete ein paar Minuten das Heben und Senken ihrer Brust, berührte ihre Hand mit seinen Fingern.

Schließlich drehte er sich um und ging. Den Gang hinunter lehnte ein Mann mittleren Alters am Empfangsschalter, plauderte mit der Krankenschwester und lächelte. Tyler erkannte an der Rückseite seines Kopfes und der gedrungenen Statur, dass es Deke Holt war.

Er machte kehrt und ging in die entgegengesetzte Richtung. Es waren nur gut drei Meter bis zur Ecke, noch zweieinhalb Meter, bis er außer Sicht war, anderthalb Meter, immer einen Schritt nach dem anderen, die Krankenschwester musste nur an Deke vorbeischauen und auf ihn zeigen, da ist ja ihr Sohn, und schon wäre er ein toter Mann, ein halber Meter, kein Ruf von der anderen Seite des Gangs, noch ein Schritt, dann um die Ecke, er begann zu laufen, die Turnschuhe schlugen auf den Boden, das Herz warf sich gegen den Brustkorb, als er den Korridor hinunterrannte und sich gegen die Sicherheitsschleuse warf, den grünen Knopf drückte, damit sie sich öffnete, dann hinausstürmte und weiterlief, weiter und weiter, während Patienten und Krankenhauspersonal ihn anstarrten, bis er einen Ausgang fand und draußen war, gierig nach Luft schnappte, sich mit den Händen auf den Knien abstützte, eine starke Übelkeit verspürte, aber alles bei sich behielt, die frische Luft seine Lungen elektrisierte.

Das Telefon in seiner Tasche pingte und er zog es heraus. Eine Textnachricht von Flick.

Komm zu mir, 20 Hope Terrace, asap. Fxxx

18

Aus Gewohnheit checkte er die Straße, als er von der Kilgraston Road in sie einbog. Hinter ihm befand sich die Mauer des Grange Cemetery, hielt die Toten an ihrem Platz. Hunderte Seelen, die er niemals kennenlernen würde. Hope Terrace war nur wenige Straßen von dem Haus entfernt, in dem Flicks Ex-Freund wohnte, die Häuser hier nicht ganz so riesig, die Besitzer vielleicht keine Millionäre, aber trotzdem durchaus gut betucht. Das hier waren viktorianische Schuppen mit vier Schlafzimmern, Erkerfenstern, kleinen Einfahrten, alten Gärten mit Eichen und Kiefern. Die Straße war schmal, die Häuser behielten sich gegenseitig im Auge, ein Lieferwagen klapperte über die Pflastersteine, als er an ihm vorbeifuhr.

Hausnummer zwanzig wäre kein Objekt für sie gewesen, wäre er jetzt bei der Arbeit. Eine ADT-Alarmanlage über der Haustür, offenbar verstärkte Fenster. Niedrige Hecken, die bedeuteten, dass man vorne ungeschützt war, an der Seite des Hauses keine erkennbaren Einstiegspunkte oder irgendeine Möglichkeit, ins Obergeschoss zu kommen. Einfach zu riskant.

Er hatte die Kapuze hochgezogen, als er die Einfahrt betrat, widerstand dem Bedürfnis, sich umzusehen. Falls irgendwer hinter einer Gardine stand und herausschaute, würde man sein Gesicht deutlicher sehen. Er suchte die Fenster von Hausnummer zwanzig nach einer Bewegung ab, nach einem Hinweis, dass Flick eingebrochen war, aber da war nichts. Blüten eines Kirschbaumes wehten über die Steine unter seinen Füßen, als er die Haustür erreichte. Er holte tief Luft, dann klingelte er. Ein altmodisches Dingdong. Falls das hier eine Falle war, würde er einfach sagen, er suche einen Freund und müsse wohl das falsche Haus erwischt haben.

Er wartete und lauschte, bis er schließlich Schritte hörte. Die Außentür war geschlossen, weiß gestrichene Eiche, keine Glasscheibe, durch die er hineinsehen konnte. Die Tür ging auf, und da stand Flick, verstrubbelte ihre Haare, trug eine hautenge Jeans und ein weißes Trägertop, das einen flachen Bauch mit einem silbernen Bauchnabelring sehen ließ.

»Du hast dir Zeit gelassen«, sagte sie.

»Manche von uns müssen den Bus nehmen.« Er schaute sich um. »Wo ist dein Auto?«

Sie sah nach links und nach rechts, ulkig, wie eine paranoide Trickfilmfigur. »Hab ich 'ne Straße weiter geparkt. Ich sollte nicht hier sein.«

»Ist das auch wieder ein Haus von einem Ex-Freund?«

Sie lächelte und führte ihn hinein, suchte dabei wieder den Horizont ab. »Was glaubst du denn, an wie vielen Ex-Freunden ich mich rächen muss?«

»Was weiß ich denn, könnten Hunderte sein.«

»Leck mich.« Sie streckte die Hände aus wie ein Zauberer und sah sich um. »Willkommen bei Chez Ashcroft.«

Tyler betrachtete den Hausflur. »Das ist dein Zuhause?«

»Das Unvergleichliche.«

Eine gerahmte Landschaft an der einen Wand, eine förmliche Familienaufnahme an der anderen, eine deutlich jüngere Flick, vielleicht elf Jahre, mit Zahnspange. Ihr Dad in Uniform, ihre Mum in einem schlichten grünen Kleid, zwei gut aussehende, ganz normale Leute, die versuchten, ein Mädchen großzuziehen.

»Sieh dir das nicht an«, sagte sie, kam herübergelaufen und hob das Bild von der Wand. Siedelte es um und stellte es auf den Boden, warf dabei noch einen wohlüberlegten Blick darauf.

»Aber du wohnst in Inveresk«, stellte Tyler fest.

Flick ging weiter in die Küche im hinteren Teil des Hauses, und Tyler folgte ihr, behielt ihre wippenden Haare im Auge.

»Genau.« Vor der Kücheninsel drehte Flick sich zu ihm um. Der Raum war groß, Terrassentüren führten auf einen gepflegten Rasen, links und rechts davon Landschaftsgarten, ein Fischteich neben einem Schuppen am unteren Ende. »Ich soll nicht hier sein, während meine Eltern in Afghanistan sind.«

Tyler schüttelte den Kopf. »Du bist doch alt genug, um auf dich selbst aufzupassen, oder?«

Flick bekam große Augen. »Vielen Dank, ja. Ich hab ihnen das tausendmal gesagt. Aber sie glauben, ich würde von mir aus nicht zur Schule gehen, wenn ich hier wohne.«

Tyler streckte die Arme aus. »Tja, ist ja wohl auch was dran.«

»Du bist doch auch nicht in der Schule«, sagte Flick. »Du bist hier moralisch nicht im Recht.«

»Du hast mich angerufen.«

»Hättest ja nicht kommen müssen.«

Er betrachtete die Töpfe und Pfannen entlang einer Wand. Die Marmorarbeitsfläche, den Kühlschrank von Smeg. »Warum hast du mir die Nachricht geschickt?«

Sie machte ein albernes Gesicht. »Weil ich dich sehen wollte?«

Er sah fort, war verlegen wegen ihrer Aufrichtigkeit. »Wieso?«

Sie seufzte theatralisch. »Oh mein Gott!«

Sie öffnete den Kühlschrank, der nur das Wichtigste enthielt, Käse und Butter, Gläser mit Essiggurken und Senf. Sie zog eine der Schubfächer unten auf.

»Lust auf einen Drink? Ich habe Bier, Cider oder Weißwein.« Sie sah ihn an, dann ein Weinregal an der hinteren Wand. »Oder Roten. Oder Champagner. Wie wär's mit einem Mimosa?«

Er schüttelte den Kopf, wollte nicht fragen, was das war.

»Komm schon, leb mal ein bisschen«, sagte sie.

Er erspähte alkoholfreie Getränke im Kühlschrank. »Nur eine Coke, danke.«

»Mensch!« Sie gab sie ihm und knackte eine Flasche Chenin Blanc, schenkte sich ein Glas ein und schwenkte es in seine Richtung. »Cheers.«

Er stieß verlegen an und nahm einen Zug aus der Dose.

Sie trank einen großen Schluck Wein. »Lust auf eine Besichtigung?«

»Klar.«

Sie führte ihn durchs Haus, äffte sich und ihre Familie dabei nach. Aber sie meinte es nicht wirklich so. Sie war sich bewusst, wie wohlhabend sie waren, tat ein bisschen so, als wäre ihr das unangenehm. Im Wohnzimmer bemerkte Tyler Bluetooth-Boxen und eine große klobige Anlage von Cambridge Audio. Eine kleine Auswahl an CDs, alte Indie-Bands wie Radiohead und Blur, andere Sachen, von denen er noch nie gehört hatte. Ein schicker Couchtisch mit Hi-Fi-Magazinen darauf, ein kleiner Buddha aus Holz. Solche Sachen, wie man sie in Musterhäusern im Fernsehen sah. Es fühlte sich nicht an, als würde hier jemand leben, gewöhnliche Menschen mit all ihrem gewöhnlichen Scheiß.

Auf einem Bücherregal standen einige weitere gerahmte Familienfotos. Flick ging schnell hinüber und versperrte ihm den Blick darauf, drehte sie mit dem Bild nach unten, bevor er sie sehen konnte.

»Was genau macht dein Dad so?«, fragte Tyler.

»Kommandiert Leute in der Wüste herum.«

»Ist er im Kampfeinsatz?«

»Früher. Sagt er.«

»Ich wusste gar nicht, dass wir da drüben immer noch im Krieg sind.«

»Logistik«, sagte Flick, ging weiter. »Nachschub, Versorgung. Ich weiß es eigentlich nicht genau. Mum skypt hin und wieder mit mir, aber sie sagt nie irgendwas dazu. Es ist, als wär ich ihnen eigentlich egal.«

»Bist du bestimmt nicht.«

Flick führte ihn in ein Esszimmer mit Tisch und Stühlen aus Eiche, einer geblümten Tapete, dann in ein Büro mit mehr Möbeln aus dunklem Holz, schwarzen Ledersesseln, Aktenordnern auf Regalen. Tyler fragte sich, ob in den Schreibtischschubladen oder versteckt zwischen den Akten wohl irgendwas war, das sich zu stehlen lohnte.

»Was ist mit deiner Mum?«, fragte Flick auf dem Weg nach oben. »Du hast gesagt, sie hätte Probleme.«

Sie zögerte auf dem Treppenabsatz, trank einen Schluck Wein. Er sah zu, wie sie trank, dann folgte er ihr. Er starrte das Fenster im Treppenhaus an, registrierte die verstärkten Schlösser, die auf den ursprünglichen Holzrahmen montiert worden waren. »Sie ist krank.«

»Tut mir leid.«

»Muss es nicht.«

Es gab vier Schlafzimmer, aber sie benötigten nur zwei, also war eines ein Gästezimmer, das andere war zu einem behelfsmäßigen Fitnessstudio umgebaut worden, Hanteln in der einen Ecke, ein Laufband in der anderen, verschiedene andere Geräte überall verteilt.

»Die sind beide superfit«, sagte Flick. »Es nervt. Es ist nur was, um die Leere in ihrem Leben zu füllen.«

»Ach?«

»Echt schwach.« Sie trank einen weiteren Schluck. Ihr Glas war fast leer.

»Und womit füllst du deine Leere?«, fragte Tyler mit einem schrägen Blick auf ihr Glas. Und bedauerte es sofort.

Sie zeigte Überraschung, doch nur für einen Wimpernschlag. Sie glitt auf ihn zu und berührte seine Wange in einer gespielt verführerischen Geste. »Du füllst die Leere in mir, Liebling.« Dann stolzierte sie aus dem Raum. Alles an ihr war Schauspielerei, gehüllt in Ironie und verpackt in zu viel Selbstbewusstsein. Es war süß, aber auch völlig abgefuckt, anstrengend mitzuspielen, so als solle er nach ihrer wahren Persönlichkeit graben.

Er versuchte, die größte Hantel aufzuheben, aber sie ließ sich keinen Millimeter vom Boden bewegen. Er stieß mit der Fußspitze dagegen, stellte sich vor, das Ding aus dem Fenster zu schmeißen, dann ging er und machte sich auf die Suche nach ihr.

Sie war in ihrem eigenen Zimmer, saß auf dem Doppelbett, das Weinglas leer. Sie warf das Glas zwischen den Händen hin und her, ließ es drauf ankommen, dass es hinfiel und auf dem Boden zersplitterte.

»Du hältst mich für ziemlich blöd, stimmt's?«

»Überhaupt nicht.«

Es gab hier nicht viel zu sehen, vermutlich befand sich das meiste von ihrem Kram in Inveresk. An einer Wand hing eine riesige Weltkarte, sicher zwei Meter breit, mit Dutzenden roten Nadeln darauf.

»Die Orte, an denen Mum und Dad gewesen sind«, sagte sie. »Meistens ohne mich.«

Er ging hinüber und berührte eine Nadel in den Vereinigten Arabischen Emiraten, dann eine in den Philippinen. Betrachtete die Entfernung zwischen Kabul und Edinburgh.

»Ich kann mir gar nicht vorstellen, da überall hinzufahren«, sagte er.

»Ich auch nicht, und genau das ist ja das Traurige.«

Sie hatte eine Kommode mit Spiegel, weißes Holz. Eine alte Sporturkunde, ein paar Fotos von sich, auf denen sie Medaillen um den Hals trug, einen knallroten Gymnastikanzug, ein strahlendes Lächeln auf dem Gesicht.

»Mein Gott«, sagte Flick. »In diesem Haus gibt es so viele Fotos von mir.«

»Und?«

»Ich kann's nicht ausstehen, mich selbst zu sehen.«

»Mir gefällt's«, sagte Tyler. »Du bist süß.«

Sie beobachtete ihn im Spiegel, verstrubbelte ihr Haar, blinzelte.

»Warum kommst du nicht rüber und siehst, wie ich wirklich bin«, sagte sie, klopfte auf die Bettdecke neben sich. Einerseits redete sie Scheiße, andererseits meinte sie es gleichzeitig sehr ernst. Lass es wie einen Jux aussehen, und wenn du einen Korb bekommst, tust du einfach, als wär's nur Spaß gewesen.

Er starrte sie sehr lange an, bis sie schließlich den Blick abwandte.

»Verdammt, ich beiß schon nicht«, sagte sie.

Er machte zwei Schritte auf sie zu, seine Hände zitterten.

Es klingelte an der Haustür.

Flick verdrehte die Augen. »Ist nur der Postbote, ignorier's einfach.«

Es klingelte wieder, dreimal, dann ein lautes Klopfen gegen die Tür.

»Was zum Teufel …?« Flick trat ans Fenster. »Oh, Scheiße.«

Ihr Telefon klingelte, sie lehnte den Anruf ab.

Es klingelte wieder an der Tür, dann weiteres heftiges Klopfen mit einer Faust gegen die Tür.

»Das ist Will«, sagte Flick.

»Der Ex?«

Eine Stimme von draußen, die zu ihrem Fenster hinaufbrüllte. »Ich weiß, dass du da bist, Flick. Ich hab dein Auto um die Ecke parken gesehen. Und ich weiß, was du in meinem Haus gemacht hast.«

Flick hob die Augenbrauen und lächelte Tyler an. Er erwiderte es nicht.

»Wie kann er das wissen?«, fragte Tyler.

Flick zuckte mit den Achseln.

»Hast du's ihm gesagt?«

»Natürlich nicht. Er muss es erraten haben.«

»Wie?«

Flick wirkte genervt.

Will schlug wieder gegen die Haustür, brachte die Wände zum Mitschwingen. »Wenn du nicht runterkommst und mit mir redest, werde ich das Gleiche mit deinem Haus machen.«

Tyler dachte an den Typen mit der Statur eines Rugbyspielers, den er auf den Familienfotos in Wills Haus gesehen hatte.

»Der blufft nur«, sagte Flick.

Ein Steinchen flog gegen die Glasscheibe ihres Fensters, und sie zuckte zusammen. Tyler fragte sich, ob man wohl unbemerkt durch die Verandatüren in der Küche aus dem Haus verschwinden konnte.

»Der nächste ist ein richtiger Stein«, rief Will.

Flick seufzte und ging zum Fenster. »Gib mir eine Minute.«

In der Tür drehte sie sich zu Tyler um. »Warte hier, ich wimmle ihn ab.«

Tyler ging zur Tür, als Flick die Treppe hinunterlief. Er lauschte, als sie die Haustür öffnete, hörte sie dann streiten. Er brüllte sie an, nannte sie durchgeknallte Schlampe. Sie bestritt, irgendwas mit dem Einbruch in sein Haus zu tun zu haben, konnte jedoch den Sarkasmus in ihrer Stimme nicht verbergen, konnte es gar nicht verhehlen, ihn wissen zu lassen, dass sie dahintersteckte.

Es hörte sich an, als hätte sie ihn nicht hereingelassen, als würde das alles im Eingangsbereich stattfinden. Seine Stimme wurde leiser, war immer noch eindringlich, aber ruhiger. Tyler hörte, wie sie konterte, sich im Gegenzug beschwerte. Er bat sie immer wieder, reinkommen zu dürfen, aber sie lehnte ab. Dann das Schlagen von Holz auf Putz, was das ganze Haus erzittern ließ, hektisches Herumgerenne.

»Was zum Geier soll das?« Flick versuchte, gelassen zu klingen.

»Du hältst dich für ein richtig schlaues Miststück, ja?«

»Lass mich los.«

»Du hältst dich für was Besseres als alle anderen. Du hältst dich für was Besseres als mich.«

»Du tust mir weh.«

Mehr Herumgerenne, dann ein dumpfer Schlag gegen eine Wand. Das war jetzt ganz klar im Haus. Tyler trat ans Kopfende der Treppe und schlich sich langsam nach unten.

»Tja, jetzt hast du jedenfalls nicht mehr das Sagen«, sagte Will mit völlig ruhiger Stimme. »Ich kann mit dir machen, was immer ich will.«

»Lass mich los, du machst mir Angst.«

»Gut«, sagte Will. »Höchste Zeit, dass dir mal einer klarmacht, dass du nicht gottverdammt unberührbar bist. Hochnäsige Bitch. Du kannst nicht dauernd rumlaufen und Männer aufgeilen und dann erwarten, damit immer ungeschoren durchzukommen.«

»Will!«

Tyler war auf dem Treppenabsatz, konnte ihn jetzt sehen. Will hatte Flick an die Wand gedrängt, sein Arm lag über ihrer Brust, seine Hand fixierte ihren Arm. Mit der anderen Hand griff er ihr zwischen die Beine.

»Lass sie in Ruhe.« Tyler stand mit geballten Fäusten da.

Will hörte auf und drehte sich um. Flick sah Tyler an, aber er wurde aus dem Ausdruck auf ihrem Gesicht nicht schlau. Will löste den Druck auf ihre Brust und ließ die andere Hand fallen.

»Wer zum Teufel bist du denn?«, fragte er und holte Luft.

»Verschwinde«, sagte Flick mit unsicherer Stimme.

Will behielt den Arm über ihrer Brust, fest genug, um zu verhindern, dass sie sich losreißen konnte. Er hatte seinen Blick auf Tyler gerichtet, als er nun sprach. »Sieh mal einer an! Schon wieder einen Neuen? Du verplemperst echt keine Zeit.«

»Es hat nichts mit dir zu tun«, sagte Flick.

Tyler ging ein paar Schritte die Treppe hinunter. Will hob die Augenbrauen.

»Nimm sofort deine Pfoten von ihr«, sagte Tyler.

Will lächelte. »Oh, ein ganz harter Junge. Schon erstaunlich, wo du doch verglichen mit mir nur eine halbe Portion bist.«

»Geh einfach.«

Schließlich ließ Will den Arm sinken, und Flick taumelte fort, schlug im Gehen nach seiner Brust.

»Du bist so ein unglaubliches Arschloch«, sagte sie. »Verschwinde aus meinem Haus.«

Will stand einfach da, genoss es, nicht zu tun, was ihm gesagt wurde. Tyler kam ein paar weitere Schritte herunter, bis er fast unten war.

Will zeigte auf Flick, sagte aber nichts, dann richtete er seinen Finger auf Tyler. »Ein guter Rat, kleiner Mann: Diese Bitch bedeutet mehr Ärger, als sie wert ist.«

»Leck mich«, fauchte Flick.

»Geh«, sagte Tyler.

»Willst du mich zwingen?«

»Wenn's sein muss.« Tyler war überrascht über die Überzeugung in seiner Stimme. Die Drohung. Sich ständig mit Barry herumzutreiben, färbte ab. Er versuchte, fokussiert zu bleiben.

Will hatte das Kinn gereckt, die Brust aufgeblasen, die ganze Alphatierscheiße eben. Tyler dachte daran, dass Barry ihn innerhalb von zehn Sekunden töten würde. Er tat so, als könnte er das ebenfalls, als besäße er dieselbe Entschlossenheit.

Schließlich ließ Will etwas Luft ab, schaltete von höchster Alarmbereitschaft eine Stufe runter.

»Du bist den Stress nicht wert«, sagte er und sah sich dabei im Flur um, als realisierte er jetzt erst, wo er sich befand. »Aber wenn ich dir noch mal begegne, bist du tot.«

Flick schüttelte den Kopf, und Tyler blieb bewegungslos, sein Gesicht völlig ungerührt. Manchmal ist nichts zu sagen das Beste.

Will drehte sich zum Gehen um, zeigte aber ein letztes Mal auf Flick. »Ich schicke dir die Rechnung für mein Haus, für das Fenster. Du verkackter Psycho.«

Flick antwortete nichts, als Will ging, die Tür hinter sich weit offen ließ.

Flick wartete, bis seine Schritte verklungen waren, dann drehte sie sich zu Tyler um. »Danke. Im Ernst.«

Tyler setzte sich auf die Stufe und atmete durch, versuchte, seine Fäuste zu entspannen, versuchte, das Zittern in seinen Beinen zu stoppen.

19

Es wimmelte auf dem Schulhof, eine Gruppe kleinerer Jungs spielte Fußball auf dem Asphalt, in einer Ecke frischten Teeniemädchen ihr Make-up auf und lachten, zwei Kiffer zogen sich an einer vom Lehrerzimmer aus nicht einsehbaren Stelle einen Joint rein.

Er hatte sich von Flick um die Ecke von der Eingangspforte absetzen lassen. Es erschien ihm einfacher, sie nicht in diese Gegend, in sein Leben hineinzuziehen. Dennoch war er bereit, sofort alles stehen und liegen zu lassen, wann immer sie rief.

Er fand Connell und ein paar andere Jungs am Rand des Lehrerparkplatzes rumlungern. Inzwischen hatte er das Mittagessen verpasst, aber er war auch gar nicht hungrig, hatte das durch die vorherigen Ereignisse freigesetzte Adrenalin immer noch im Kreislauf. Seine Adern fühlten sich prall gefüllt an.

»Wo bist du gewesen?«, fragte Connell und pfefferte mit einem Tritt eine leere Irn-Bru-Flasche in seine Richtung. Tyler kickte das Ding ein paarmal, dann trat er die Flasche zurück zu ihm. Connell spielte sie an einen der anderen Jungs ab.

»Bean hat heute Morgen Stress gemacht«, antwortete Tyler. »Hat gesagt, sie fühlt sich krank.«

»Und? War sie?«

»Nee, war nur so.«

Tyler beteiligte sich sporadisch an der Unterhaltung, während Connell und die anderen Jungs sich belanglose Informationen zuwarfen. Die Chancen der Hibs in dieser Saison, wen sie unter Vertrag nehmen könnten, dann irgendwas über Louisa, auf die Connell stand, eine anstehende Party im Haus ihrer Freundin und wie sie sich eine Einladung erschleichen könnten. Gutmütige Verarschungen und Hänseleien, was eine Freundschaft eben so ausmacht. Er ließ ab und zu einen Satz fallen, hatte aber die ganze Zeit einen Stein im Bauch, eine diffuse Angst, die einfach nicht nachließ. Er machte sich Gedanken über Videokameras im Krankenhaus, über die Todesdrohung auf Monicas Smartphone. Er dachte an Barry, der ihn geschlagen hatte, nur weil er sich mit Flick traf, stellte sich Flick vor, die von diesem Blödmann Will an die Wand gedrängt wurde.

Die Pausenglocke ertönte und sie trotteten zum Eingang. Als die Ströme an Kids sich vereinten, bemerkte er weiter vorn Ryan Holt, der mit seinem unterbelichteten Cousin Lee redete. Sie waren beide gleich hart, aber Ryan besaß Verstand. Kluge harte Typen brauchen immer einen strohdummen Handlanger, damit sie sich selbst besser fühlen können. Genau wie Barry und Kelly.

Er ging in Ryans Richtung.

Connell packte seinen Arm. »Was zum Teufel machst du?«

Tyler schüttelte ihn ab und ging weiter. Er spürte deutlich, wie Connell hinter ihm mit dem Hintergrund verschmolz, die anderen Jungs ebenfalls, sie wollten nichts damit zu tun haben. Kein Mensch wollte was mit Ryan Holt zu tun haben, das war nur verrückt.

Ryan drückte gerade eine Zigarette aus, egal, ob ihn ein Lehrer dabei sah oder nicht. Er würde sowieso bald nicht mehr hier sein und ins Familiengeschäft einsteigen, richtig Asche machen. Bis dahin konnte man hier auf der Schule gute Connections finden, jede Menge Kids scharf auf Drogen oder anderes illegales Zeug machen.

»Ryan.« Tyler hob die Stimme über das Gequatsche auf dem Schulhof. Ein paar Mädchen zwischen ihnen verdunsteten förmlich. Ryan schaute auf, kniff die Augen zusammen. Lee beobachtete seinen Cousin, taxierte seine Körpersprache. Normalerweise belästigte man Ryan Holt nicht.

Ryan reckte das Kinn, forderte Tyler auf zu sagen, was er wollte.

»Ich hab das von deiner Mum gehört«, sagte Tyler.

Ryans Schultern sanken. »Was?«

Es fühlte sich unglaublich still an auf dem Schulhof, so als wären sie in einem Science-Fiction-Film und alle anderen wären verschwunden, aufs Mutterschiff teleportiert.

»Ich hab gehört, ihr geht's ziemlich mies und sie liegt im Krankenhaus.«

»Was zum Teufel geht's dich an?«

»Ich wollte nur sagen, dass es mir leidtut, das ist alles.«

»Was genau hast du gehört?«

Tyler stellte sich vor, wie sie dort lag, den Ausdruck auf ihrem Gesicht. Barry, der einen Schritt um sie herum machte, das Blut auf dem Boden, der idiotische Blick, den Kelly Barry zuwarf.

Er fühlte sich stark, die Macht, die daher rührte, dass ihm alles latte war. Die Macht zu wissen, dass man im Unrecht war und verdiente, was immer passieren mochte.

»Ich hab gehört, euer Haus ist ausgeraubt worden und deine Mum wurde niedergestochen.«

»Wer hat dir das gesagt?«

Tyler sah sich um. Zu seiner Überraschung liefen Dutzende Kids herum und taten, als würden sie nicht zusehen. Er scannte den Hof nach Connell ab, entdeckte ihn mit gesenktem Kopf, wandte sich dann wieder Ryan zu.

»Du weißt doch selbst, wie's hier ist«, sagte er.

»Sag du es mir.«

»So was spricht sich rum.«

Ryan reckte den Hals. »Dann quatscht also hier jedes Arschloch über meine Familie, hab ich das richtig verstanden?«

»Nicht so.«

»Die ziehen über mich her, ziehen über meine Mutter her.«

»Überhaupt nicht.«

Tyler war überrascht, dass er gar keine Angst hatte. Lee stand direkt neben Ryan, viel zu dicht, klebte ihm förmlich an der Pelle. Tyler wollte ihn wegschieben, es zu einer Sache allein zwischen ihm und Ryan machen und damit die Verbindung zwischen ihnen beiden stärken. Er stellte sich vor, wie Ryan am Bett seiner Mutter saß, ihre Hand hielt, den Kopf gesenkt, betend, dass sie wieder gesund wurde. Oder den Bastard verfluchend, der das getan hatte, schonungslose Rache schwörend, Folter, Mord. Es ging das Gerücht, dass sein Dad schon Feinde umgebracht hatte, und niemand zweifelte daran. Eine ganze Reihe rivalisierender Gangster waren über die Jahre gestorben, der eine bei einem Unfall mit Fahrerflucht, der andere war vor einem Pub niedergestochen worden. Ein anderer aufstrebender Gauner war vor einigen Jahren spurlos verschwunden. Manche sagten, er hätte sich nach Amsterdam verpisst, um dort sein Glück zu suchen, aber ein stärkeres Gerücht besagte, dass er auf dem Grund des Duddingston Loch lag.

War die Fähigkeit zu töten vererbbar? Wenn Deke es getan hatte, konnte Ryan es dann auch tun? Vielleicht kam es darauf an, wie man aufgewachsen war, mit einem Mangel an Respekt vor dem menschlichen Leben, mit schlechten Vorbildern und dem ganzen Kram. Tyler dachte an Barry im Haus der Holts, das Messer in der Hand, bei einer anderen Gelegenheit mit einem Baseballschläger, irgend so ein armer Wichser redete schlecht über ihn, wurde angegriffen und zusammengeschlagen, während Tyler zuschaute, wie tot zurückgelassen, heute saß er im Rollstuhl und musste durch einen Schlauch ernährt werden. Er dachte an Bean, die mitbekam, wie Barry und Kelly und Angela wieder und wieder Scheiße bauten.

»Was hast du noch gehört?«, wollte Ryan wissen.

Lee hinter ihm grinste breit, zeigte einen Mund voll schiefer Zähne.

»Nichts«, sagte Tyler.

Ryan griff in Tylers T-Shirt, zog ihn dicht zu sich, sprach ganz leise. »Spuck's aus.«

Tyler sah über Ryans Schulter hinweg Connell ganz hinten in der Menge, wie er den Kopf schüttelte vor Sorge und Angst.

Tyler streckte die Hände aus, versuchte aber nicht, sich aus Ryans Griff zu befreien.

»Das war's. Ich wollte nur sagen, dass es mir leidtut, das zu hören.«

»Willst du mich verarschen?«

Lee beugte sich zu ihnen. »Für mich hört's sich so an.«

»Halt deine Schnauze«, fauchte Ryan und drehte sich um.

Lees Grinsen verschwand, und er wich zurück.

Ryan wandte sich wieder Tyler zu. »Du meinst, du wärst was Besseres als ich, ja?«

Tyler fragte sich, wie er darauf kam. »Nein.«

»Doch, tust du«, sagte Ryan. »Hier majestätisch angelatscht zu kommen, als hättest du mit nichts was am Hut. Tja, du bist aber nichts Besseres als wir, du steckst in genau derselben Scheiße wie wir alle hier. Kapiert?«

»Bleib locker.«

»Bleib locker«, äffte Ryan ihn nach. »Immer schön scheißlocker bleiben. Ich werde nicht locker bleiben. In mein verschissenes Haus ist eingebrochen worden, und meine Mum wurde abgestochen, und wenn wir die Arschlöcher finden, dann sind sie tot.«

»Okay.«

»Was?«, sagte Ryan. »Ich hab dich nicht verstanden.«

»Ich sagte, okay.«

Ryan verpasste Tyler einen Schlag in den Bauch, schlug ihm die Luft aus den Lungen. Keuchend klappte er zusammen. Endlich passierte es. All dieses Gelaber, bring's einfach hinter dich. Er wartete auf weitere Schläge, einen Tritt in die Eier, ein Knie ins Gesicht. Aber es kam nichts. Er blieb vornübergebeugt stehen und versuchte einzuatmen, aber es funktionierte nicht, sein Hals war zu, und er gab Laute wie ein Erstickender von sich.

Ryan beugte sich herab und flüsterte ihm ins Ohr: »Wir sehen uns noch.«

Er richtete sich auf und ging. Lee tänzelte ihm hinterher.

Tyler kam schließlich wieder zu Atem und keuchte. Seine Lungen brannten. Er sah sich um. Die Menge war ein heilloses Durcheinander an Uniformen und Schultaschen und abgewandten Gesichtern. Als er einatmete, fühlte er sich stark, ermächtigt.

20

Vor dem Schultor wartete ein Polizeiwagen, DI Pearce lehnte dagegen und lächelte. Es war ein Streifenwagen, nicht der Ford vom letzten Mal, also wollte sie deutlich machen, dass sich die Polizei für ihn interessierte. Einen Moment lang stellte er sich vor, dass sie nicht wegen ihm hier war, vielleicht war sie hier, um Ryan mitzuteilen, dass seine Mum gestorben oder aus dem Koma aufgewacht war. Aber der Ausdruck auf ihrem Gesicht, als er sich näherte, ließ keinen Zweifel daran, dass sie mit Tyler sprechen wollte. Er versuchte, an ihr vorbeizugehen, aber sie drückte sich vom Wagen ab und versperrte ihm den Weg.

»Nur ganz kurz«, sagte sie.

»Das ist Belästigung.«

»Da könnte ich noch eine Schippe drauflegen.«

»Lassen Sie mich in Ruhe.«

Sie sah hinter ihn, aber Tyler widerstand dem Drang, sich umzudrehen. Seine Mitschüler würden beobachten, wie er mit einem Bullen redete, wer musste so was sehen?

»Steig ein.« Pearce zeigte auf den Beifahrersitz.

Tyler bemerkte, dass sie allein war, kein Uniformierter als Begleitung.

»Nein, danke.«

Sie berührte die Handschellen, die an ihrem Gürtel baumelten. »Wenn du nicht einsteigst, werde ich die hier benutzen müssen.«

Tyler starrte sie an. »Echt jetzt?«

Er spürte, wie um sie herum Kids massenweise aus dem Schultor strömten, Pearce beäugten, flüsternd Kommentare abgaben, zwei Jungs aus dem Jahrgang unter ihm strichen mit den Händen über den Lack des Streifenwagens.

»Wenn's sein muss«, sagte Pearce.

»Hier vor der Schule? Krass.«

Schließlich sah Tyler hinter sich. Wie erwartet beobachteten Connell und die anderen ihn, ein paar Mädchen aus seinem Jahrgang ebenfalls.

Er wandte sich wieder um und zeigte nach links. »Ich muss Bean aus der Grundschule abholen.«

»Nur fünf Minuten.« Pearce ließ die Handschellen klirren. »Auf ein kleines Schwätzchen, einmal um den Block.«

Er seufzte, ging zur Beifahrertür und stieg ein.

Pearce stieg ebenfalls ein und ließ den Motor an.

Im Wagen roch es nach Blaubeer-Jelly-Beans und es war überraschend sauber, keine Burger-King-Verpackungen oder Krispy-Kreme-Schachteln.

»Anschnallen«, sagte Pearce und legte ihren Sicherheitsgurt an.

Sie fuhren die Greendykes Road hinunter, ließen die beiden Schulen hinter sich. Tyler dachte an Bean, die in der Klasse bei Miss Kelvin auf ihn wartete.

»Interessante Zeiten«, sagte Pearce.

»Kommen Sie auf den Punkt.«

Pearce sah zu ihm hinüber, als sie an einer wilden Müllkippe und der Baustelle vorbeikamen.

»Wir haben eine Anzeige wegen eines anderen Einbruchs reinbekommen«, sagte sie schließlich.

»Wie schön für Sie.«

»Irgendwann während der letzten vierundzwanzig Stunden.«

»Es muss doch in dieser Stadt jeden Tag Dutzende Einbrüche geben.«

»Dieser hier war in der Clinton Road. Klingelt da was?«

Tyler starrte aus dem Fenster. Sie fuhren an dem verfallenen Haus vorbei, in dem Snook ihre Welpen säugte.

»Nein«, antwortete er.

»Das Haus gehört Mr. und Mrs. Fotheringham.«

Tyler sagte nichts.

»Es wurde von ihrem Sohn gemeldet«, sagte Pearce.

»Faszinierend.«

»Die Clinton Road liegt direkt um die Ecke von der St. Margaret's Road in Church Hill.«

Tyler seufzte. »Nicht das schon wieder.«

Er stellte sich Flick vor, Blut an den Händen, Glasscherben auf dem Boden, dazu diese Klaviermusik.

»Seltsame Geschichte«, sagte Pearce. »Der Junge sagte, es seien keine Wertgegenstände gestohlen worden.«

»Glück für ihn.«

Pearce passierte den Greendykes-Block, wo Tyler wohnte, und fuhr weiter zu den neueren Häusern, den Temposchwellen auf der Straße, vorbei an kleinen Gärten, Sozialwohnungen. An einer Kreuzung hielt sie und starrte ihn an.

»Warum sollte jemand in ein Haus einbrechen und dann nichts mitnehmen?«

»Keine Ahnung.«

Sie verließ die Kreuzung Richtung Niddrie Mains Road. »Ich auch nicht.«

Schweigen im Auto, während sie zu den Schulen zurückkehrten.

Schließlich sprach Tyler mit tonloser Stimme. »Und? Sind Sie bei dieser Sache in der St. Margaret's Road weitergekommen?«

Pearce schaltete einen Gang hoch und sah ihn an. »Überwachungskameras und Spurensicherung, meinst du?«

Tyler zuckte mit den Achseln.

Pearce blinkte links, kehrte in das Viertel zurück. »Wir machen Fortschritte.«

Was bedeutete, sie kamen keinen Schritt weiter. Falls sie etwas hätten, säßen er, Barry und Kelly jetzt auf dem Revier in Craigmillar und würden nach einem Anwalt fragen.

Sie waren wieder dort, wo sie losgefahren waren. Die Kids waren alle weg, nur noch ein paar Nachzügler vor dem Tor, zwei Jungs rangelten zum Spaß herum, ein paar Mädchen taten, als würden sie sie nicht beobachten.

Pearce hielt am Bordstein und machte den Motor aus. Tyler wollte schon aussteigen, doch sie legte eine Hand auf seinen Arm. Sie deutete mit einem Nicken auf sein Gesicht, und erst da erinnerte er sich wieder an sein blaues Auge. Er hob die Hand.

»Was ist passiert?«

»Nichts.«

»Ein Barry-Nichts?«

Tyler starrte sie an und wischte ihre Hand von seinem Arm. »Sie wissen gar nichts.«

»Ich weiß erheblich mehr, als du mir zutraust.«

»Dürfte nicht besonders schwer sein, oder?«

Pearce seufzte. »Ihr seid am Arsch, weißt du das? Wir werden Barry und Kelly dafür drankriegen. Wenn du sie uns nicht lieferst, uns sagst, was passiert ist, dann bist du auch reif.«

Tyler saß schweigend da.

Pearce schüttelte den Kopf. »Ohne dich wird deine kleine Schwester ins Heim kommen. Willst du das?«

Tyler hatte inzwischen die Tür geöffnet. »Das haben Sie schon mal gesagt. Sparen Sie sich das. Ich muss Bean abholen, sie wird sich schon fragen, wo ich bleibe.«

Jetzt war er ausgestiegen, hatte eine Hand auf der Tür, wollte sie schließen.

Pearce beugte sich herüber, um ihn besser sehen zu können.

»Du weißt, was du tun musst, um sie zu schützen.«

»Bis dann«, sagte Tyler und warf die Tür zu.

Er drehte sich zur Craigmillar Primary um und warf keinen

Blick zurück. Schließlich hörte er, wie der Motor angelassen wurde, der Wagen losfuhr und nichts als eine tiefe Stille zurückließ.

21

So langsam roch es in dem Haus heftig nach Scheiße und Pisse. Bean schien das nicht zu bemerken, als sie hinüberlief und Snook umarmte. Die Hündin veranstaltete ein kleines Tänzchen um sie, wedelte mit dem Schwanz, schnüffelte an ihrem Hals, leckte Beans Gesicht ab und entlockte ihr ein Glucksen. Zwei der Welpen beobachteten ihre Mum, wieselten um das Mädchen herum und ahmten ihr Interesse nach. Der dritte lag auf der Matratze neben einem kleinen Kackehaufen. Es gab zwei männliche Welpen und ein weibliches Hundebaby, also hatte Bean sie Mario, Luigi und Peach getauft. Peach war es, die nicht aufstand, nur den Kopf hob und ein Stück zur Seite drehte, um zu sehen, wo ihre Mum war.

Bean bemerkte das. »Was ist mit Peach los?«

Tyler kniete sich hin und streichelte sie. Ihre Brüder kamen herüber und schnüffelten an seiner Hand, die über ihr Fell strich. Er hielt die Handfläche an ihren Brustkorb, spürte den rasenden Herzschlag. Das Gleiche machte er bei Mario, um einen Vergleich zu haben, aber es fühlte sich genauso an. Peachs Augen waren trüb. Tyler verstand nichts davon, Hunde großzuziehen, von Reinlichkeitstraining und solchen Dingen. Snook kam herüber und stupste Peach an, leckte ihr Gesicht ab, und der Welpe antwortete mit einem schwachen Schwanzwedeln und einem hellen Fiepen.

»Tyler?«

In Beans Stimme lag Besorgnis.

»Vielleicht ist sie nur müde«, schlug er vor.

Aber es war offensichtlich mehr als das.

»Sollen wir sie mit nach Hause nehmen und aufpäppeln?«

Tyler schüttelte den Kopf, während er den Welpen streichelte. »Der beste Platz für sie ist bei ihrer Mum.«

Bean machte ziemlich Aufhebens davon, Snook die Ohren zuzuhalten, als könnte der Hund sie verstehen. »Mums sind nicht immer die beste Wahl, wenn's darum geht, sich gut um ihre Kinder zu kümmern.«

Tyler streichelte Snook über die Schnauze und schob Beans Hand fort.

»Peach kann nichts von dem fressen, was wir ihr geben«, sagte er. »Welpen trinken nur die Milch ihrer Mutter, bis sie kräftiger sind.«

Bean starrte Peach an, die den Kopf wieder auf die Matratze gesenkt hatte. Luigi stolperte und fiel auf sie, und Tyler hob ihn fort.

»Aber was, wenn sie nicht stärker wird?«, fragte Bean.

Tyler holte tief Luft. »Warten wir's doch einfach mal ab, okay?«

Bean runzelte die Stirn, wusste genau, dass sie abgespeist wurde.

Sie bemutterte weiter Snook und die Welpen, während Tyler aufstand und sich umschaute. Er nahm eine alte Illustrierte und riss mehrere Seiten heraus, schaufelte damit so viel von der Kacke der Welpen weg, wie er konnte, alles auf der Matratze und in unmittelbarer Nähe davon. Die Scheiße war dünnflüssig und hinterließ dunkle Flecken. Er türmte die Seiten voller Hundekacke in dem alten Kamin auf, der schon mit Bauschutt und anderem Dreck gefüllt war.

Beans Kommentar über Mütter, die sich nicht richtig um ihre Kinder kümmerten, bezog sich ganz offensichtlich auf Angela, aber er stellte sich Monica in diesem Krankenhausbett vor, wie Ryan ihr die Hand hielt.

Die Welpen waren inzwischen still. Tyler sah, dass sie alle säugten, Peach weniger begeistert als ihre Brüder. Von Zeit zu Zeit fiel

Snooks Zitze aus ihrem Maul, woraufhin sie angeschlagen und unkoordiniert danach suchte. Bean hatte die Unterlippe vorgeschoben, während sie Peach zärtlich streichelte und behutsam zu Snooks Zitze zurückschob.

Er fragte sich, an wie viel Bean sich erinnern konnte. Eine Zeit lang nach ihrer Geburt schien Angela sich zusammenzureißen. Sie ließ die Finger von harten Drogen und beschränkte sich auf heftiges Trinken, war eine funktionierende Alkoholikerin, was so gerade eben ausreichte, um das Baby sauber und satt zu halten. Vielleicht kam ihr der Gedanke, dass es sich lohne, am Leben festzuhalten, weil sie sich auf Bean konzentrieren musste.

Aber mit der Zeit fiel sie wieder in alte Gewohnheiten zurück. Barry und Kelly waren damals Teenager und kanalisierten ihre anwachsende Wut darauf, ihre Mum schlechtzumachen, und das mit ziemlichem Erfolg, trieben sie wieder zum Heroin und überließen es Tyler, sich weiter um Bean zu kümmern. Angela wurde so unfähig und ohne jeden Plan, dass sie manchmal zu einer Gefahr für Bean wurde. Herdplatten blieben an, Brandspuren von Zigaretten auf dem Teppich, aus dem sich leicht ein Flammeninferno hätte entwickeln können. Einmal vergaß sie Bean in ihrem Kinderwagen, ließ sie auf dem Parkplatz vor dem Hochhaus stehen. Tyler hörte die Schreie seiner kleinen Schwester, als er aus der Schule nach Hause kam, der Himmel allein wusste, wie lange sie dort draußen gewesen war, Nase und Finger eiskalt im winterlichen Wetter, der Po gerötet vor Windelausschlag, wie Tyler entdeckte, nachdem er sie mit hochgenommen und neu gewickelt hatte. Angela schlief auf dem Boden in Tylers Zimmer, und es gelang ihm nicht, sie aufzuwecken. Am nächsten Tag bekam er nichts Vernünftiges aus ihr heraus, sie behauptete, sich an nichts erinnern zu können. Er vermutete, dass sie losgezogen war, um sich irgendwo Drogen zu besorgen, und in ihrem Rausch hatte sie schlicht vergessen, dass sie ein Baby hatte, um das sie sich eigentlich kümmern müsste.

Er hätte es melden sollen. Vielleicht wäre Bean mit einer Pflegefamilie oder bei Adoptiveltern besser gefahren. Aber er wusste auch, dass er sie nicht begleiten könnte, dass sie getrennt würden, und allein die Vorstellung konnte er nicht ertragen. Außerdem machte er sein Ding ganz gut: kümmerte sich um sie, machte um Mum herum sauber und sorgte dafür, dass er und Bean von Zeit zu Zeit badeten und genug zu essen bekamen. Die schlichte Wahrheit war doch: Ohne sie würde Angela sterben. Natürlich könnte sie so oder so sterben, aber es würde schneller passieren, wenn da nicht mehr dieser winzige Funken war, der sie weitermachen ließ, irgendwo tief vergraben, der Gedanke, dass sie eine Mutter sein sollte, sich um ihre Kinder kümmern sollte, selbst wenn die Wirklichkeit fast das genaue Gegenteil davon war.

Im Laufe der Zeit wurde es immer unwahrscheinlicher, dass Tyler dem Jugendamt Angelas Versäumnisse meldete, denn es wäre unvermeidlich gewesen, dass er und Bean getrennt wurden. Er lernte, mit Angelas unberechenbarem Verhalten fertigzuwerden, lernte, auf seine kleine Schwester aufzupassen und dafür zu sorgen, für so ziemlich alle Eventualitäten gewappnet zu sein. Und Angela zog sich zurück, spürte sein wachsendes Selbstvertrauen und zunehmendes Können. Sie versank tiefer in Selbstmitleid und Heroin, in die tödliche Spirale aus beidem. Tyler fragte sich, ob er einen Fehler begangen hatte, ob Angela ihre Pflichten vernachlässigte, weil sie wusste, dass Tyler einspringen würde. Aber hey, wie zum Teufel sah denn die Alternative aus – Bean in Gefahr bringen? Er war nicht bereit, das zu tun, damals nicht und heute nicht.

Er seufzte.

»Komm jetzt«, sagte er zu Bean, die immer noch Peach streichelte. Er nahm sich vor, später nachzusehen, welche Welpenkrankheiten es gab. »Zeit, nach Hause zu gehen.«

22

Er entdeckte Flicks Auto in dem Moment, als sie um die Kurve kamen. Es war unmöglich zu übersehen, ein brandneuer, knallroter Käfer mit Faltverdeck parkte vor Greendykes House. Der Wagen war wie ein Leuchtfeuer des Reichtums, das in der Dunkelheit erstrahlte. Bei dem Anblick des Autos empfand er Aufregung und Übelkeit zugleich. Als sie näher kamen, sah er, dass es leer war, und er sah zum obersten Stock des Wohnsilos auf und machte sich Gedanken.

Er führte Bean durch den Eingangsbereich im Erdgeschoss, hoffte inständig, dass Flick dort war. Keine Spur von ihr. Sie stiegen in den Aufzug und Bean drückte auf den Knopf, woraufhin sie sich mit einem Ruckeln und Scheppern nach oben in Bewegung setzten. Oben angekommen ging er zur Wohnung, öffnete die Tür, wappnete sich. Bean ging schnurstracks ins Wohnzimmer und er folgte ihr, niemand da. Sie schaltete den Fernseher ein, irgendwas auf CBBC mit dem Titel *Marrying Mum and Dad*, wo Kinder die Hochzeit ihrer Eltern in die Hände nahmen. Wieder eine glückliche Familie mehr.

Wo war Flick? Und wo steckte Angela?

»Hallo?«, sagte Tyler.

Keine Antwort, nur hyperaktive Fernsehmoderatoren, die auf dem Bildschirm vor sich hin plapperten.

Er ging von Zimmer zu Zimmer. Keine Spur von irgendwem, die Wohnung war leer. Dann rutschte ihm das Herz in die Hose. Er verließ die Wohnung und ging rüber zu Barrys und Kellys Bude, legte ein Ohr an die Tür. Ein Gespräch, Lachen. Nein, nein, nein.

Er drückte gegen die Tür, und zu seiner Überraschung öffnete sie sich. Er hörte die Stimmen deutlicher, erkannte beide. Er hörte, wie die in Barrys Schlafzimmer eingesperrten Hunde herumschnüffelten, aber die Stimmen kamen aus dem Wohnzimmer. Er ging hinein, und da saß Flick neben Barry auf dem Sofa. Sie trug ihre Schuluniform, diesen roten Blazer, der ihn an eine Seenotrakete erinnerte. Barry reichte ihr eine halb leere Flasche Wodka, und sie nahm einen kräftigen Schluck.

Barry hatte seinen Arm über die Rückenlehne des Sofas gelegt, saß dicht neben ihr, lächelte. Irgendetwas in seinem Gesicht veränderte sich, als er erkannte, dass Tyler in der Tür stand. Zuerst sah er ihn nicht an, hob nur die Augenbrauen. Schließlich wandte er sich ihm zu.

»Hallo, kleiner Bruder«, sagte er leise. »Sieh nur, wem ich über den Weg gelaufen bin.«

Flick drehte sich um und schüttelte sich, als der Wodka runterging. »Hey.«

Sie schniefte, und Tyler erspähte Reste von Koks auf dem niedrigen Tisch vor den beiden.

Barry lächelte, als er Tylers Blick folgte. »Wir machen hier nur ein bisschen Party, stimmt's, Flick?«

So wie er ihren Namen sagte, ließ er Tyler wissen, dass er Bescheid wusste. Tyler hatte irgendeinen anderen erfunden, welchen noch gleich? Fiona. Das war übel, das war alles richtig übel.

Flick winkte Tyler mit der Wodkaflasche zu. »Willste?«

Tyler schüttelte den Kopf.

»Der trinkt nie was«, sagte Barry. »Ein kleiner Saubermann.«

Tyler hätte am liebsten gekotzt. Barry machte das alles wegen ihm.

Barry nahm Flick die Flasche ab. »Der hat keine Ahnung, wie man richtig Spaß haben kann, Flick, nicht so wie wir beide.«

Wieder ihr Name. Scheiße. Tyler versuchte, Flick abzuschätzen. Er hatte ihr gesagt, Barry sei ein Scheißkerl, aber ihr war nicht klar, dass er gefährlich war. Hier konnte nichts Gutes rauskommen, für keinen von ihnen.

Flicks Pupillen waren durch das Koks groß wie Untertassen, der Wodka ließ ihre Wangen leuchten. Er musste sie hier rausschaffen.

»Flick hat mir alles über Inveresk erzählt«, meinte Barry. »Anscheinend ziemlich geil da oben.«

Sie in ihrer Schuluniform in diesem absoluten Dreckloch zu sehen, war so ähnlich wie ein Einhorn zu sehen, das in einen Sumpf geraten war.

»Ich frag mich echt, wie ihr zwei Turteltäubchen euch eigentlich kennengelernt habt …«, sagte Barry.

Tyler starrte Flick an, die zum ersten Mal eine Reaktion zeigte, ein Blick, der sagte, sie brauche Hilfe.

»Online«, sagte Tyler. »Hab ich dir doch gesagt.«

Flick nickte zu heftig. »Genau.«

Sie war keine gute Lügnerin.

Barry reichte ihr den Wodka, und sie nahm die Flasche, trank aber nicht. Er legte eine Hand auf ihr Knie, nur ganz leicht. »Schon klar, was er in dir sieht.« Er sah zu Tyler auf. »Aber was zum Teufel siehst du in ihm, Flick?«

Tyler sah sie schlucken, eine nervöse Übersprunghandlung. »Er ist nett.«

»Ach ja?« Barry lächelte. »Ist ja niedlich. Aber so der letzte Schliff fehlt ihm noch, mal verglichen mit den Jungs auf der Inveresk, oder?«

»Ich denke.«

»Du denkst.«

Barry sah auf die Flasche in Flicks Händen.

»Trink«, sagte er.

Flick hob die Flasche an den Mund, nahm einen Schluck.

»Komm schon«, sagte Barry. »Nimm einen richtigen Schluck.«

Flick trank einen weiteren Schluck. Barrys Hand lag immer noch auf ihrem Knie.

»Vielleicht macht das ja den Reiz aus«, sagte Barry. »Dass Tyler nicht so ist wie die anderen Jungs, die du kennst. Ein bisschen rauer, hm? Stehst du dadrauf?«

Er drückte ihr Knie und nahm ihr die Flasche ab.

Tyler trat einen Schritt vor und sprach Flick an. »Wir müssen gehen.«

Sie sah ihn an, warf dann einen Blick auf Barrys Hand auf ihrem Knie.

Barry schüttelte den Kopf. »Du kannst noch nicht gehen, wir fangen doch gerade erst an, uns kennenzulernen.«

»Ich muss zurück in die Schule«, sagte Flick und wollte sich vom Sofa erheben.

Barry verstärkte den Griff auf ihrem Knie, sodass sie erstarrte.

»Ich glaub dir nicht«, sagte er.

»Was?«

Er hielt Flicks Blick einen sehr langen Moment gefangen, dann begann er breit zu grinsen. »Ich schätze mal, ihr zwei wollt einen Quickie schieben, stimmt's?«

»Barry«, sagte Tyler.

»Was denn?« Er setzte ein unschuldiges Gesicht auf.

»Komm«, sagte Tyler.

Flick sah von einem zum anderen, schniefte und schluckte.

Barry starrte Tyler lange an, hielt Flicks Bein immer noch fest. Dann löste er seinen Griff und lehnte sich zurück. »Will mir ja nicht nachsagen lassen, dass ich der wahren Liebe im Weg stehe.«

Er lachte in sich hinein und nahm einen ordentlichen Schluck Wodka.

»Geht und fickt euch das Hirn weg.«

Flick stand auf und nahm Tylers Hand. Sie verließen die Wohnung und standen auf dem Flur.

»Was zum Teufel hast du dir dabei gedacht?«, fragte Tyler.

»Was?«

Er senkte seine Stimme zu einem Flüstern. »Er ist gefährlich.«

»Ich hatte gar keine Wahl«, sagte Flick.

Ihre Stimme war lauter, und Tyler streckte die Hände aus, um sie zum Schweigen zu bringen.

»Genau, er hat dich gezwungen, seinen Wodka zu trinken und sein Koks zu schnupfen, ja?«

Sie bekam große Augen. »So ungefähr, ja.«

»Leck mich.«

Sie richtete sich zu voller Größe auf. »Ich bin hergekommen, weil ich mich wegen Will bei dir bedanken wollte, nicht erwartet hab ich, von dir angeschnauzt zu werden.«

Tyler schüttelte den Kopf. »Du hast ja keine Ahnung, mit wem du es hier zu tun hast. Barry ist verrückt.«

»Ich hab doch gerade gesagt, dass ich gar keine Wahl hatte. Er ist rausgekommen, als er mich vor deiner Tür hörte. Hat mich zu sich eingeladen, sagte, du würdest bald nach Hause kommen. Ich hab ja versucht, Nein zu sagen, aber er hat drauf bestanden.«

»Streng dich beim nächsten Mal mehr an.«

»Warum bist du so?«, fragte Flick.

»Deswegen.« Er wusste nicht, wie er es erklären sollte. »Du verstehst das nicht. Das hier ist kein Scheißspiel. Das hier ist keine Safari in die Welt der Armen, wo du einfach so herumreisen kannst in deiner Uniform und mit deinem teuren Auto. Das hier ist das wirkliche Leben. Es ist mein Scheißleben.«

Flick starrte ihn an. »Glaubst du, das mache ich hier?«

»Nicht?«

Sie schüttelte den Kopf. »Leck mich, Tyler.«

Sie drehte sich um und drückte den Rufknopf des Aufzugs, betrat die Kabine, und die Tür schloss sich.

Tyler beobachtete den Etagenzähler über der Tür und hörte, wie der Bremsmechanismus aktiviert wurde, als sie das Erdgeschoss erreichte.

Barrys Tür öffnete sich und er kam heraus. Tyler erstarrte.

»Auweia«, sagte er, ganz dicht vor Tylers Nase. »Das hat sich ja mal ganz so angehört, als hättet ihr Turteltäubchen euch gestritten.«

Tyler stand einfach nur da. Barry packte ihn, fleischige Finger wickelten sich um seine Arme, als er zudrückte. Er beugte sich vor und flüsterte Tyler ins Ohr: »Fiona, ja?«

Tyler schluckte.

»Dauernd kommst du mir mit irgendwelchen Lügen«, zischte Barry. »Ich kann dir nicht mehr trauen.«

Tyler spürte seine Spucke auf dem Ohr.

Barry nickte Richtung Aufzug. »Und todsicher kann ich der auch nicht trauen. Hast du ihr irgendwas erzählt?«

Tyler runzelte die Stirn. »Natürlich nicht!«

Barry schlug Tyler in den Magen, woraufhin der sich krümmte. Er ließ den Arm nicht los, riss ihn wieder hoch.

»Das will ich dir auch gottverdammt raten.« Er reckte sich, hob das Kinn. »Ich will, dass du die Schlampe nie wieder triffst, hast du mich verstanden?«

Tyler dachte an Flick, die jetzt bereits wieder auf dem Weg in die Sicherheit von Inveresk war.

»Alles klar?«, knurrte Barry und drückte den Arm, bis er brannte.

»Hab's verstanden«, sagte Tyler.

23

Sie passierten den Blackford Pond und fuhren dann bergauf, vorbei an den Schrebergärten zum Hermitage Drive. Die großen teuren Häuser in dieser Stadt nahmen kein Ende. Tyler konnte nicht glauben, dass sie schon wieder auf der Jagd waren, es war der reinste Wahnsinn, nur zwei Nächte nach allem, was mit den Holts passiert war. Aber Barry und Kelly schienen überhaupt nichts mitzubekommen. Als Tyler in der Wohnung protestiert hatte, fing er sich einen scharfen Blick von Barry ein, und fünf Minuten später saßen sie im Wagen und verließen Niddrie. Wenigstens war Bean eingeschlafen, das war schon mal was. Angela war wie üblich weggetreten.

Regen verschmierte die Scheibe, die innen von Tylers Atem beschlagen war. Er wischte sie mit dem Ärmel frei und spähte hinaus. Bei Braid Hills bogen sie ab und dann über die Hauptstraße hinein nach Greenbank mit seinen bescheideneren Häusern, die sich aber dennoch lohnten, wenn sich eine passende Gelegenheit ergab. Er hatte eine Idee und zog Monicas Telefon aus der Tasche, schaltete es ein. Wartete, bis es hochgefahren war, dann ging er wieder zu den Textnachrichten. Eine Nachricht von Deke:

Zuerst werde ich dich foltern, und dann bring ich dich um.

Tyler schaltete es aus und sah aus dem Fenster. Sie hatten inzwischen den Napier University Campus erreicht. Tyler zählte – das waren dann jetzt fünf verschiedene Orte für das Telefon, falls es von jemandem getrackt wurde, verteilt über viele Meilen im Süden Edinburghs, keiner davon in Niddrie.

Sie fuhren auf der Colinton nach Morningside, dann um die Rückseite der psychiatrischen Klinik. Es war alles völlig unkoordiniert, sie fuhren viel zu schnell, um Häuser anständig auszukundschaften, und der Regen machte es auch nicht einfacher. Diese Holt-Sache hatte Barry offenbar ziemlich erschüttert, er konnte aber nicht darüber reden.

Aus dem Radio schmetterte ihnen Taylor Swift ihren neuen Song um die Ohren, Kelly und Barry lachten und tranken Bier. Sie tranken jetzt schon im Auto? Himmel. Sie legten es ja geradezu darauf an, angehalten zu werden. Tyler zog den Schnappschuss von sich und Bean aus der Tasche, der, den sie mit der gestohlenen Kamera gemacht hatte. Sie lächelte breit, die Augenbrauen hochgezogen vor Vergnügen. Tyler hatte die Stirn in Falten gelegt. Die Körnigkeit des Fotos bewirkte, dass es wie mehrere Jahre alt aussah. Er strich mit dem Daumen behutsam über Beans Gesicht, dann steckte er es wieder ein.

Kelly drehte sich zu ihm um. »Hab gehört, du hattest heute Stress in der Schule?«

Tyler schluckte. »Was?«

Barry runzelte die Stirn. »Was soll der Scheiß?«

Tyler sah aus dem Fenster. »Es war nichts.«

Barry blinkte, als sie in die Craighouse Road einbogen. Das hier waren alles Reihenhäuser, kein einfacher Weg hinein, in Sicherheit, weil es viele waren.

»Ich entscheide, ob es nichts ist«, sagte er.

Kelly berührte seine Hand auf dem Schaltknüppel. »Unser kleiner Bruder hier hatte 'ne Schlägerei mit Ryan Holt.«

»Woher zum Teufel weißt du das denn?«

»Denise hat mir 'ne Nachricht geschickt, ihre kleine Schwester hat's gesehen. Meinte, ich sollte das wissen.«

Sie bogen auf den Morningside Drive ein. Hier gab es ein paar größere Objekte.

»Es war keine Schlägerei«, sagte Tyler.

Barry fuhr an den Bordstein und schaltete das Auto in den Leerlauf. Er drehte sich betont langsam zu Tyler um, wuchtete seinen ganzen Körper herum und umklammerte die Kopfstütze hinter sich. Er starrte Tyler an. »Was war es dann?«

»Nichts.«

Kelly lächelte. »Denise hat gesagt, du hättest ein Pfund einge-steckt.«

Barry schüttelte den Kopf. »Warum erfahre ich das erst jetzt?«

»Es gab nichts zu erzählen«, sagte Tyler.

Barry reckte das Kinn. »Du wirst von einem Jungen verdro-schen, der rein zufällig der Sohn von der Frau ist, die wir …«

Taylor Swift verklang plätschernd, der Motor tuckerte im Leer-lauf. Barry hob eine Hand an seine Stirn. »Wieso zum Teufel hast du überhaupt mit Ryan Holt geredet?«

Tyler hielt den Kopf gesenkt. »Ich hab nicht mit ihm geredet.«

»Und warum hat er dich dann geschlagen?«

»Er ist wütend wegen seiner Mum, das ist alles.«

Barry kratzte sich am Kopf. »Was versuchst du mir zu sagen?«

Tyler streckte bittend die Hände aus. »Ich versuche gar nichts zu sagen.«

»Sagst du vielleicht, ich hätte nicht tun sollen, was ich getan hab?«

Kelly versuchte, Barrys Arm zu berühren, aber er schüttelte sie ab. Der Blick, den er ihr zuwarf, ließ sie sich abwenden.

»Sagst du mir das?«

Barrys Pupillen waren stark vergrößert und Tyler fragte sich, wie viel Koks er geschnupft hatte, bevor sie auf Tour gegangen waren.

»Natürlich nicht.«

»Ich hab getan, was ich tun musste«, sagte Barry mehr zu sich selbst. »Sie hätte doch die Bullen gerufen. Wir wären ganz klar am

Arsch gewesen. Ich hab nicht gesehen, dass einer von euch beiden Hirnis was unternommen hätte, um uns den Hals zu retten.«

Kelly meldete sich zu Wort. »Du hast getan, was du tun musstest.«

»Halt's Maul«, fauchte Barry. »Hier geht's nicht um dich. Hier geht's um den Penner, der meint, er weiß immer alles besser.«

Tyler: »Barry, bitte.«

Barry griff in Tylers T-Shirt und riss ihn so weit nach vorn, dass sich seine Brust gegen die Rückseite von Kellys Sitz drückte. Die Bewegung war so schnell und kraftvoll, dass Tyler die Luft wegblieb. Einen Moment lang schwieg Barry, starrte Tyler einfach nur in die Augen, atmete ihm ins Gesicht – es roch nach Bier und Adrenalin.

»Halt dich gottverdammt von Ryan Holt fern, okay?«, sagte er schließlich.

Tyler holte tief Luft. »Natürlich. Sorry.«

Barry ließ ihn los, und Tyler sackte auf den Rücksitz zurück.

Barry drehte sich um und machte den Motor aus. »Auf geht's, lasst uns irgend so ein Arschloch ausplündern.« Er stieg aus, Kelly und Tyler wechselten Blicke, als sie ihm folgten. Das war total bescheuert, sie hatten noch kein geeignetes Objekt, es regnete, die Straße war videoüberwacht, es gab jede Menge Straßenleuchten. Barry drehte durch.

Sie gingen an mehreren weißen frei stehenden Bungalows aus den 1920ern vorbei, darauf folgten ältere Reihenhäuser, in den meisten brannte Licht. Das Endhaus war dunkel, es gab einen Pfad auf die Rückseite zum hinteren Eingang, von einer Alarmanlage weit und breit keine Spur. Das Haus nebenan jedoch war beleuchtet, im Wohnzimmer lief der Fernseher. Barry ging den Weg zum dunklen Haus hinauf und blieb davor stehen. Er klingelte nicht, sah nur nach oben und ging dann nach hinten.

Tyler sah Kelly an und schüttelte den Kopf. »Was zum Teufel …?«

Kelly zuckte mit den Achseln. »Komm einfach.«

Tyler trottete hinter ihr her, sein Instinkt brüllte dagegen an. Das hier war viel zu gefährlich, keine ihrer Vorkehrungen zur Konfliktvermeidung wurde eingehalten. Es war, als legte Barry es geradezu auf Ärger an.

Auf der Rückseite schützten Hecken sie davor, von der Straße aus gesehen zu werden. Barry war bereits in dem Schuppen am hinteren Ende des Gartens und kam mit einer ausziehbaren Baumschere heraus. Er rannte zur Hintertür und verkeilte die Klinge in dem Spalt zwischen Tür und Rahmen, drückte zu und die Tür sprang so leicht auf, dass sie gegen die Innenwand schlug. Als Barry hineinging, sah Tyler, wie im Obergeschoss ein Licht anging.

»Barry«, flüsterte er. »Jemand ist im Haus.«

Barry stand in der dunklen Küche und drehte sich in die Richtung, wohin Tyler zeigte.

»Hallo?« Eine Männerstimme von oben.

Tyler starrte Barry an. »So machen wir das nicht.«

Kelly sah ihn flehend an.

Barry starrte sie beide an, rührte sich aber nicht. Er hielt die Baumschere wie eine Waffe in den Händen.

»Ist da jemand?« Die Flurbeleuchtung oben ging an, dann das Licht unten. Schritte auf der Treppe.

»Scheiße«, sagte Tyler.

Er drehte sich um und wollte gehen, doch Barrys Hand schoss vor und packte seinen Arm, hielt ihn fest. Er wartete ein paar Sekunden, sah zum Hausflur, lauschte auf die Schritte, zögerte.

»Ich bin bewaffnet«, sagte die Stimme. »Und ich rufe die Polizei.«

Kelly starrte Barry an, der Tyler festhielt. »Bitte, Barry.«

Barry schien sie seit seiner Ansprache im Auto jetzt zum ersten Mal wahrzunehmen. Er drehte sich wieder zum Hausflur, glotzte

Tyler an. Er sah sich ein letztes Mal in der Küche um und schien dann zu einer Entscheidung zu gelangen. Er nahm ein kleines Digitalradio und eine Flasche Whisky von der Arbeitsfläche und ging, ließ die Baumschere auf dem Weg zum Ende des Gartens einfach fallen, kletterte über die Hecke, während Kelly und Tyler ihm hastig folgten. Tyler spürte etwas Nasses vorne auf seiner Jacke, als er sich über den regennassen Busch schob und auf die Straße dahinter fallen ließ.

Barry war bereits zwanzig Meter die Straße hinunter und trank aus der Whiskyflasche. Er schaute nicht zurück, ob seine Geschwister ihm folgten. Am Ende der Straße bog er ab, dann noch mal, und war zwei Minuten später wieder am Auto. Tyler und Kelly hechelten hinter ihm her. Tyler senkte den Kopf gegen den Regen und lauschte auf Sirenen, aber da war nichts. Natürlich hatte die Polizei nicht genügend Leute, um bei jedem versuchten Einbruch irgendwo in der Stadt einen Wagen und Beamte loszuschicken.

Barry öffnete das Auto und stieg ein, Kelly und Tyler folgten ihm. Sie schüttelten den Regen ab, Tyler fuhr sich mit der Hand durch die Haare. Barry trank gierig den Whisky und warf das Digitalradio in den Fußraum vor Kelly.

»Was zum Teufel war das denn?«, sagte Tyler.

Kelly drehte sich zu ihm um und funkelte ihn an.

Barry ließ den Motor an, und sofort legte das Radio wieder los, diesmal Rita Ora. Er sagte kein Wort, fuhr einfach los Richtung Osten, raus aus Morningside und weiter auf der Cluny Gardens. Irgendwo links von ihnen lag Flicks Haus. Und ein paar Straßen weiter war Wills Haus. Und noch ein paar Straßen weiter die St. Margaret's Road, wo Deke und Ryan über ihren Racheplänen brüteten.

Sie standen an der Kreuzung King's Buildings vor der Ampel, als die Spätnachrichten anfingen. Die große Story war, dass die

Polizei im Zusammenhang mit einem bewaffneten Einbruch vor zwei Nächten immer noch nach Zeugen suchte; die Frau, die dabei angegriffen und schwer verletzt worden war, lag weiterhin im Koma. Sie waren immer noch die Topnachricht. Kelly starrte aufs Autoradio. Barry sah einfach weiter stur geradeaus, eine Hand auf dem Lenkrad, die andere um den Hals der offenen Whiskyflasche, während die Scheibenwischer wie ein Herzschlag vor ihm hin und her schwenkten.

24

Tyler sah nach Bean, die halb aus dem Bett gerutscht war und auf einem Stapel Klamotten lag. Aus irgendeinem Grund trug sie einen alten Schal von Tyler wie ein Halstuch. Er fragte sich, was ihr manchmal durch den Kopf ging. Er hob sie auf und legte sie zurück auf die Matratze, und sie schmiegte sich in seine Armbeuge. Er wartete einen Moment, um sicher zu sein, dass sie ruhig lag, und entdeckte einen Stapel Polaroidaufnahmen neben ihrem Kopfkissen. Er nahm die Bilder und blätterte sie schnell durch. Größtenteils Fotos von Schulfreundinnen, auf manchen war sie ebenfalls zu sehen. Eines von Miss Kelvin, eines von Panda. Sie hatte bereits den halben Film verschossen.

Als Nächstes sah er nach Angela. Sie lag mit offenem Mund auf der Bettdecke. Er konnte sie nicht atmen hören, also ging er zu ihr. Mit flatternden Lidern öffnete sie die Augen. Sie brauchte einen Moment, bis sich ihre Augen eingestellt hatten.

»Mein schöner Junge«, murmelte sie.

»Hey, Mum.« Er war bereits wieder auf dem Weg zur Tür.

»Warte.« Sie stützte sich auf einen Ellbogen und setzte sich im Bett auf. Sie schüttelte den Kopf, blinzelte benommen. »Wie spät ist es?«

»Spät, schlaf weiter.«

Angela klopfte neben sich aufs Bett. »Komm her und setz dich kurz zu deiner alten Mum.«

Zögernd blieb er in der Tür stehen.

»Bitte.«

Er setzte sich ans Fußende des Bettes neben ihre nackten Füße. Sie machte das manchmal, wenn sie getrunken hatte oder auch in bittersüßen Momenten tiefer Zuneigung, die nie von Dauer war.

»Du bist so ein guter Junge«, sagte sie schniefend. Auf dem Nachttisch neben dem Bett stand neben ihrem Fixerbesteck eine Flasche Schnaps, und ihr Blick wanderte immer wieder dorthin. »Was ich damit sagen will, du bist jetzt ein junger Mann.«

»Mum, ich muss jetzt wirklich schlafen.«

»Warte.« Sie griff nach seiner Hand und nahm sie. Die wunden Stellen, die trockenen Flecken fühlten sich rau an. »Hör mir einfach zu.«

Er seufzte. Sie reckte den Hals. »Ich weiß nicht, was ich ohne dich gemacht hätte, Tyler, echt nicht.«

»Hör auf damit.«

Sie drückte seine Hand. »Ich mein's so. Das gilt auch für Bean.«

Tyler saß einfach da.

»Als Barrys und Kellys Dad abgehauen ist«, sagte Angela, »hab ich gedacht, ich sterbe.«

Das war ihre rührselige Geschichte. Angela hatte Barry und Kelly bekommen, als sie noch ein Teenager war, geschwängert von einem Typen namens Jay, mit dem sie mit Unterbrechungen zusammen war. Er war ein total aggressiver Dreckskerl, wegen einer ganzen Reihe von Gewaltdelikten immer wieder weggesperrt, zuerst im Jugendknast und später in einem richtigen Gefängnis. Wenn er mal gerade nicht saß, benutzte er Angela als Punchingball, aber sie ließ sich das alles gefallen. Sie fing irgendwann an, gegen den Schmerz zu saufen, stieg später auf Heroin um, das Jay sowieso nebenbei vertickte, weswegen immer reichlich von dem Zeug im Haus war.

Dann kam Tyler. Das Problem war nur, er war nicht Jays Kind, konnte es nicht sein, weil Jay zur fraglichen Zeit im Knast gesessen hatte, die Daten stimmten einfach nicht überein. Angela konnte nicht mal sagen, wer sein Dad war, es hätte jeder von einem halben Dutzend heißer Kandidaten sein können, denn sie machte damals eine Phase durch, in der sie für einen Schuss vögelte, wenn Jay sie nicht mit Stoff versorgte, und alles nur, um die Dunkelheit fernzuhalten. Als Jay rauskam und Tyler sah, schlug er Angela ein letztes Mal brutal zusammen, brach ihr vier Rippen und ließ sie mit den drei Kids sitzen. Eine Aufgabe, an der sie gnadenlos scheiterte.

Nachdem sie fünf Jahre keinen Kontakt gehabt hatten, meldete Jay sich wieder und wollte Zeit mit seinen beiden Kids verbringen. Er faselte irgendwas von Vaterpflichten. Jedenfalls bekam er Barry und Kelly, wann immer ihm danach war, ohne offizielle Vereinbarung, einfach so locker aus dem Stand heraus. Und sie lernten bei ihm alles über Alk und andere Drogen, über Diebstahl, Gewalttätigkeiten und Einschüchterung. Tyler ließ er zu Hause bei Angela, die immer tiefer im Rauschgift versank und keinen Weg mehr hinausfand. Als Bean kam – ein weiterer unbekannter Dad –, waren Barry und Kelly bereits Teenager und halfen Jay bei allen möglichen schmutzigen Geschäften.

Dann vögelte Jay eines Tages die Frau des falschen Kerls und verpasste ihr obendrein noch eine kleine Abreibung, woraufhin der Ehemann mit zwei Brüdern und einem Cousin vorbeischaute. Am nächsten Morgen fand die Fußballmannschaft einer Grundschule Jays kalte Leiche auf einem unbebauten Grundstück neben dem Jack Kane Centre. Aber er hatte genug Zeit gehabt, Barry und Kelly so zu bearbeiten, dass sie einfach mit dem weitermachen mussten, was er ihnen beigebracht hatte, und so führten die beiden diese schwachsinnige Familientradition fort. Sie behandelten Angela voller Abscheu, Tyler und Bean ebenso, obwohl sie bei Tyler die Zügel kürzer hielten, ihn benutzten und obendrein missbrauchten.

»Aber du hast mich gerettet, Tyler«, sagte Angela in seine Gedanken hinein. »Du hast mir einen Grund gegeben weiterzumachen.«

Das war völlig daneben, denn sie hatte weitergemacht mit Alkohol und Drogen. Tyler wusste schon gar nicht mehr, wie oft er aus der Schule nach Hause gekommen war und sie völlig weggetreten vorgefunden hatte, die Nadel auf dem Boden, in Erbrochenem liegend, und einmal waberte schwarzer Rauch aus der Grillpfanne. Er hatte gründlich durchlüften müssen. Er war so alt gewesen wie Bean jetzt, als das passierte. Aber er hatte es nie jemandem erzählt, seinen Lehrern nicht und auch nicht dem Jugendamt, denn wenn die ihn ihr wegnahmen, würde sie sterben. Er wusste das, weil sie es ihm oft genug gesagt hatte.

»Mum, es ist schon spät.«

Sie schüttelte den Kopf und drückte wieder seine Hand.

»Ich hab in meinem Leben so ziemlich alles versaut«, jammerte sie. »Ich hab mein Bestes gegeben, dich und Bean ebenfalls zu versauen, aber ihr zwei seid so stark, so gut. Ich bin eine ganz schreckliche Mutter.«

»Schlaf jetzt«, sagte Tyler.

»Die Welt wird besser dran sein, wenn ich tot bin«, sagte Angela.

Er wandte sich ihr zu. »Sag so was nicht.«

Sie griff nach seinem Gesicht und streichelte seine Wange. Er zuckte zurück. »Du bist süß, aber du weißt auch, dass es stimmt.«

»Du bist keine schlechte Mutter.«

Sie weinte jetzt, schluckte schwer. »Ich bin so unglaublich schwach. Ich bin schon immer schwach gewesen. Seit ich in der Schule Jay begegnet bin. Ich hab mich nie gegen ihn behauptet, hab mich auch nie gegen Barry oder Kelly durchgesetzt. Ich hab mein ganzes Leben lang nie mein eigenes Ding gemacht.«

»Dinge können sich ändern, Mum. Du kannst dich ändern.«

Wieder schüttelte sie den Kopf. »Zu spät.«

Ihre Hand lag immer noch auf seinem Gesicht. Er nahm sie fort und hielt sie in seiner Hand auf dem Bett.

»Schlaf jetzt, Mum, und morgen früh fühlst du dich wieder besser.«

Sie schien in sich zusammenzusinken, als würde jede Energie sie verlassen. Sie warf wieder einen schrägen Seitenblick auf das Fixerbesteck und die Flasche auf dem Nachttisch, und Tyler seufzte. Er tätschelte ihre Hand und stand auf, nahm dann ein Laken vom Fußende des Bettes und zog es über sie. Sie lächelte ihn mit schweißnasser Stirn an, und ihre Finger trommelten auf den Saum des Lakens.

»Gute Nacht, Mum.«

»Gute Nacht, mein Liebes.«

Er verschwand in sein Zimmer und legte sich aufs Bett. Er starrte lange Zeit an die Zimmerdecke, konnte aber nicht einschlafen. Schließlich nahm er sein Telefon heraus. Wählte und wartete. Es klingelte dreimal, dann wurde der Anruf angenommen.

»Ich hätte nicht gedacht, dass ich nach dem ganzen Zirkus vorhin noch mal von dir höre.«

»Tut mir leid«, sagte Tyler.

»Echt«, sagte Flick.

»Echt.« Tyler starrte weiter an die Decke. »Ich muss mit dir reden.«

»Dann rede.«

Er atmete tief ein und aus. »Können wir uns treffen?«

»Jetzt?«

»Ja.«

»Es ist halb eins nachts.«

»Ich weiß.«

Ein langes Schweigen. »Okay.«

25

Inveresk erinnerte an Hogwarts oder ein Zauberreich, verborgen hinter hohen Mauern im weniger anspruchsvollen Zentrum von Musselburgh. Tyler ging die High Street hinauf und erhaschte immer wieder flüchtige Blicke auf senffarbene Mauern zwischen hohen alten Eichen. Aus seinen Ohrhörern quoll Jon Hopkins, dramatische Synthies und frickeliges Schlagzeug blendeten sich ein und aus, alles hallte und sprang hin und her. Er erreichte die verschlossene und gesicherte Eingangspforte. Überall Überwachungskameras. Seine Instinkte meldeten sich und er zog sich die Kapuze tiefer ins Gesicht. Er bog auf die Millhill ein. Schon besser, erheblich weniger los als auf der Hauptstraße. Gebäude des Schulkomplexes grenzten hier zwar bis an die Straße, besaßen jedoch kleine, vergitterte Fenster wie ein Gefängnis. Auch hier die gleichen senffarbenen Mauern, also versuchten sie gar nicht erst, sich in ihre Umgebung einzufügen.

Tyler hatte sich unterwegs im Nachtbus die Website der Schule angesehen und eine Karte des Geländes heruntergeladen. Er musste auf dem Oberdeck laut lachen, als er sah, dass sie Tennisplätze, eine Golfakademie sowie Studios für Musik, Tanz und Schauspiel besaßen. Ein Theater und eine Kapelle. Sie verfügten sogar über einen eigenen Tunnel unter der High Street, man stelle sich das mal vor, der von den Spielfeldern für Feldhockey auf der einen zu den naturwissenschaftlichen Labors auf der anderen Seite verlief.

Dann hatte er einen Blick auf die Schulgebühren geworfen. Heilige Scheiße, elftausend pro Trimester bedeutete über dreißigtausend pro Jahr, nur um diese Schule besuchen zu dürfen. Und dabei besaß ihre Familie ohnehin ein Haus in Edinburgh, ein leer stehendes Haus im Wert von mehreren Millionen. Himmel.

Er bog in die Millhill Lane, einfache Reihenhäuser und Wohnungen, Arbeiterwohnungen in direkter Nachbarschaft zu all diesem Reichtum. Er fand das schwarze Tor mit dem roten Kreuz darauf, schickte ihr eine SMS und wartete, nahm die Ohrhörer heraus. Versuchte es aussehen zu lassen, als hätte er einen guten Grund, hier zu sein, sah auf sein Handy, als wäre ihm gerade etwas eingefallen, tat so, als schickte er eine Nachricht. Er konnte von seinem Standort aus keine Kameras sehen, was aber nicht bedeutete, dass es keine gab.

Wenige Minuten später hörte er, wie ein Riegel zurückgeschoben wurde. Das Tor öffnete sich quietschend, und da war sie, die Haare unordentlich hochgesteckt, Jogginghose und Hoodie, als wäre sie genau wie er. Sie winkte ihn herein. Sie schaute sich auf eine Art um, ob die Luft rein war, dass es ziemlich verdächtig wirken musste. Er ging an ihr vorbei. Sie verriegelte das Tor, drehte sich dann mit einem an die Lippen gehobenen Finger um. Sie nahm seinen Arm, und bei ihrer Berührung durchfuhr ihn ein Kribbeln.

Sie gingen im Schutz von Bäumen um den Rand einer gepflegten Grasfläche, dann standen sie vor der Kapelle. Sie drückte die Tür auf, und sie gingen hinein. Es war ein merkwürdiges Gebäude, alt und gotisch am einen Ende, ein riesiges, dreieckiges Mosaikfenster aus den 1960ern am anderen. Die Kirche war auch in dem Werbefilm vorgekommen, den Tyler sich im Bus angesehen hatte, ein Haufen Kids mit Murmeln im Mund sang Kirchenlieder und alle sahen aus wie Engel. Ein schwaches Leuchten fiel durch dieses Mosaik, das über die Mauer fallende Licht der Straßenbeleuchtung draußen zerschnitt die Dunkelheit.

Flick setzte sich auf eine der vorderen Bänke. »Sorry, ich kann nicht riskieren, dich mit ins Almond House zu nehmen. Es könnte uns jemand hören.«

Dort wohnten die Mädchen der Oberstufe, auch das hatte Tyler auf dem Plan der Schule gesehen. Jedes Wohngebäude hatte eine nur für dieses Haus zuständige Lehrerin. Eine völlig andere Welt.

Er setzte sich neben sie auf die kalte Holzbank.

»Das von vorhin tut mir schrecklich leid«, sagte Tyler und starrte auf den Altar.

»Ich bin nicht auf Safari in der Welt der Armen.«

»Weiß ich doch.«

»Ich mache kein Sightseeing in den Slums«, sagte sie. »Ich weiß, dass dein Leben kein Spiel ist.«

Tyler schüttelte den Kopf. »Es ist wegen Barry. Er bringt mich immer wieder auf die Palme.«

»Er ist schrecklich.«

»Ich möchte nicht, dass er auch nur in deine Nähe kommt«, sagte Tyler. »Das ist mein Ernst.«

»Ich kann schon allein auf mich aufpassen.«

Tyler stieß ein trockenes Lachen aus, und Flick wirkte gekränkt.

»Du glaubst, das kann ich nicht?«, schmollte sie.

»Es geht nicht darum, ob du auf dich aufpassen kannst«, erwiderte Tyler. »Barry spielt in einer völlig anderen Liga.«

»Ich hab schon so manches gesehen.«

Etwas an dem Ton ihrer Stimme ließ Tyler aufschauen.

»Zum Beispiel?«

Flick schüttelte den Kopf. »Du erinnerst dich, mein Dad ist eine ausgebildete Killermaschine. Sieben Jahre bei den Royal Marines, wo er mit einer Metallplatte im Bein, Nachtangst, Aggressionsbewältigungsproblemen und, laut meiner Mum, Syphilis und Tripper belohnt wurde.«

»Himmel.«

»Um ehrlich zu sein, die sexuell übertragbaren Infektionen waren noch das Geringste der Probleme meiner Eltern. Ich würde sagen, die Aggressionen lassen sich auf seine PTBS zurückführen, aber Dad war schon immer wütend auf die Welt. Ich glaube, deshalb ist er überhaupt erst zu den Marines gegangen. Krieg kann Menschen ganz klar verrückt machen, aber manchmal sind Menschen von Anfang an verrückt.«

»Wovon reden wir hier?«, fragte Tyler. »Hat er dich geschlagen?«

»Mich nicht, aber Mum.« Tränen stiegen in Flicks Augen auf. »Natürlich hätte sie niemals zugegeben, dass mit ihrer perfekten Ehe irgendwas nicht in Ordnung wäre. Mum kommt aus einer Welt, in der die Wahrung des äußeren Scheins immer noch voll wichtig ist. Wo es darauf ankommt, was andere von einem denken. Deshalb bin ich ja auch auf dieser Schule hier. Ich selbst oder meine Ausbildung sind ihr im Grunde scheißegal, sie will einfach nur, dass ihre Soldatenehefrauen-Freundinnen wissen, dass sie sich für ihre geliebte Tochter eine absurd teure Schule leisten kann. Es ist alles so peinlich. Sie ist voll die Neurotikerin, bricht sich dauernd förmlich einen ab bei dem Versuch, ihr ach so perfektes Leben zusammenzuhalten, wo's doch ganz offensichtlich schon vor Jahren voll in die Grütze gegangen ist.«

»Klingt hart.«

»Oh, sie hat schon ihre Bewältigungsstrategien. Das Gute daran, in jede Menge vom Krieg zerrissene Drittweltländer zu reisen, ist die Verfügbarkeit erstklassiger Pharmazeutika, ohne dass irgendwelche lästigen Fragen gestellt werden. Aufputschmittel und Beruhigungsmittel und alles dazwischen, das Ganze runtergespült mit den besten Weinen, die man in Afghanistan kaufen kann, die zudem allem Anschein nach recht ordentlich sind.«

Tyler massierte seinen Nacken, bevor er antwortete. »Mir ist aufgefallen, dass du selbst auch schon mal gern ein Tröpfchen trinkst.«

Er spürte, wie sie sich sofort anspannte. »Soll heißen?«

Er hob flehend die Hände. »Soll gar nichts heißen.«

»Spuck's aus.«

Er dachte einen langen Augenblick nach. »Es ist nur, was du da über deine Mutter gesagt hast. Ich weiß, was Alk und Heroin aus meiner Mum gemacht haben, und deshalb lasse ich gottverdammt die Finger davon.«

»Ich bin nicht wie meine Mutter«, erwiderte Flick.

»Hab ich auch nicht behauptet.«

»Gut.«

Die Stille wirkte in der Weite der Kirche intensiver. Unbehaglich. Tyler wusste nicht, warum er das Thema überhaupt angeschnitten hatte. Flick verunsicherte ihn mehr als jedes Mädchen auf seiner Schule, mehr als jeder Mensch, den er je kennengelernt hatte.

»Hast du mich deswegen mitten in der Nacht angerufen?«, fragte Flick. »Um mich wegen meiner Trinkerei anzupfeifen?«

»Ich musste dich einfach sehen.«

»Und das konnte nicht bis morgen warten?«

»Du hättest ja nicht Ja sagen müssen.«

Sie sah sich um. »Stimmt, hätte ich nicht, aber ich mag dich, und ich dachte, du magst mich auch.«

»Ist ziemlich offensichtlich, dass ich dich mag«, sagte Tyler.

Schweigen, dann ein Knarren irgendwo. Tyler schaute auf, aber es war nur das Atmen der Kapelle.

»Glaubst du an Gott?«, fragte er mit Blick auf das Kreuz im Kirchenschiff.

Flick hob die Schultern. »Ich glaube an irgendwas. Nicht an einen freundlichen alten Typen auf einer Wolke, sondern vielleicht an das Karma. So in der Richtung von: Sei gut zu den Menschen, versuche, immer das Richtige zu tun, und dir werden gute Dinge passieren.«

Tyler starrte auf das Kreuz. »Glaubst du das wirklich?«

»Warum nicht?«

»Vielleicht denkst du das, weil in deinem Leben eine Menge gute Dinge passieren.«

Flick legte den Kopf schief und runzelte die Stirn. »Ich hab meinen Teil von beschissenen Sachen erlebt, wie erwähnt.«

Tyler machte eine ausholende Bewegung mit den Händen, die die ganze Kapelle mit einschloss. »Dir geht's doch gut.«

Flick lehnte sich zurück. »Weißt du, ich verteidige jetzt schon mein ganzes Leben lang die Tatsache, dass meine Eltern Geld haben. Ich hatte Glück, ich bin privilegiert, na und? Das heißt nicht, dass ich nicht auch manchmal niedergeschlagen sein kann und Selbstmordgedanken habe. Ich brauch diese Scheiße von dir nicht.«

Tyler sah ihr in die Augen. »Selbstmordgedanken?«

Sie schaute weg. »Ich hab nie … du weißt schon. Aber ich hab drüber nachgedacht. Als einen Ausweg.«

»Einen Ausweg«, wiederholte Tyler. Er dachte darüber nach. Genau das war es, was er brauchte, einen Ausweg aus allem.

»Ich meine, ich hab nicht vor, mich umzubringen, aber manchmal bin ich echt richtig down. Wegen ganz alltäglicher Scheiße, verstehst du? Probleme mit dem Alleingelassenwerden, jämmerlicher Daddy-Scheiß, dass meine Mum eine richtige Zicke ist, all der hinterhältige Kleinscheiß, der hier so abgeht. Ehrlich, reiche Mädchen sind die schlimmsten. Und die Jungs, mein Gott, die sind einfach nur schrecklich. Die haben alle so ein unglaubliches Anspruchsdenken.«

Tyler musste über ihre Tirade lachen. »Klingt ganz so, als wär's die dreißig Riesen pro Jahr voll wert.«

»Woher weißt du, wie hoch das Schulgeld ist?«

»Hab's auf dem Weg hierher nachgesehen.«

»Das Schulgeld ist das Traurigste an diesem Laden«, sagte Flick.

Irgendwie war die Atmosphäre entspannter geworden. Sie stritten nicht mehr, falls sie das zuvor überhaupt getan hatten.

Tyler sah ihr in die Augen. »Diese Karma-Sache. Wenn ich was Schlechtes getan hab, muss ich dann davon ausgehen, dass mir schlechte Dinge passieren werden?«

Flick legte eine Hand auf sein Knie. »Ich weiß es nicht, es ist nur so eine Idee. Du bist ein guter Mensch, Tyler.«

»Das weißt du doch gar nicht.«

Sie nahm seine Hand auf ihren Schoß. »Doch, das weiß ich.«

Er betrachtete ihre übereinanderliegenden Hände. Ihre Fingernägel glänzten, waren perfekt maniküt, und ihre Finger waren lang und schmal mit Sommersprossen auf den Knöcheln.

Er sah sich in der Kapelle um. Eine riesige Orgel an der Stirnseite, Gedenktafeln bedeckten die Wand hinter den Bänken. Es roch nach altem Holz und Möbelpolitur.

»Weißt du, ich glaube, ich bin gerade zum ersten Mal in meinem Leben in einer Kirche«, sagte er.

»Echt? Du Glückspilz. Wir gehen jeden Sonntagmorgen zum Gottesdienst. Es ist unglaublich langweilig.«

»Ich kann mir gar nicht vorstellen, eine Kirche in meiner Schule zu haben.«

Flick schüttelte den Kopf. »Die fahren hier voll auf die ganze Scheiße ab. Uns auf die richtige Weise großzuziehen.« Sie sprach mit gekünstelt vornehmer Stimme. »Damit wir zu reifen, kompetenten Bürgern und wertvollen Mitgliedern der Gesellschaft werden.«

Tyler presste die Lippen zusammen. »Aber ihr verkriecht euch hinter den Mauern in eurer eigenen Blase, mit eurem Musikstudio und den Hockeyplätzen. Ich kenne Leute hier aus Mussy, die halten euch für eine fremde Rasse oder so was, nur ein Haufen Snobs, der sich nie unter die Einheimischen mischt.«

Flick nahm ihre Hand von seiner fort. »Wirfst du uns das vor? Jedes Mal, wenn ich in meiner Schuluniform die High Street entlanggehe, pfeifen mir Bauarbeiter und Handwerker hinterher,

Jungs in meinem Alter beschimpfen mich als Edelnutte oder Schlampe oder Scheißfotze, Frauen glotzen mich an, als würde ich splitternackt auf der Straße herumlaufen und versuchen, ihnen ihre Männer wegzunehmen. Ich hab Freunde, die sind tätlich angegriffen worden, nur weil sie hier zur Schule gehen.«

»Tut mir leid, war nicht blöd gemeint.«

Er spürte die Kälte in der Luft, das kalte Holz unter sich.

Sie starrte ihn an. »Denkst du das? Dass ich ein Snob bin, eine vornehme Schlampe? Sind wir wieder bei der Slum-Safari?«

Tyler schüttelte den Kopf. »Natürlich nicht, tut mir leid.« Er wedelte mit der Hand. »Ich bin das hier nur einfach nicht gewohnt. Ich bin Mädchen wie dich nicht gewohnt.«

Der Ausdruck in ihren Augen wurde ein wenig milder, aber es lag immer noch eine Anspannung in der Luft.

Schließlich sprach Flick weiter. »Ich bin schon mitten in der Nacht allein hierhergekommen. Deshalb hab ich auch gedacht, mit dir hierherzugehen, als du angerufen hast. Manchmal herrscht im Almond House das reinste Chaos. So viel Lärm, alle gackern und schreien die ganze Zeit rum, dreißig Mädels auf einmal. Es ist schwer, mal einen Moment Ruhe und Frieden zu finden.«

Tyler wollte die Hand ausstrecken und sie berühren, hatte aber Angst davor.

Flick schob die Zungenspitze zwischen die Schneidezähne, saugte. »Weißt du, im Mittelalter konnte man in Kirchen um Zuflucht bitten. Das waren Orte, um Verfolgung und Schmerz zu entgehen. Man konnte sich dort verstecken, und niemand durfte hereinkommen und einen mitnehmen.«

»Das gefällt mir.«

»Das hier ist mein Zufluchtsort.« Flick sah zur Decke. »Selbst, wenn ich nicht an den großen Typen da oben glaube.«

Jetzt streckte Tyler doch die Finger aus und berührte Flicks Hand. Sie lächelte. Er betrachtete das Mosaikfenster.

»Jemand liegt im Krankenhaus«, sagte er.

»Wer?«

Er zögerte. »Die Mum eines Freundes. Sie wurde niedergestochen.«

»Das ist ja schrecklich. Wie ist es passiert?«

Tyler schüttelte den Kopf.

»Weiß man, wer es war?«, fragte Flick.

»Nein.«

»Wird sie wieder gesund?«

»Man weiß es nicht. Sie liegt im Koma.«

»Das tut mir leid. Geht's deinem Freund gut?«

Tyler schaute zu dem Fenster auf, das das von der Straße hereinfallende Licht in farbige Fragmente teilte. Er dachte an die Idee einer Zuflucht, eines Ortes, um sich der Welt zu entziehen.

»Er kommt klar.«

• • •

Tyler verließ die Inveresk durch den Hinterausgang und ging über die Millhill zur Mussy High Street und zur Bushaltestelle. Flicks Parfum hing ihm noch in der Nase, er spürte immer noch das Gefühl ihrer Hand in seiner. Er dachte darüber nach, was sie über ihre Familie erzählt hatte. Wir sind alle auf unsere eigene Art am Arsch. Uns bleibt nichts, als füreinander da zu sein.

Er erreichte die breite Kreuzung in der Nähe des Eingangs zur Rennbahn und sah hinter sich Scheinwerfer näher kommen. Er blieb stehen und wartete, dass das Auto vorbeifuhr, bevor er die Straße überquerte, aber es bremste auf Schritttempo ab. Als es näher kam, sah er, dass es ein silbergrauer Škoda war, und ihm wurde schlecht.

Das Auto hielt neben ihm, und die Scheibe auf der Beifahrerseite glitt nach unten. Barry beugte sich vom Fahrersitz rüber.

»Verdammt, steig sofort ein«, bellte er.

Tyler schaute sich um. Um diese Uhrzeit waren nur noch vereinzelt Autos unterwegs. Eine defekte Straßenbeleuchtung flackerte an der Kreuzung, sendete einen ziellosen Hilferuf in die Nacht.

Er stieg ein.

Barry wendete das Auto mit quietschenden Reifen und fuhr nach links, in die entgegengesetzte Richtung von zu Hause. Tyler legte den Sicherheitsgurt an, als sie an der Rennbahn und dem alten Golfplatz vorbeirasten. Am Levenhall-Kreisverkehr hielt Barry sich links, auf der Nebenstraße aus der Stadt. Schon bald verschwanden die Häuser auf der linken Straßenseite, wurden ersetzt durch eine ungepflegte Parklandschaft und Brachland. Mit knapp hundert und heulendem Motor raste Barry weiter. Tyler wagte nicht mal, sich im Auto umzusehen.

Dann trat Barry unvermittelt auf die Bremse und Tyler schleuderte auf seinem Platz nach vorn, als der Wagen scharf links auf einen mit Schlaglöchern übersäten Feldweg einbog. Mehrere Minuten polterten sie so durch die Gegend, das Klappern der Federung dröhnte in Tylers Ohren; sie folgten dem Weg weiter nach Norden, während er immer schmaler wurde. Sie kamen an einem Schild mit der Aufschrift *Gefahr! Einfahrt verboten!* vorbei, und Tyler erkannte, wohin sie fuhren: die Asche-Lagunen von Musselburgh.

Die Fahrspur endete in einem weiten Wendekreis für Lastwagen, und Barry hielt abrupt an. Er sprang aus dem Wagen, umrundete ihn, riss Tylers Tür auf, öffnete seinen Sicherheitsgurt und riss ihn an der Jacke aus dem Auto.

»Barry! Warte!«

Barry zog ihn eine Böschung hinauf, sie taumelten auf dem Hang, dann waren sie oben und Tyler konnte weit auf den Firth of Forth hinaussehen. Sie waren so dicht am Meer, dass er es deutlich riechen konnte. Noch näher befand sich ein riesiger See mit Uferböschungen aus grauer Asche, ein schwarze, völlig glatte Wasserfläche. Früher hatte die Industrie diesen Ort als Müllkippe benutzt und versucht, ihn den Leuten als Naturschutzgebiet zu verkaufen. Überall warnten Schilder vor unsicherem Gelände und tiefem Wasser.

Barry riss Tyler runter über die Asche, wirbelte im Gehen grauen Staub auf, der ihnen ins Gesicht flog, dann hatten sie das Wasser erreicht. Barry watete hinein, zog Tyler hinter sich her, dann tauchte er Tylers Kopf unter Wasser, die eine Hand hielt seine Jacke, die andere drückte seinen Kopf nach unten. Die Kälte kam wie ein Schock. Tyler wehrte sich und strampelte, aber die Asche unter seinen Füßen gab nach und er verlor den Halt, bis er sich schließlich in der Waagerechten befand. Die aufgewirbelte Asche machte das Wasser trüb und grau, während Tyler mit den Fingern an Barrys Händen kratzte.

Er spürte, wie er aus dem Wasser gehoben wurde, und rang nach Luft.

»Scheiße, Alter, was hab ich dir gesagt?«, fragte Barry mit ruhiger Stimme.

»Was?«

»Über diese vornehme Schlampe.«

»Tut mir leid.«

Sein Kopf ging wieder unter Wasser, und er schluckte die schmutzige Suppe, prustete und hustete, spürte, wie mehr Wasser in seinen Hals eindrang. Er strampelte weiter, fand Halt, doch dann gab die Asche unter ihm wieder nach.

Er wurde hochgerissen, schnappte verzweifelt nach Luft.

»Barry, bitte.«

»Ist ja fast so, als würd ich Selbstgespräche führen«, zischte Barry. »Kein Arsch hört mir zu.«

»Tut mir leid. Ich werde sie nicht mehr sehen. Versprochen.«

Sein Kopf wurde wieder untergetaucht, das Wasser schmeckte

nach Ruß und Schlacke, seine Finger zitterten vor Kälte, die Augen brannten. Er packte Barrys Handgelenk und zog, aber die Hände seines Bruders ließen keinen Millimeter locker. Tyler spürte, wie ihn die Kraft verließ, fühlte, wie seine Lungen den Brustkorb zu zerbersten schienen. Schließlich wurde er wieder rausgezogen.

»Es ist zu deinem eigenen Besten«, sagte Barry. »Verstehst du das?«

Tyler atmete ein und aus, saugte gierig nach Luft. »Bitte, mach ich nicht mehr, tut mir leid.«

Barry ragte über ihm auf. »Allerdings, du erbärmlicher kleiner Wichser. Willst du noch mal runter?«

Tyler hob die Hände. »Ich werde zuhören. Ich werde tun, was du sagst.«

»Will ich dir auch geraten haben«, sagte Barry. »Andernfalls ist sie das nächste Mal dran, klar?«

Tylers Brust hob und senkte sich, während er versuchte, seine Schnappatmung wieder in den Griff zu bekommen. Von irgendwo weit oben im schwarzen Nachthimmel hörte er, wie sich Gänse etwas zuriefen.

»Hab's kapiert.«

26

Miss Niven ging mit ihnen schrittweise die Differentialrechnung durch, ersetze x durch $x+h$, subtrahiere die Ausgangsgleichung, stelle mithilfe einfacher Algebra das h frei und fertig. Normalerweise absorbierte Tyler so etwas förmlich, tauchte in die abstrakte Welt der Zahlen ein, aber jetzt konnte er sich nicht richtig darauf einlassen. Er hatte die Übungsaufgabe erst zu einem Drittel fertig, als die Glocke ertönte. Er räumte seinen Kram zusammen, schob alles in seine Tasche und ging hinaus in die Morgenpause.

Connell wartete an ihrer gewohnten Ecke mit einem anderen Jungen, Ahmed aus einem seiner Kurse. Sie redeten über ein Mädchen aus dem Jahrgang unter ihnen, für das Ahmed schwärmte, und wie er an sie rankommen wollte. Tyler warf einen Blick auf sein Handydisplay, überflog ein paar Instagram-Posts, Klatsch über die Hibs. Dann checkte er die Lokalnachrichten und erstarrte. Klickte sich zum ganzen Artikel durch und überflog ihn mit heftig schlagendem Herzen.

Die Holts hatten zehn Riesen als Belohnung für Hinweise im Zusammenhang mit dem Messerangriff ausgesetzt. Zehn verfickte Riesen. Das war ein irrsinniger Haufen Asche, aber natürlich hatte Deke reichlich. Tyler hatte sein Haus gesehen. Der Artikel bestand aus gerade mal vier Absätzen, die im Wesentlichen den Einbruch und Messerangriff rekapitulierten. Deke wurde hier Derek genannt, ein »hingebungsvoller Ehemann und Vater«, und auch Ryan wurde erwähnt. Außerdem wurden Einzelheiten zu Monicas Audi aufgelistet, leicht erkennbar an seinem individuellen Nummernschild.

»Hey, Alter, alles klar?«, fragte Connell. Er sah über Tylers Schulter auf den Bildschirm des Smartphones, überflog die Story.

»Zehn Riesen«, sagte Connell. »Heilige Scheiße, davon könnt ich auch was gebrauchen. Ich nehme nicht an, dass du irgendwas gehört hast?«

Tyler starrte ihn an. »Natürlich nicht.«

Connell hob die Hände. »Frag ja nur.«

Tyler dachte an die Schrotflinte unter dem Bett, dann an Monicas Auto, das sie Wee Sam vertickt hatten. Der dürfte allerdings inzwischen gecheckt haben, um wessen Karre es sich da handelte. Und dann der ganze andere Kram aus dem Holt'schen Haus, den Barry bereits verscherbelt hatte. Wie viele Leute hingen da jetzt schon mit drin? Eine Menge von denen dürften die Sache gepeilt haben. Manche von denen hätten vielleicht die Klappe gehalten, um in nichts reingezogen zu werden, aber jetzt waren zehn Riesen ins Spiel gebracht worden.

Er sah sich um. In einer Ecke hockten ein paar Jungs über ihren Telefonen. Mehrere Mädchen in hautengen Leggings und mit kunstvoll geformten Augenbrauen rauchten und schossen dabei Selfies. Das Nikotin zog ihm in die Nase, und er musste an seine Mum denken. Was das bei ihnen zu Hause für Beans Lungen bedeutete. Sie lernten alles darüber schon in der Grundschule. Eines Tages hatte Bean zu Hause danach gefragt und von Angela statt einer Antwort eine Ohrfeige bekommen. Es war das einzige Mal, dass Tyler seiner Mum gegenüber handgreiflich geworden war, er hatte sie von Bean weggezogen und aufs Sofa im Wohnzimmer gestoßen. Die ganze Scheiße, mit der sie ihn ständig überschüttete, konnte er wegstecken, nicht aber, wenn's um seine Schwester ging.

Er musste Barry von der Belohnung erzählen. Er ließ Connell stehen, der daraufhin eine Augenbraue hob, und rief die Handynummer seines Bruders an. Es klingelte fünfmal, dann Barrys Ansage auf der Mailbox, im Hintergrund das Gebelle von Ant und Dec. Er legte auf. Er sah sich wieder um, rechnete damit, dass

Ryan Holt oder dessen Dad von irgendwoher auftauchten und ihn niederstachen. Er bemerkte, dass er auf der Innenseite seiner Wange gekaut hatte, also öffnete er den Mund ein wenig. Das Fleisch war roh. Er tastete die Stelle vorsichtig mit der Zunge ab.

Er schüttelte den Kopf, drehte sich um und wollte gehen.

»Hey«, rief Connell hinter ihm. »Was ist mit Erdkunde?«

Tyler ging einfach weiter, durchs Schultor und weiter die Straße hinunter.

...

Die Hunde bellten, bevor er an die Tür klopfte. Manchmal, wenn sie nicht im Schlafzimmer eingesperrt waren, fingen sie schon an, bevor Tyler richtig aus dem Aufzug gestiegen war, wie eine Alarmanlage ließen sie Barry wissen, wenn jemand auf ihrer Etage auftauchte. Die Klingel funktionierte nicht mehr, seit Barry im Rahmen seines Feldzugs, die syrische Familie loszuwerden, die Kabel herausgerissen hatte. Tyler klopfte gegen die Tür, und die Hunde wurden noch lauter. Er konnte einen die Tür vollsabbern hören, während er an der Lackierung kratzte. Barry hatte sie offenbar nicht gefüttert. Er machte das manchmal beim Training in Vorbereitung auf einen Kampf, um sie wütend und gemein zu machen, noch wilder.

Es gab da eine Stelle draußen in der Nähe von Tranent, ein Stück abseits der A1 bei Carberry, wo jemand im Wald eine Grube ausgehoben und mit Beton gefüllt hatte. Barry nahm die Hunde zum Kämpfen mit. Es gab so viel ungenutzte Fläche in East Lothian, da war es leicht, mit solchen Sachen unentdeckt zu bleiben. Die Stelle lag zwischen einem Golfplatz und einem historischen Herrenhaus, Gehöfte und Felder drumherum, und keinen interessierte es einen Furz. Entweder das oder aber man hatte zu viel Angst, jemanden deswegen zur Rede zu stellen. Barry und Kelly hatten Tyler vor einigen Jahren mehrmals zu Kämpfen mit den

Vorgängern der jetzigen Hunde mitgenommen, inzwischen waren sie tot. Es war so etwas wie ein Initiationsritus, um ihn abzuhärten. Er hatte das Spektakel mehrere Male ertragen, die Amphetamine für die Köter vorher, das Quetschen der Eier und die Injektionen, damit die Hunde richtig scharf wurden, aufgerissene Hälse und zerfetzte Brustkörbe, die freigelegten Knochen und Sehnen, das rohe Muskelfleisch und Gewebe unter dem Fell. Es sollte schockieren, aber Tyler haute schon fast nichts mehr um. Trotzdem hasste er das alles und musste sogar einmal vor aller Augen kotzen. Womit er sich eine Tracht Prügel einhandelte; Barry schämte sich so sehr wegen des Spotts, den er dafür von den anderen Schwachköpfen erhielt, dass er danach Tyler zu Hause ließ.

Es war immer noch niemand zur Tür gekommen. Tyler begann sie zu öffnen, doch sofort tauchte das Maul von Ant oder Dec im Türspalt auf, der Sabber floss in Strömen und der Hund versuchte, an ihn heranzukommen.

»Sitz.«

Er erkannte Kelly, die am Halsband des Hundes riss, ihn von der Tür zurückzog und in die Küche zerrte, wo sie ihn einsperrte. Sie kehrte zurück und machte die Tür auf. Sie trug schwarze Shorts und ein viel zu großes rosa Sweatshirt mit einem fetten *Awesome* quer über der Brust. Sie sah müde aus und ihre Haare waren fettig, ein feiner Schweißfilm nach einer Nase Koks auf dem Gesicht.

»Es gibt 'ne Belohnung«, sagte Tyler.

»Was?«

»Zehn Riesen für Hinweise zum Messerangriff.«

»Scheiße.«

»Ist Barry da?«

Kelly schüttelte den Kopf.

»Wo ist er?«

Sie senkte den Kopf. »Keine Ahnung.«

Tylers Puls beschleunigte sich einen Moment. »Meinst du, es ist ihm was zugestoßen?«

Kelly trat von einem Fuß auf den anderen. »Was denn zum Beispiel?«

»Zum Beispiel, dass die Holts ihn gefunden haben.«

»Nee, so was nicht.«

»Aber du hast doch gerade gesagt, du weißt nicht, wo er ist.«

»Er ist bei Cherise.«

Das war Barrys Ex, die vor einigen Jahren ein Kontaktverbot gegen ihn erwirkt hatte, das aber vergaß, wenn sie betrunken war und es ihr in den Kram passte. Und Barry rannte natürlich sofort zu ihr. Cherise schien kein Problem damit zu haben, dass Barry die übrige Zeit mit seiner eigenen Schwester zusammenlebte. Und Kelly war viel zu schwach, um sich deswegen zu beschweren. Was für ein gottverdammtes Chaos.

»Kelly, was machst du?«

Ihre Miene verhärtete sich bei seinem Ton. »Was willst'n damit sagen?«

»Du weißt genau, was ich meine.«

Sie reckte herausfordernd das Kinn. »Müsstest du jetzt nicht in der Schule sein?«

Tyler hörte immer noch den Hund in der Küche, und er fragte sich, wo der andere wohl steckte. Hoffentlich brachten die sich gegenseitig um, und alle hätten endlich Ruhe.

»Ich bin rübergekommen, weil ich Barry von dem Geld erzählen wollte. Wir sind jetzt am Arsch, das ist dir doch klar, oder?«

»Keiner wird uns verpfeifen.«

»Natürlich werden sie, hey, wir reden hier von zehn Riesen.«

»Na und?«

»Erzähl's einfach Barry und hör mal, was er dazu sagt. Ich hoffe nur, er knallt nicht den Boten ab.«

Er drehte sich um, wollte zurück in seine eigene Wohnung, ließ sie in der Tür stehen.

»Tyler, warte.«

Etwas in ihrer Stimme bremste ihn und er drehte sich wieder um.

Sie sah verängstigt aus. Nicht weiter ungewöhnlich in Barrys unmittelbarer Nähe, aber Tyler konnte sich nicht erinnern, wann er sie das letzte Mal so gesehen hatte. Sie hob eine zitternde Hand an ihre Stirn, strich sich durchs Haar, ließ sie zurück zu ihrem Gesicht sinken.

»Was ist los?«, fragte Tyler und machte einen Schritt auf sie zu.

»Nichts, es ist nur, ich …«

Tyler blieb stehen und betrachtete sie.

»Ich kann nicht schlafen«, murmelte Kelly mit gesenktem Kopf. Ihre Blicke zuckten hin und her. »Ich seh immer wieder diese Frau in dem Haus vor mir.«

Tyler seufzte. »Ja, das kenn ich.«

Kelly kratzte am Türrahmen. »Warum musste Barry sie abstechen?«

»Warum macht Barry überhaupt irgendwas? Weil er eben Barry ist.«

Kelly trat von einem Bein aufs andere. »Er ist nicht nur schlecht.«

Tyler konnte nicht glauben, was er da hörte. »Kelly, hör auf, dir was vorzumachen.«

»Er hat noch eine andere Seite, Tyler, aber das kannst du nicht verstehen.«

Das machte Tyler richtig wütend. »Bist du bescheuert? Er behandelt uns beide schon unser Leben lang wie Scheiße. Er ist ein mieser Schläger und Psycho, und jetzt schafft er es, dass wir beide umgebracht werden.«

»Es gibt Sachen, die weißt du nicht«, sagte Kelly.

»Zum Beispiel?«

Kelly holte tief Luft, hob den Kopf. »Er hat mich beschützt.«

»Wovor?«

Kelly schluckte. »Damals, als wir noch bei Dad wohnten. Ist schon Jahre her. Dad kam betrunken aus dem Pub nach Hause, ist dann in mein Zimmer. Hat mich geweckt, verstehst du.« Sie knibbelte an einem unsichtbaren Splitter im Türrahmen. »Er hat dann so Sachen gemacht. Und er hat mich auch geschlagen. Aber einmal, als er das gemacht hat, da ist Barry mit einem Küchenmesser reingekommen und hat's ihm an die Eier gehalten, hat gesagt, wenn er mich jemals wieder anfasst, dann schneidet er sie ihm ab. Da hab ich zum allerersten Mal gesehen, dass Dad Angst hatte.«

»Mein Gott«, sagte Tyler. »Wieso hast du mir das nie erzählt?«

Kelly zuckte mit den Achseln. »Ich erzähl's dir jetzt, weil ich möchte, dass du weißt, dass Barry immer auf mich aufgepasst hat. Und er wird jetzt auch wieder auf uns aufpassen, da bin ich total sicher.«

Also war Kelly zuerst von ihrem Dad missbraucht worden, und jetzt schlief sie mit ihrem Bruder. Tyler erinnerte sich an eine Gelegenheit, als Bean noch ein Baby gewesen war, da war er aus der Schule nach Hause gekommen und hatte Kelly auf dem Boden im Wohnzimmer liegend vorgefunden, wo sie mit ihr spielte. Sie hatte aus schmutzigen Kissen ein Nest gebaut, in das Bean sich legen konnte, und aus Resten eines zerrissenen Kartons hatte sie ein wackliges Mobile zusammengeklebt, mit dem Bean glucksend spielte. Kelly hatte verlegen ausgesehen, dass sie dabei erwischt worden war, wie sie sich kümmerte, aber sie hatte nicht aufgehört. Eine halbe Stunde später war Barry total zugekifft reingekommen und hatte das Mobile zerfetzt.

Warum konnte sie nicht sehen, dass er das reinste Gift war? Für Tyler war das sonnenklar, es sprang garantiert jedem ins Auge.

Aber sie erkannte seine Machenschaften nicht als das, was sie waren, sie meinte, sie würde loyal zu einem Mann halten, der sich um sie kümmerte.

»Er kann uns nicht mehr beschützen«, sagte Tyler. »Nicht bei dieser Geschichte.«

»Natürlich kann er das, er ist Barry.«

»Er tickt aus. Du hast ihn letzte Nacht erlebt. Dieser Einbruch war voll bescheuert, er hat's auf Ärger angelegt, er wollte erwischt werden.«

Kelly schüttelte den Kopf. »Wir müssen einfach nur den Kopf einziehen. Keinen Scheiß machen.«

»Und du meinst, Barry wär dazu in der Lage?«

Kelly nickte, aber es sah nicht überzeugend aus.

Tyler kniff die Augen zusammen. »Vielleicht gibt's ja noch eine andere Möglichkeit.«

»Wie meinst du das?«

Tyler versuchte, den Gedanken bis zum Ende zu verfolgen, bevor er sprach. »Diese Frau im Krankenhaus, die könnte sterben. Dann ist es Mord. Wir haben sie nicht erstochen, keiner von uns beiden. Die Polizei schnüffelt herum, und jetzt ist auch noch eine Belohnung ausgesetzt worden. Vielleicht sagen wir einfach die Wahrheit.«

Kelly bekam große Augen. »Das können wir nicht machen.«

»Wieso nicht?«

»Wir können's einfach nicht.«

»Wir schulden ihm gar nichts, Kelly. Er würde uns ohne mit der Wimper zu zucken verraten, wenn's andersrum wäre.«

»Niemals.«

»Er würd's tun.«

Der Ausdruck auf Kellys Gesicht war kompromisslos. »Wenn du ihn verpfeifst, Tyler, wird er dich umbringen.«

Das stimmte, und Tyler wusste es. Und trotzdem konnte Kelly

nicht erkennen, zu welchem Bruder ihn das machte, als wären die beiden Hälften ihres Gehirns voneinander getrennt.

Tyler schüttelte den Kopf und ließ sie stehen.

»Tyler«, sagte Kelly, als er seine eigene Tür erreichte. »Wir müssen zusammenhalten.«

Er drehte sich nicht mehr um, holte nur seinen Schlüssel heraus und öffnete die Tür zu seiner Wohnung.

Der Geruch schlug ihm sofort ins Gesicht, es war mehr als der übliche Gestank nach schalem Alkohol und Kippen. Es war Scheiße und Pisse, und ein süßlicher Unterton von etwas Fauligem. Er ging ins Wohnzimmer, und der Geruch wurde sofort so intensiv, dass er die Armbeuge über die Nase heben musste. Dann sah er Angela auf dem Boden liegen. Sie war nackt, und er sah Einstichstellen auf ihren Armen und Beinen, offene Wunden, die wie Krater ihren Körper überzogen. Sie hatte die Staubinde immer noch fest um den Oberarm gezogen, und der untere Teil des Armes war dunkelblau verfärbt, wie der Rand einer Sommernacht. Ihr Gesicht zeigte ein helleres Blau, die schorfigen Lippen waren weiß. Er bemerkte einen Streifen dünnflüssigen Kot von ihren Pobacken auf den Teppich sickern.

Er lief zu ihr, entfernte den Gürtel von ihrem Arm, die Schnalle hinterließ weiße Abdrücke auf der Haut darunter, deren Farbe sich langsam wieder normalisierte. Er hielt eine Hand über ihren Mund und kniete ein paar Sekunden neben ihr. Er spürte keinen Atem. Er machte dasselbe unter ihrer Nase, nichts. Er drückte zwei Finger fest auf ihre Halsschlagader und versuchte, sich einen Puls vorzustellen. Er schloss die Augen, um sich besser zu konzentrieren. Er meinte, etwas zu spüren, war sich aber nicht sicher. Er versuchte, ganz ruhig durchzuatmen, spürte das Rasen seines eigenen Herzens, den schnell ansteigenden Adrenalinspiegel.

»Komm schon«, flüsterte er leise vor sich hin.

Er drückte seine Finger fester gegen den Halsmuskel, spürte

dann ein leises Beben, ein Pochen unter seinen Fingerspitzen. Ein Puls, ganz klar ein Puls. Dann aber wieder ein, zwei Sekunden nichts, dann vielleicht ein weiterer Herzschlag.

»Verfickte Scheiße.«

Er nahm die Finger von ihrem Hals, packte ihre Schultern, hob sie an und schüttelte sie. Ihr Hals war völlig entspannt, der Kopf hing schlaff herunter, als könnte er jeden Moment abfallen.

»Wach auf!«, rief er und gab ihr eine Ohrfeige. Ihr Kopf leistete keinen Widerstand, flog einfach auf die andere Seite, das strähnige Haar fiel ihr in die Augen.

Er sah sich im Raum nach einer Antwort um – nur schmutziges Geschirr in der Spüle, Zigarettenasche und Spritzbesteck auf dem Teppich. Der Gestank trieb ihm Tränen in die Augen.

Er ließ sie auf den Boden fallen, ihr Kopf prallte mit einem dumpfen Schlag auf.

Er nahm sein Telefon und wählte die 999 und wurde zum Rettungsdienst durchgestellt, doch als er erklärte, dass es sich vermutlich um eine Überdosis handelte, und er die Adresse nannte, folgte eine lange Pause, und schließlich teilte man ihm mit, dass der Krankenwagen in vermutlich fünfundvierzig Minuten da wäre. In einer Dreiviertelstunde würde sie tot sein, und das wussten sie beide.

Er legte auf und rannte zur anderen Wohnung hinüber, schlug mit der Faust gegen die Tür.

»Kelly!«

Er hörte die Hunde, dann machte Kelly die Tür auf.

»Es geht um Mum, sie hat schon wieder eine Überdosis genommen«, sagte er.

»Im Ernst?«

»Komm mit.«

»Hast du einen Krankenwagen gerufen?«

»Die haben gesagt, es dauert eine Dreiviertelstunde. Sie wird sterben, bevor die hier sind. Steht Barrys Auto unten?«

Kelly schüttelte den Kopf. »Er ist damit zu ihr.«

Tyler nahm Kellys Arm und schleifte sie mit ins Wohnzimmer seiner Wohnung. Sie legte eine Hand über ihre Nase. »Oh Mann …«

Sie betrachtete das sich ihr bietende Bild ein paar Sekunden. »Ruf ein Taxi.«

»Du weißt doch, dass die bei uns keinen abholen kommen.«

»Hast du irgendeine andere Idee?«

Tyler sah auf seine Uhr, halb zwölf, Mittagszeit. Er dachte daran, wie Barry ihn letzte Nacht unter Wasser gedrückt hatte, was er ihm gesagt hatte. Aber ihm blieb keine andere Wahl.

Er wählte, und sie ging ran. »Hey, was gibt's?«

»Du musst mir einen Gefallen tun.«

27

Als Flicks Käfer auf den Parkplatz gerast kam, standen Tyler und Kelly auf der Straße, Angela zwischen ihnen. Tyler hatte ihr eine Trainingshose und ein Sweatshirt angezogen, damit sie wenigstens nicht nackt war.

Flick sah bestürzt aus, als sie aus dem Wagen stieg. »Mein Gott.«

»Tut mir leid«, sagte Tyler.

Flick tat das mit einer Handbewegung ab und kippte den Fahrersitz nach vorn.

Tyler hielt Flick Angelas Arm hin. »Nimm sie.«

Flick hielt sie zusammen mit Kelly, während Tyler auf die andere Seite lief, den Beifahrersitz nach vorn kippte und nach hinten kletterte, dann die Arme ausstreckte. Die Frauen hoben Angela zum Wagen und versuchten, sie hineinzubugsieren, wobei ihre Schulter gegen die Gurthalterung stieß, als Tyler ihr Gewicht übernahm und dabei in den Fußraum vor dem Rücksitz abrutschte. Er wuchtete Angela auf die Rückbank und stemmte sich hoch, hob ihren Kopf an, setzte sich und legte ihn dann behutsam auf seinen Schoß.

Die beiden Vordersitze flogen zurück, als Kelly und Flick ins Auto sprangen.

Flick sah Tyler im Rückspiegel an. »Alles klar da hinten?«

Tyler verzog das Gesicht und blies seine Wangen auf. »Auf geht's.«

Sie rasten vom Parkplatz und schossen über die Kreisverkehre, bogen dann links auf den Little France Drive ein. Dann kam die Stelle, ab der die Straße für alle Fahrzeuge außer Bussen gesperrt war, aber Flick fuhr trotzdem weiter, denn die Alternativstrecke über The Wisp würde die Fahrt um zehn Minuten verlängern. Sie wurden von zwei Kameras geblitzt.

Die Notaufnahme befand sich auf dieser Seite des Krankenhauskomplexes, daher waren sie im Nu vor den Glasschiebetüren. Flick half den beiden anderen, Angela vom Rücksitz zu heben und in einen Rollstuhl zu setzen, den Tyler direkt hinter den Türen gefunden hatte. Flick suchte einen Parkplatz, während Tyler seine Mum zur Aufnahme schob. Kelly folgte mit schüttelndem Kopf. Als er der Frau hinter dem Aufnahmeschalter erklärte, was passiert war, wurden sie zu einem mit Vorhängen abgetrennten Bereich geführt, wo stämmige Krankenpfleger Angela auf ein Bett hoben und eine junge Ärztin mit lila Haaren und tätowierten Händen ganz ruhig etwas in ihren Hals injizierte und gleichzeitig das Legen eines Tropfs veranlasste.

Tyler beobachtete das alles, dachte an Bean und fragte sich, wie er ihr das alles erklären sollte. Er war auch früher schon mit Angela in dieser Notaufnahme gewesen, das erste Mal, als Bean geboren wurde, dann drei weitere Male mit Überdosen, allerdings war Bean noch zu klein gewesen, um sich daran erinnern zu können. Jetzt hingegen war sie alt und klug genug, Fragen zu stellen und Antworten zu verdienen. In dieser Gegend wurden die Kinder in der Schule schon früh über Drogen- und Alkoholmissbrauch aufgeklärt, also kannte sie bereits alles Wesentliche, doch obwohl sie wusste, dass Angela zu viel trank, hatte Tyler es geschafft, das Heroin vor ihr geheim zu halten.

Dann dachte er über Angela nach, dass sie es vielleicht nicht schaffen würde, und er schämte sich. Hatte ein schlechtes Gewissen, weil er ihr nicht mehr geholfen hatte, dass er sie nicht mehr unterstützt hatte. Dass er sie nicht früher gefunden hatte. Aber, drauf geschissen, er hatte die Nadel schließlich nicht gesetzt, das hatte sie sich ganz allein angetan. Obwohl sie eine kleine Tochter hatte, um die sie sich eigentlich kümmern sollte.

Die Ärztin gab ihm einen Handzettel, von denen er bereits einen zu Hause rumliegen hatte, dann ging sie zum nächsten Notfall weiter. Was für eine Art, seinen Lebensunterhalt zu verdienen, in einem unaufhörlichen Meer von Angst und Schmerz anderer Leute waten zu müssen. Die Ärztin und eine Krankenschwester wechselten ein paar Worte darüber, in einer Station oben ein Bett zu finden, aber ihrem Tonfall war klar zu entnehmen, dass ein Junkie mit einer selbst zugefügten Überdosis nicht die höchste Dringlichkeitsstufe genoss. Tyler machte ihnen daraus keinen Vorwurf.

Flick tauchte auf und drückte sich außerhalb des offenen Vorhangs des Behandlungsbereichs herum. Tyler bemerkte, dass Kelly sie anstarrte, und stand auf, um sich zwischen die beiden zu schieben. Er beobachtete, wie Kelly sie von oben bis unten musterte.

Kelly zeigte auf den roten Blazer, den Flick trug. »Was für eine Schule ist das?«

»Inveresk.«

Kelly ließ sich das kurz durch den Kopf gehen. »Woher kennst du meinen Bruder?«

Flick sah Tyler an, dann wieder Kelly.

Sie lächelte. »Wir sind uns mal zufällig begegnet.«

Tyler dachte daran, wie sie in Wills Wohnzimmer stand und das Blut von ihrer Hand getropft war. Was hatten sie eigentlich gemeinsam?

Kelly schüttelte den Kopf. »Hab nie gehört, dass er dich mal erwähnt hat.«

Flick streckte eine Hand aus und berührte Tylers Arm.

Kelly kniff die Augen zusammen. »Bist du seine Freundin?«

Tyler schlug das Herz bis zum Hals.

Flick lächelte souverän. »Ja.«

Kelly richtete ihre Aufmerksamkeit auf Tyler. »Weiß Barry das?«

»Ja.«

Kelly runzelte die Stirn.

Flick trat an Angelas Bett. Tyler folgte ihr. Angela war so abgemagert und verbraucht, fast schon ein Gespenst, hatte Schorf auf den Armen, wunde Stellen im Gesicht, fettige Haare.

»Wie geht's ihr?«, fragte Flick, schien ihren Zustand nicht zu bemerken.

»Sie wird's überleben«, sagte Kelly. »Ist nicht das erste Mal und wird auch nicht das letzte Mal gewesen sein.«

Flick sah Tyler an. »Tut mir leid.«

»Was soll dir da leidtun?«, fauchte Kelly. »Du mit deiner piekfeinen Karre hast ihr das Leben gerettet. Wär vielleicht besser gewesen, wenn du dich nicht bemüht hättest.«

Tyler starrte Kelly über Angela hinweg an. »Sag so was nicht.«

»Was hat sie denn je für einen von uns gemacht, außer uns übel mitzuspielen?«

»Sprich nur für dich.«

Kellys Gesicht wurde hart. »Tja, für mich hat sie als Mum jedenfalls einen Scheiß getan, mehr weiß ich nicht.«

Tyler dachte an das, was Kelly einige Zeit zuvor gesagt hatte. »Du kannst andere Leute nicht für dein Leben verantwortlich machen.«

»Natürlich kann ich das«, brüllte Kelly.

Ein vorbeigehender Krankenpfleger schaute zu ihnen herein.

»Du triffst deine eigenen Entscheidungen. Wenn's dir nicht gefällt, wie es ist, dann ändere was dran.«

Kelly stieß ein trockenes Lachen aus. »Lebensweisheiten eines Siebzehnjährigen. Super. Du brauchst gar keine großen Reden zu schwingen. Wir stecken beide in derselben Scheiße.«

Tyler warf Flick einen Blick zu. Er schüttelte den Kopf, umklammerte Angelas Bettkante. »Halt den Mund.«

Plötzlich wirkte Kelly ernüchtert.

»Ich muss wieder in die Wohnung«, sagte sie. »Wahrscheinlich nehmen die Hunde schon die Bude auseinander und Barry könnte auch wieder zurück sein.«

Tyler schüttelte den Kopf. »Du musst nicht dorthin zurück.«

Kelly starrte ihn sehr lange an. »Doch, ich muss.«

Sie drehte sich um und ging, ließ hinter sich Schweigen zurück.

Schließlich wandte Tyler sich wieder seiner Mum zu. Sie war wie ein Skelett, etwas von vor tausend Jahren, das eben erst ausgegraben worden war. Es fiel ihm schwer, sie anzusehen. Er versuchte, sich an etwas Glückliches zu erinnern, an eine frühe Erinnerung, die irgendetwas in ihm auslösen könnte. Die kurzen klaren Momente zwischen Suff und Heroin und Chaos, die ersten paar Male, als sie einen Entzug versuchte, nur um bei dem kleinsten Rückschlag sofort wieder in alte Muster zu verfallen. Er wollte sich aufgrund seiner Kindheit nicht gegen sie verschließen, gegen die Welt, aber dagegen anzugehen, war ein ständiger Kampf.

Er wandte sich Flick zu. »Meine Familie ist voll abgefuckt.«

»Alle Familien sind abgefuckt.«

»Nicht wie meine.«

»Jede ist auf ihre eigene Art abgefuckt.«

Tyler massierte seine Schläfen.

Flick schnitt ein albernes Gesicht. »Aber deine kommt mir ganz besonders abgefuckt vor, ja, muss ich zugeben.«

Tyler lachte.

Flick grinste. »Ich glaube, das war das erste Mal, dass ich dich lachen gehört habe.«

Einen Moment Stille, dann fuhr sie fort: »Was meinte deine Schwester vorhin mit der Scheiße, in der ihr steckt?«

Tyler beobachtete, wie die Flüssigkeit in dem Tropf in der Nadel auf Angelas Handrücken verschwand. »Nichts.«

Die Krankenschwester von zuvor rauschte durch die Vorhänge. Sie war nur ein paar Jahre älter als Flick und Tyler, winzig mit kurzen blonden Haaren und großen Augen.

»Wir haben für deine Mum ein Bett auf der Station gefunden«, sagte sie zu Tyler und sah Flick kurz an. Sie fummelte an den Verriegelungen der Krankenbettrollen herum, löste eine nach der anderen. »Wollt ihr sie nach oben begleiten?«

Flick sah auf ihre Armbanduhr. »Ich muss zurück in den Unterricht.«

»Danke für alles«, sagte Tyler.

Er streckte eine Hand nach ihr aus und war überrascht, sich plötzlich in einer Umarmung wiederzufinden, den Duft ihres Haares in der Nase, das Gefühl ihrer Arme um seinen Brustkorb, das Klopfen ihrer Herzen, die sich fast berührten.

28

Er saß eine Stunde schweigend an ihrem Bett. Es war keine Besuchszeit, aber die Krankenschwester ließ ihn trotzdem bleiben. In diesem Zimmer der Station gab es vier Betten, Angela in einem, in einem anderen schlief eine alte Frau. In den beiden übrigen lagen jüngere Frauen, ihrem Aussehen nach ebenfalls Drogensüchtige. Die eine sah mit Kopfhörern auf ihrem iPad Folgen von *Breaking Bad*. Was für eine Ironie, sich eine Serie über einen Drogendealer anzusehen. Die andere hielt ihr Smartphone in der Hand, scrollte und wischte über das Display, den Kopf weit vorgebeugt, sodass sie mit der Nase fast den Bildschirm berührte.

Die medizinischen Geräte in diesem Zimmer produzierten ein gewisses Hintergrundgeräusch und vermittelten das Gefühl, sich in einem Gebäude zu befinden, in dem daran gearbeitet wurde, Menschen am Leben zu erhalten. Er mochte dieses weiße Rauschen, es half ihm, die schlechten Gedanken wegzuspülen. Aber sie sickerten doch immer wieder herein.

Er konnte nirgendwo anders sein. In die Schule konnte er nicht zurück, das schaffte er im Moment nicht. Nach Hause wollte er nicht, konnte die Wohnung noch nicht betreten. Und außerdem könnte Barry dort auf ihn warten. Flick war in der Inveresk. Er dachte an Bean. Sie hatte jetzt wahrscheinlich Nachmittagspause, würde entweder mit den anderen Mädchen Rad schlagen oder sie würden sich rechthaberisch gegenseitig erzählen, was als Nächstes gespielt werden sollte, würden die Regeln für eine Verfolgungsjagd festlegen, würden die halbe Zeit mit Gezänk darüber verplempern, was fair war und was nicht. Das Gefühl für Fairplay war bei Kindern in diesem Alter überwältigend. Er musste daran denken, wie er einmal in der Grundschule getadelt worden war, weil er im Unterricht gequasselt hatte, obwohl es doch Connell gewesen war, und wegen dieser Ungerechtigkeit hatte er noch Stunden später einen heißen Kopf. Kinder in diesem Alter mussten lernen, dass das Leben nicht fair war, also fand man sich am besten schnell damit ab.

Er spürte, wie sein Magen knurrte. Er starrte Angela an, die sich kein einziges Mal gerührt hatte, solange er hier war, dann verließ er das Zimmer, um einen Snackautomaten zu suchen. Er durchquerte die Station, ging um eine Ecke, und er bemerkte, dass die Zahl der farbigen Linien auf dem Boden zunahm, wie Boote, die auf einem Strom zusammenkamen. Er erinnerte sich an Monica Holt, die immer noch irgendwo weiter oben lag. Eine braune Linie führte zur Intensivstation, und er registrierte, dass er ihr folgte, als hätte er keine Kontrolle mehr über seine Füße. Ehe er sichs versah, stand er vor der Tür auf die Station, war durch, keine Schwester zu sehen, also ging er einfach weiter, bis er vor Monicas Zimmer stand, betrat es dann ohne Zögern und blieb am Fußende ihres Bettes stehen.

Ihr Oberkörper lag höher als beim letzten Mal, ihre Augen waren geschlossen. Auf ihrem Schoß lag ein geöffnetes Buch, etwas Dickes mit einem geprägten Einband. Das bedeutete, entweder lag sie nicht mehr im Koma oder das Buch gehörte jemand anderem. Er schaute sich um, aber da war niemand sonst im Zimmer. Er drehte sich wieder zu ihr. Sie sah verdammt viel gesünder aus als Angela.

Er trat an die Seite des Bettes und blieb dort, die Hände an den Seiten, die Finger fast an der Bettdecke. Sie atmete flach, die Augen hinter ihren Lidern zuckten hin und her. Ihr Haar glänzte genau so, wie er es von diesem Abend in Erinnerung hatte, jemand musste es ihr gewaschen haben. Musste nett sein, wenn man jemanden hatte, der sich so gut um einen kümmerte. Er dachte an die Haare seiner Mum.

Sie schlug die Augen auf und sah ihn direkt an. Er holte erschrocken Luft, sagte aber nichts. Zunächst dachte er, sie würde ihn nicht wiedererkennen, dann schien sich etwas in ihrem Gesicht zu verändern, eine Erkenntnis blitzte auf. Er war darauf gefasst, dass sie jeden Moment den Notrufknopf an der Seite des Bettes drücken könnte. Er sah kurz dorthin, nur wenige Zentimeter von ihren Fingern entfernt. Er war darauf gefasst, sie nach jemandem rufen zu hören.

Aber sie blinzelte nur träge, behielt den Blick auf ihn gerichtet. Er wollte wegsehen, weglaufen, woanders sein, nur nicht hier, doch er zwang sich zu bleiben.

»Du warst da«, sagte sie. Ihre Stimme war heiser und brüchig, aber es war eindeutig dieselbe Stimme, die Barry in dieser Nacht angebrüllt hatte.

Tyler konnte nur starren. Schließlich die Andeutung eines Nickens. Sein Blick zuckte zu dem Rufknopf, und sie bemerkte es.

Sie schüttelte den Kopf, eine kaum wahrnehmbare Bewegung. »Werd ich nicht.«

»Warum nicht?«

Monica schluckte und seufzte. »Du warst es nicht.«

»Was meinen Sie damit?«

»Du hast mich nicht niedergestochen.«

Tyler blieb stumm.

Monica schluckte wieder, es sah aus, als fiele es ihr sehr schwer.

Tyler griff nach einem Glas Wasser auf dem Nachtschränkchen und bot es ihr an.

Sie nahm es, beugte sich vor und hob es an die Lippen, dann sank ihr Kopf aufs Kissen zurück. Sie gab ihm das Glas wieder.

»Ist er dein Freund?«

Tyler schüttelte den Kopf.

»Was dann? Dein Bruder?«

Tyler nickte.

Monica schaute sich im Zimmer um, sah dann zur Tür. Tyler drehte sich um, aber da war niemand. Er hörte das Tosen des Blutes in seinen Ohren.

»Du sitzt in der Klemme«, sagte Monica. »Das weißt du, stimmt's?«

Tyler hielt immer noch das Glas Wasser; kleine Kräusel auf der Oberfläche durch das Zittern seiner Hand.

Monica sah auf seine Hand. »Wenn Derek dich findet, meine ich.«

Tyler rieb seinen Oberschenkel, atmete tief ein und aus.

Monica starrte ihn an. »Wusstest du es?«

Tyler sah sie verwirrt an. »Wusste ich was?«

»Dass es unser Haus war. War es Absicht?«

Wieder schüttelte Tyler den Kopf. Was anderes schien er gar nicht mehr zu tun.

Monica atmete aus. »Einfach nur Pech.«

Tyler bot ihr erneut das Glas an, aber Monica winkte ab. Er stellte es auf den Nachttisch.

Monica legte ihre Hand in die Nähe des Notrufs. Tyler bemerkte es aus den Augenwinkeln.

»Warum bist du hier?«, fragte Monica.

Tyler zuckte mit den Achseln. »Ich wollte sehen, ob Sie okay sind.«

Ein leises Husten löste sich aus ihrer Kehle. Sie sah ihm sehr lange in die Augen. »Jemand hat den Krankenwagen gerufen.«

Tyler antwortete nicht.

»Mit meinem Telefon«, setzte sie nach.

Tyler erinnerte sich, es in ihrem Haus vom Boden aufgehoben zu haben, wie sich ihre Augen öffneten und schlossen, als er die Tür hinter sich zuzog.

Monica sah ihn immer noch konzentriert an.

»Danke«, sagte sie. »Und jetzt geh.«

29

Er verließ das Krankenhaus durch den Haupteingang, ging um die Ecke und blieb stehen. Die Sonne stand am Himmel, und er bewegte sich nicht, hatte die Augen geschlossen, das Gesicht der Wärme entgegengehoben wie ein Gecko. Er stellte sich vor, wie seine Haut sich entzündete, der Geruch nach Schwein, als sein Gesicht briet und zerfloss. Er rieb mit beiden Händen seinen Kopf, ließ ihn kreisen und atmete den merkwürdigen Gasgeruch ein, der mit dem Wind über das Krankenhausgelände geweht wurde. Forscher, die irgendwo Chemikalien zusammenmischten.

Er hatte Monica verlassen und war zu seiner Mum zurückgekehrt, aber dort gab es keine Veränderung. Er hatte sich ein paar Minuten zu ihr gesetzt und dann begriffen, dass er gehen und Bean von der Schule abholen musste. Er konnte ausreichend schnell über das verlassene Brachland nach Niddrie gehen, dann weiter den Berg rauf und rüber zur Craigmillar Primary, was alles in allem nicht länger als fünfzehn Minuten dauern sollte.

»Hey.«

Allein dieses eine Wort verriet ihm, wer das war.

Er behielt die Augen noch einige weitere Sekunden geschlossen, stellte sich dieser Sache nur widerstrebend.

»Ich sprech mit dir, du Arsch.«

Tyler öffnete die Augen. Da war Ryan Holt mit seinem Vater und einem etwa gleichaltrigen anderen Mann. Deke trug einen schicken Anzug, als käme er gerade aus dem Gericht, sein stämmiger Hals und der rasierte Schädel Türsteher pur. Keinerlei sichtbare Tätowierungen, was heutzutage recht ungewöhnlich war. Der andere Mann war größer, hatte einen gepflegten Bart, den Ansatz einer Stirnlocke, trug eine schwarze Bomberjacke und Jeans mit Hosenaufschlägen. Es hätte ein Hipster-Look sein können, wäre er nicht so muskelbepackt gewesen. Ryan schritt ihnen voran auf Tyler zu, schnipste einen Zigarettenstummel in den Rinnstein.

»Was zum Teufel hast du hier zu suchen?«, schnauzte Ryan ihn an.

Tyler holte tief Luft, atmete ein und aus. Er deutete so ruhig er konnte zum Eingang. »Hab meine Mum besucht.«

Ryan klebte jetzt fast vor seiner Nase. Er kannte keine andere Gangart als pure Einschüchterung. »Was hat sie?«

Tyler sah an Ryan vorbei zu den älteren Männern, die ihn schweigend beobachteten.

»Drogen.«

»Was für Drogen?«

Tyler schluckte. »Heroin.«

»Scheißjunkie«, spuckte Ryan aus. Er drehte sich zu den beiden anderen um. »Das hier ist der Wichser, von dem ich dir erzählt hab, der Typ, der sich nach Mum erkundigt hat.«

Tyler hob eine Hand. »Ich hab nur gesagt, dass mir leidtut, was passiert ist.«

Deke hatte die Augen zusammengekniffen, vielleicht gegen die Sonne, die von der weißen Wand hinter Tyler reflektiert wurde. »Wieso?«

»Was?«

»Wieso sprichst du Ryan wegen seiner Mum an?«

»Kam mir irgendwie richtig vor.«

Deke nickte. »Hm, hm.« Es klang nicht überzeugt.

Tyler war bereit wegzulaufen. Er war ziemlich schnell, aber er würde diesen Dreien nicht die ganze Strecke bis Niddrie davonlaufen können.

Deke stieß einen Daumen in Richtung des anderen Typen. »Das hier ist Sonny, mein Schwager.«

»Okay.«

»Das da drinnen mit der Stichverletzung ist seine Schwester. Meine Frau.«

»Tut mir leid.«

Deke rieb die Stoppel auf seinem Kinn, dann zupfte er an einem Ohrläppchen. »Schon ein Zufall, dass wir uns hier begegnen.«

»Nee, eigentlich nicht«, sagte Tyler, »wenn Sie meine Mum kennen würden. Ich bin öfters hier.«

Ryan lachte spöttisch. »Junkieschlampe.«

Deke sah ihn scharf an und das blöde Gegacker erstarb. »Du redest über die Mum von diesem Jungen hier. Pass gottverdammt auf, was du sagst!«

Ryan senkte den Kopf. »'Tschuldigung.«

»Wie würd's dir gefallen, wenn einer so über deine Mum redet?«

Ryan antwortete nichts.

»Und?«

»Gar nicht.«

Tyler kam sich wie ein Gaffer bei einem Verkehrsunfall vor. Dann lag Dekes Blick wieder auf ihm.

»Was hast du gesagt, wie heißt deine Mum gleich noch mal?«

Tyler hatte es nicht gesagt, und das wussten sie beide. »Angela.«

»Angela und weiter?«

»Wallace.«

Deke warf Sonny einen Blick zu. Er würde ganz offensichtlich im Krankenhaus nachfragen, ob sie eine Angela Wallace wegen einer Überdosis aufgenommen hatten, also brachte es überhaupt nichts zu lügen.

»Hast du noch Brüder oder Schwestern?«, fragte Deke.

»Älteren Bruder und Schwester«, antwortete Tyler. Bean erwähnte er ganz bewusst nicht, sie mussten von ihr nichts wissen.

Er fragte sich beiläufig, ob Barrys Ruf bis zu den Holts vorgedrungen war. Wahrscheinlich nicht, die Wallaces waren kleine

Fische, Krill am unteren Ende der Nahrungskette, und die Holts waren die Haie.

Deke nickte stumm vor sich hin. »Tja, passt immer gut aufeinander auf, Familie ist wichtig. Was mit meiner Frau passiert ist, das rückt so manches ins rechte Licht.«

»Okay.«

Einen Moment lang Schweigen. Ryans Blicke pendelten von einem zum anderen, versuchten, einen Anker zu finden.

Schließlich schaute Deke fort und zu dem großen Schild über dem Haupteingang auf. Er machte Anstalten hineinzugehen, die anderen folgten ihm wie Rudeltiere. »Pass gut auf dich auf, Tyler. Und auf deine Familie auch.«

30

Tyler kürzte den Weg ab, indem er zuerst auf die Rückseite des Krankenhauskomplexes ging und dann am Hubschrauberlandeplatz vorbei weiter den Berg hinauf. Hannah Peel spielte in seinen Ohren, ein abgefahrener Soundtrack zu einem Science-Fiction-Film, den es noch nicht gab. Er ging am Rand der Bäume entlang, welche die Craigmillar Castle Road säumten, das offene Gelände auf seiner Rechten, das Barratt-Baugelände dahinter. Es gab hier immer noch so viel freien Raum, der nach und nach von Häusern und Büros verschluckt wurde. Links konnte er die höchsten Zinnen der Burg erkennen, erinnerte sich, wie er im Dunkeln mit Flick dort oben gewesen war, wie sie über die schlafende Stadt hinausgesehen hatten. Er fragte sich, was sie wohl jetzt gerade machte.

Er verließ die Straße und folgte dem unebenen Weg durch die Bäume zum Rand seiner Schule, dann wieder raus auf die Straße und weiter zur Craigmillar Primary. Sie hatten vor zwanzig Minuten Schulschluss gehabt, also standen nur noch einige wenige Mums quatschend vor dem Tor, während ihre Kids in einer matschigen Pfütze neben dem Gebüsch spielten. Aber zwanzig Minuten war gar nicht so schlecht, Miss Kelvin würde Bean wie üblich drinnen behalten haben. Er überlegte fieberhaft, wie er Bean erklären sollte, was mit Angela passiert war.

Er kam zum Klassenzimmer, klopfte an die offene Tür und ging hinein. Miss Kelvin stellte gerade die kleinen Stühle auf die Tische, räumte alles für die Reinigungskräfte frei. Tyler sah sich um, stellte dann Blickkontakt mit der Lehrerin her, und bei dem Ausdruck auf ihrem Gesicht wurde ihm ganz anders.

Mit einem Stuhl in der Hand verharrte sie, ihre Finger umklammerten das Plastik. »Sie ist schon weg.«

»Wie meinen Sie das? Sie haben sie einfach gehen lassen?« Tyler schaute sich im Raum um, als müsste Bean jeden Moment unter einem Tisch hervorgesprungen kommen und ihn überraschen.

»Sie hat gesagt, du würdest draußen warten«, sagte Miss Kelvin mit bebender Stimme. »Ich bin davon ausgegangen, wenn du nicht da wärest, würde sie schon wieder reinkommen.«

»Sie haben nicht nachgesehen?«

Miss Kelvin war den Tränen nah. »Auf dem Schulhof ist zu dem Zeitpunkt ziemlich was los, das weißt du doch. Es tut mir leid, aber es ist wirklich nicht meine Aufgabe. Ich habe dreißig Kinder in dieser Klasse.«

Tyler starrte sie an und fragte sich, wie alt sie war. Vielleicht ungefähr in Barrys Alter. Er versuchte, sich vorzustellen, wie sie und Barry sich unterhielten, aber er konnte zwischen ihnen keine Brücke schlagen, sie gehörten zu zwei verschiedenen Universen.

Miss Kelvin stellte den Stuhl ab und stand da, die Arme an den Seiten.

Tyler sah sich noch einmal um, versuchte nachzudenken. »Tut mir leid, ist allein meine Schuld.«

»Könnte sie nicht einfach nach Hause gegangen sein?«, meinte Miss Kelvin.

Tyler nickte, Bean war ein vernünftiges Kind, sie würde nie mit Fremden gehen. Er dachte an die Holts vor dem Krankenhaus. Deke hatte gesagt: »Pass auf deine Familie auf«. Eine halbe Stunde später war seine kleine Schwester verschwunden.

»Ja«, sagte er. »Sie ist wahrscheinlich auf dem Weg nach Hause.«

Hätte er doch nur vom Krankenhaus aus den anderen Weg genommen, dann wäre er ihr todsicher begegnet.

»Vielleicht ist ihre Mum sie abholen gekommen?«, mutmaßte Miss Kelvin.

Tyler stieß ein Lachen aus, stellte sich Angela in ihrem Krankenhausbett vor. »Nein.«

»Ist jemand zu Hause, wenn sie dort ankommt?«, fragte Miss Kelvin. So viele Fragen, und Tyler hatte keine Antworten.

»Ich sollte sie jetzt besser suchen gehen.«

Er war bereits halb aus der Tür, als Miss Kelvin ihm nachrief.

»Gib mir Bescheid, dass mit ihr alles in Ordnung ist.«

Er lief vom Schulhof, legte auf der Greendykes Road einen Zahn zu, das Gefälle beschleunigte ihn zusätzlich, seine Turnschuhe schlugen auf den Asphalt, Mütter mit kleinen Kindern starrten ihn an, als er vorbeiflitzte. Eine erkannte er, Aishas Mum mit ihrer Tochter, Händchen haltend, ihre Arme schwangen im Gleichtakt. Er wurde langsamer, als er sie erreichte.

»Aisha.«

Ihre Mum zuckte bei seiner Stimme zusammen, zog ihre Tochter dichter zu sich.

Er atmete schwer von der Anstrengung. »Habt ihr Bean gesehen? Bethany?«

Er sprach beide an, sah von einer zur anderen.

Aisha wirkte verwirrt. »Nach dem Unterricht nicht mehr.«

Er starrte ihre Mum an, der langsam dämmerte, dass er sie verloren hatte. »Tut mir leid, ich hab sie nicht gesehen. Kann ich dir irgendwie helfen?«

Tyler schluckte und schüttelte den Kopf. »Wenn Sie sie sehen, bringen Sie sie bitte nach Hause. Greendykes House.«

Er lief weiter, um das Baugelände herum, bis er schließlich vor dem Hochhaus stand. Sie wartete nicht davor. Sie hatte keine Schlüssel, aber möglicherweise hatte sie ja jemand hineingelassen.

Er ging rein und sprang in den Lift, versuchte, wieder zu Atem zu kommen, während die Kabine nach oben zuckelte, und war frustriert, weil er plötzlich zu Bewegungslosigkeit verurteilt war. Er platzte aus der Aufzugtür und rannte in die Wohnung, stürmte in jedes Zimmer, sah sogar unter den Betten nach, nirgends eine Spur von ihr. Er ging mit rasendem Herzen nach nebenan und hämmerte gegen die Tür. Lediglich die Hunde fingen an zu bellen, ansonsten keine Reaktion. Er schlug wieder gegen die Tür, aber das stachelte die Köter nur noch mehr auf. Immer noch keine Reaktion.

»Barry? Kelly?«

Sie konnte nicht dort drinnen sein, bestimmt nicht, es ergab keinen Sinn. Er überlegte, die Tür einzuschlagen, aber das war eine Schnapsidee. Er versuchte nachzudenken. Sie würde doch nicht bei einer Freundin sein, oder? Keine Mum würde sie mitnehmen, ohne etwas zu sagen. Vielleicht waren Barry oder Kelly mit ihr irgendwohin. Aber warum? Und die Holts konnten es auch nicht sein. Wenn die irgendwas wüssten, dann hätten sie Tyler vor dem Krankenhaus umgelegt. Die Hunde kratzten von innen an der Tür, geiferten und bellten und jaulten auf bei ihrer Balgerei. Er konnte nicht klar denken. Dann fiel der Groschen. Die Hunde.

Er rannte die Treppen hinunter und raste aus der Haustür, lief wieder, spürte die Nässe unter seinen Achseln, der Atem stach in seinen Lungen, wenn er gierig nach Luft schnappte, rannte wieder die Straße runter zu dem verlassenen Haus. Er schlug mit der Handfläche auf die Wand, als er hinter das Haus lief. Die Pappe befand sich noch im Fensterrahmen, was ihn die Stirn runzeln ließ. Er riss den Karton weg und schaute hinein. Zu dunkel, konnte nichts sehen, konnte gegen den Lärm seines Herzschlags und Atmens nichts hören.

»Bean?«

Er kletterte hinein, achtete sorgsam auf die Glassplitter im Rahmen und landete mit einem dumpfen Geräusch auf dem Boden. Eine Staubwolke hob sich. Er riss die Augen weit auf, um sie so schnell wie möglich auf die Dunkelheit einzustellen, dann entdeckte er Snook in der Ecke neben dem Hundekorb. Er hörte ein Winseln.

»Bean?«

Er ging hinüber, sah jetzt die Hündin und ihre Welpen deutlicher, aber von Bean keine Spur. Er beugte sich hinab und kraulte Snook hinter den Ohren. »Wo zum Teufel steckt sie?«

Er richtete sich auf und sah sich um. Ging zum Fenster und starrte hinaus über das Brachland auf der Rückseite der Burg.

Dann klingelte sein Handy.

Er schluckte, als er es aus der Tasche zog.

Auf dem Bildschirm der Deckname, den er zur Nummer von DI Pearce eingegeben hatte.

Er meldete sich. »Was ist?«

»Rat mal, wen ich hier bei mir habe?«, sagte Pearce.

»Sie Miststück«, fauchte Tyler. »Ich bin krank vor Sorgen.«

»Ihr geht's gut«, sagte Pearce. »Komm und wir trinken einen Kaffee zusammen.«

• • •

Der Starbucks im Fort Kinnaird war neu – dunkles Holz und unbequeme Plastikstühle, übertrieben fröhliches Personal, eine riesige Glasfront mit Blick auf einen Verkehrsstau und den Primark.

Pearce saß an einem Fenstertisch mit Bean, die einen sicher viel zu süßen Karamell-Milkshake halb geleert hatte. Sie grinste, als sie ihn sah, mit einem Schaumschnurrbart auf der Oberlippe. »Hi.«

Pearce warf ihm einen vielsagenden Blick zu, als er sich setzte.

»Was habe ich dir darüber gesagt, mit Fremden zu gehen?«, sagte Tyler zu Bean.

Sie runzelte die Stirn und saugte an ihrem Strohhalm. »Aber sie ist doch eine Polizistin. Sie hat mir ihre Marke gezeigt.«

Pearce hielt ihre geöffneten Hände vor sich. »Immer da, um zu helfen.«

»Was fällt Ihnen ein?«, fuhr Tyler sie an.

Pearce machte große Augen. »Was denn? War ein Glück, dass ich da war. Kein verantwortlicher Erwachsener war da, um sie von der Schule abzuholen. Sie hätte in alle möglichen Schwierigkeiten geraten können.«

Tyler schüttelte den Kopf. »Lassen Sie uns in Ruhe.«

Pearce beugte sich vor. »Das ist erst der Anfang. Ich will Barry.«

Bean spitzte die Ohren. »Was ist mit Barry?«

Tyler hob die Augenbrauen und sah sie an. »Nichts. Geh dir an der Theke eine Serviette holen, du hast überall Schaum im Gesicht.«

Sie nahm den Strohhalm aus dem Becher und saugte an ihm, als sie durch das Café bummelte.

»Sie sind gottverdammt unglaublich«, zischte Tyler.

»Gib mir, was ich haben will, und du bist in Sicherheit.«

»Sie können uns keine Sicherheit geben.«

»Die Polizei ist das Beste, was ihr kriegen könnt.«

»Das glauben Sie doch genauso wenig wie ich.«

Pearce lehnte sich zurück. »Vielleicht nehme ich dich jetzt sofort zum Verhör mit. Und sorge dafür, dass sich das Jugendamt um Bean kümmert.«

Tyler kniff die Augen zusammen. »Das würden Sie nicht wagen.«

»Ach, nein?«

»Sie sagen, Sie versuchen uns zu helfen, nur leider fühlt es sich nicht so an.«

Pearce zuckte mit den Achseln. »Ich kann nicht mehr tun, wenn du nicht kooperierst.«

Bean kam zurück, wischte sich mit einer Serviette übertrieben das Gesicht ab.

Tyler stand auf. »Komm jetzt, Bean, wir gehen.«

»Kann ich meinen Milkshake mitnehmen?«

Pearce nahm den Becher und gab ihn ihr. »Natürlich, Liebes. Pass gut auf deinen großen Bruder auf, hörst du?«

Tyler starrte sie einen Augenblick lang an, dann nahm er Beans Hand und ging.

• • •

Der Pappkarton steckte nicht im Fensterrahmen, Tyler hatte ihn in seiner Eile, zum Starbucks zu kommen, nicht wieder eingesetzt. Er hob Bean durch die Öffnung und setzte sie vorsichtig innen auf dem Boden ab, hörte Snook winseln.

Er sah sich um, atmete die frische Luft ein, dann zog er sich durch die Öffnung und ließ sich in die Dunkelheit fallen. Seine Augen brauchten einen Moment, um sich anzupassen. Bean lief hinüber und setzte sich neben Snook auf die Matratze, nahm einen der Welpen auf den Schoß und streichelte ihn.

»Bean?«

Er ging zu ihr. Sie schaute mit Tränen in den Augen auf. Auf ihrem Schoß lag der kranke Welpe, bewegungslos zu einer Kugel zusammengerollt.

»Sie ist tot«, flüsterte Bean fassungslos. »Peach ist tot.«

Snook winselte wieder und leckte den Welpen auf Beans Schoß, der nicht reagierte.

Die beiden anderen Welpen drängten sich nervös um ihre Mum, spürten, dass etwas nicht in Ordnung war.

»Warum ist sie gestorben?«, fragte Bean.

Tyler hockte sich neben sie und streichelte den Kopf des Welpen. Er fühlte sich bereits kalt an, oder doch zumindest nicht so warm wie ein lebendiges Ding. Er wischte Bean Tränen von der Wange.

»Wir hätten nichts tun können«, sagte er. »Manchmal sind die Kleinen einfach nicht stark genug.«

»Wir haben uns nicht gut genug um sie gekümmert«, sagte Bean mit harter Stimme.

»Nein«, sagte Tyler. »Es ist nicht unsere Schuld.«

»Dann ist es Snooks Schuld«, sagte Bean und starrte den Hund an. »Sie war keine gute Mum.«

Tyler legte eine Hand auf Beans Schulter. »Sieh mich an.« Er wartete, bis sie ihm fest in die Augen sah. »Niemand ist schuld. Snook ist eine gute Mum. Sieh dir nur die beiden anderen Welpen an, denen geht's doch prächtig, oder? Manchmal passieren solche Dinge. So ist das Leben.«

Bean starrte den toten Welpen auf ihrem Schoß an, rieb sein Ohr zwischen Daumen und Zeigefinger.

»Dann ist das Leben nicht fair«, sagte sie.

31

Snook schnüffelte zuerst alle Ecken des Wohnzimmers ab, dann ging's in die Kochnische, wo sie Toastkrümel vom Boden leckte. Sie tappte herum, nahm das neue Territorium unter die Lupe, während die beiden Welpen hinter und neben ihr her hopsten und sich dabei immer gegenseitig in die Quere kamen. Sie schienen gar nicht zu bemerken, dass der dritte fehlte. War es so einfach weiterzumachen?

Bean hatte darauf bestanden, Peach zu begraben, also war Tyler in den Schrebergarten hinter den Hochhäusern gegangen, in einen Schuppen eingebrochen, um eine Schaufel zu besorgen, und dann abseits der Reihen mit Stangenbohnen und Zwiebeln ein Loch zu graben. Dort hob er Peach hinein, sprach ein paar Worte über den Hundehimmel, und Bean legte ein Polaroidfoto von Snook auf den kleinen Körper. Tyler begann zu schaufeln. Bean stand teilnahmslos da und starrte in das Loch, als Erde auf Peachs Fell fiel.

Bean hatte außerdem darauf bestanden, dass sie Snook und die Welpen mit in die Wohnung nahmen, um sie besser im Auge behalten zu können. Als sie aus dem Aufzug in den Korridor traten, waren Ant und Dec in der anderen Wohnung durchgedreht, bellten und knurrten und kratzten an der Tür, was zur Folge hatte, dass Snook sich in die gegenüberliegende Ecke verkroch. Tyler rechnete damit, dass Barry herausgerannt kam und womöglich seinen Hunden erlaubte, über sie herzufallen, doch die Tür blieb zu.

Tyler hob Snook auf die Arme und brachte sie rein, Mario und Luigi tapsten hinterher. Sie waren zu jung und unerfahren, um die hinter der anderen Tür lauernde Gefahr richtig einzuschätzen, wedelten angesichts des neuen Abenteuers nur aufgeregt mit den Schwänzen.

Bean warf mehrere Kissen vom Sofa auf den Boden, baute ein Nest, in dem Snook sich niederlassen konnte, was sie auch tat, nachdem sie mehrere Runden durch den Raum gedreht hatte. Tyler stellte Futter und Wasser für sie heraus und sie fraß gierig, schlang große Happen herunter und hob zwischendurch immer wieder den Kopf. Sie legte sich ab, woraufhin die Welpen sofort zu nuckeln begannen, die jetzt auch mehr Platz hatten, wo sie nur noch zu zweit waren. Die Natur konnte brutal sein.

Tyler schaltete den Fernseher ein und Bean ließ sich aufs Sofa plumpsen.

»Ist Mum im Bett?«, fragte sie.

Tyler massierte sich die Stirn. »Nein, sie ist im Krankenhaus.«

Bean nahm den Blick vom Bildschirm, Licht flackerte über ihr Gesicht. »Ist sie krank?«

»Ja, sie ist sehr krank.«

Darüber dachte Bean eine lange Zeit nach. »Ist es wegen Drogen?«

»Was weißt du über Drogen?«

»Wir haben alles darüber in der Schule gelernt. Dass sie wirklich schlimm sind und einen sehr krank machen können.«

»Stimmt.«

»Ich versteh das nicht«, sagte Bean. »Warum tut man was, das einen krank macht?«

Wie sollte man das erklären? Er fragte sich, ob er nicht einfach stumm bleiben könnte, ob sie abgelenkt genug wäre, aber sie sah ihn nach einer Antwort suchend an.

»Und?«

»Es ist kompliziert«, setzte Tyler an. »Wenn man traurig ist, machen Drogen manchmal, dass man sich besser fühlt, aber nur für kurze Zeit, und dann fühlt man sich noch mieser.«

Bean presste die Lippen aufeinander. »Das ist dumm.«

Tyler sah auf den Bildschirm. Es war eine Knetfigurenanimation über ein paar Kids, die irgendwie alle ihre Körper getauscht hatten. Wenn's doch nur so einfach wäre, Leben zu wechseln.

»Es ist ziemlich dumm«, sagte er.

»Und Mum ist auch dumm.«

»Hey!«, sagte Tyler.

Sein scharfer Ton ließ sie zusammenzucken.

»Red nicht so über Mum«, sagte Tyler. »Es ist nicht ihre Schuld. Manche Leute sind einfach nicht so stark wie andere, die können nichts dafür!«

Bean starrte ihn an, dann fiel ihr Blick auf Snook und die Welpen. »Wie Peach?«

»Wie Peach.«

»Sind wir stark?«, fragte Bean.

»Ja, wir sind stark.«

Wieder Stille, Bean dachte nach. »Wird Mum sterben?«

Tyler wartete einen Moment, bevor er antwortete. »Nein, sie wird nicht sterben.«

»Versprochen?«

Tyler seufzte und zog an ihrem Ohrläppchen.

»Sieh du dir jetzt mal deinen Film an«, sagte er, »und ich mach uns was zu essen.«

• • •

Es war eine beißend kalte wolkenlose Nacht, Sterne funkelten wie über die Schwärze verteilter Glitzerkleber. Tyler spürte Beans Wärme an seiner Brust und auf seinem Schoß. Sie hatten sich in eine Decke gemummelt, während Tyler die Geschichte noch einmal erzählte, wobei er diesmal Bean Girl noch mehr Superkräfte als gewöhnlich verlieh, während sie gegen all die bösen Monster von Niddrieville kämpfte und sie besiegte. Er streifte nur die

Stelle, bei der Angela erwähnt wurde, die sie zur Welt brachte. Sie konnten von hier aus das Krankenhaus in der Ferne leuchten sehen, pulsierend vor Leben, und er dachte an Monica, die ebenfalls dort war und gesund zu werden versuchte, wozu sie ihre ganze Kraft einsetzte. Er fragte sich, ob Angela wohl schon wieder zu sich gekommen war, ob sie gerade einen Entzug durchmachte. Er fragte sich, ob sie ihr wohl irgendwas gaben, um ihr zu erleichtern, was immer sie durchmachte.

Weiter unten griffen die Lichter auf der Baustelle zum Himmel wie kleine Finger, die versuchten, Zwiesprache mit Gott zu halten. Als gäbe es da oben einen großen Typen, der alles auflösen konnte, nur mit der Hand wedeln musste, und all der Schmerz und das Leid der Welt würden verschwinden.

Tyler baute einen Hund als Kumpel in die Geschichte ein, Bean Girl wurde bei ihren Abenteuern jetzt von Little Peach unterstützt, ihrem getreuen Hundebaby, das sie aus Schwierigkeiten befreite, wenn sie es allein nicht schaffte, damit die Situation mehr als nur einmal rettete und dafür mit gigantischen Umarmungen und Hundeleckerchen belohnt wurde.

Die Metalltür des Aufstiegs wurde aufgestoßen, ein entsetzliches Scheppern in der Dunkelheit, und Tyler spürte, wie Bean in seinen Armen zusammenzuckte.

»Verfickte Scheiße«, tobte Barry, polterte durch die Tür und kam zu ihnen herübergeschlurft.

Tyler zog Bean dichter an sich, ein geheimes Signal unter der Decke. Er rieb ihre Hände, verschränkte dann seine Finger mit ihren.

»Was macht ihr Arschlöcher eigentlich hier oben?«, schimpfte Barry, als er auf sie zutorkelte.

Tyler versuchte, ganz normal zu atmen, damit Bean keine Angst bekam. Er sagte nichts.

Jetzt war Barry bei ihnen, ragte über ihnen auf.

»Ich hab dir 'ne Scheißfrage gestellt.«

Tyler roch den Whisky in Barrys Atem und seinen Schweiß, irgendwie chemisch, wieder mit Koks zugedröhnt. Er drückte wieder Beans Hand. »Erzähl ihr nur 'ne Gutenachtgeschichte, das ist alles.«

»Hier oben?«

Bean rührte sich auf Tylers Schoß. »Mir gefällt's hier oben.«

Es schien Barry zu verwirren, dass Bean gesprochen hatte, und er starrte sie an. Tyler spürte, wie sie sich anspannte. Barry schüttelte den Kopf, als versuchte er, einen klaren Gedanken zu fassen.

»Was zum Teufel ist mit den Hunden da unten los?«, fragte er. »Habt ihr jetzt 'n Zwinger aufgemacht, oder was?«

Tyler brauchte einen Moment, bis er kapierte. Snook und die Welpen.

»Wir haben sie gefunden«, sagte er.

»Straßenköter? Seid ihr total bescheuert? Räudige kleine Scheißer voller Keime und Krankheiten!«

Tyler spürte, wie Bean sich räusperte.

»Das sind meine Haustiere«, sagte sie.

Barry starrte sie wieder an, als könnte er nicht glauben, dass sie real war. »Schafft sie weg. Falls nicht, verfüttere ich sie an Ant und Dec, die überstehen keine verkackte Minute mit zwei anständigen Hunden.«

»Hunde sollten nicht gegeneinander kämpfen«, sagte Bean.

Barry ignorierte sie und wandte sich an Tyler. »Ich glaube, die haben uns fast.«

»Die Holts?«

»Was denkst du denn?«

»Wie?«

»Ich war gerade mit Gerry aus Mussy im Casino. Er sagt, Wee Sam wär aus der Werkstatt verschwunden.«

»Und?«

»Also haben die Holts entweder das Auto gefunden und zu ihm zurückverfolgt oder er hat uns verpfiffen und ist abgetaucht. So oder so sind wir am Arsch.«

»Was meint Kelly?«

»Ich kann sie nicht finden. Hast du sie gesehen?«

Tyler schüttelte den Kopf und spürte, wie Bean sich auf seinem Schoß aufrichtete.

»Mum ist im Krankenhaus«, sagte sie zu Barry.

Einen Augenblick schien er verwirrt. »Ich hab größere Probleme als diese Junkienutte.«

»Du bist nicht nett«, sagte Bean.

Barry beugte sich vor und zog seinen Handrücken quer über Beans Gesicht, stieß sie von Tylers Knien auf den rauen Boden. Tyler sprang auf und ging zu ihr, berührte ihren Arm, wie sie dort lag, ganz still. Dann kamen die Tränen, stiegen in ihren Augen auf, und ein Klagelaut löste sich aus ihrer Kehle und trieb in die Nacht hinaus. Barrys Siegelring hatte sie an der Wange verletzt, und darüber begann ihr Auge bereits dunkelrot anzuschwellen, als das Blut sich unter der Oberfläche sammelte.

»Halt dein verficktes Maul«, fluchte Barry. »Ich hab dich ja kaum berührt.«

Tyler blickte auf. »Du hast ihr das Gesicht aufgeschnitten. Ihr Auge ist blutunterlaufen.«

»Sie muss härter werden.«

Tyler stand auf. »Rühr sie nie wieder an.«

Barry schwankte, hob die Augenbrauen. »Oder was, Arschloch?«

»Ich bring dich um.«

Barry breitete die Arme aus. »Das möcht ich ja mal sehen.«

Tyler stürzte sich auf ihn und verpasste ihm einen Stoß gegen die Brust. Barrys Bewegungen waren schwerfällig und er bekam den Schlag voll ab, torkelte ein paar Schritte zurück, bis er kurz vor der Dachkante stand. Tyler stieß wieder zu, hatte diesmal aber keinen Anlauf, daher war keine Kraft dahinter. Barry hatte das Gleichgewicht wiedergefunden und wich weit genug aus, dass der Schlag ihn nur streifte. Als Tylers Hand an ihm vorbeizischte, packte er sein Handgelenk und hielt es fest, verdrehte es, bis ein stechender Schmerz durch Tylers Arm schoss. Er zuckte und krümmte sich, Barry drehte seinen Arm weiter, bis Tyler sich umdrehen und in die Knie gehen musste, dann verpasste Barry ihm Handkantenschläge auf die Nieren und ins Genick, zog an Tylers Haaren, riss ihm den Kopf nach hinten, als wäre er der Verlierer bei einem drittklassigen Wrestlingkampf.

»Du mieses kleines Dreckstück«, knurrte Barry und zog Tylers Arm weiter auf seinen Rücken, bis Tyler meinte, er würde ihm die Schulter auskugeln, so heftig war der Schmerz. Irgendwie dämmerte ihm dann durch all die Qualen, dass sein anderer Arm noch frei war, also wirbelte er seinen Ellbogen herum und erwischte Barry so brutal am Ohr, dass er ihn loslassen musste. Tyler kam schwankend herum und holte zu einem Haken auf Barrys Kinn aus. Er traf, aber Barry zuckte nicht mal, seine Halsmuskulatur spannte sich an, als er selbst eine Gerade abschoss. Tyler duckte sich weg, aber nicht weit genug, und der Schlag erwischte ihn an der Schläfe. Schwarze Blitze zuckten über sein Blickfeld. Er ging in die Hocke und warf sich auf Barrys Bauch, schlug ihm mit dem Kopf die Luft aus dem Leib, während beide nach hinten torkelten. Barry verlor den Halt und brach zusammen, Tyler fiel auf ihn, beide lagen jetzt dicht am Rand des Dachs, fünfzehn Stockwerke Leere bis zum Gehweg.

Barry wuchtete Tyler weg, drosch wie ein Irrer um sich, als Tyler versuchte, seine Handgelenke festzuhalten. Barry bekam ein Bein frei und vergrub seinen Schuhabsatz in Tylers Kniekehle, was Tyler laut aufschreien und seinen Griff lockern ließ, dann schlug Barry ihm die Faust mit einer Linken voll ins Gesicht, sein Kiefer klapperte, ihm wurde schwindelig. Barry hob Tyler noch einmal an und rollte sich seitlich weg, und schon lag er auf Tyler, dann erhob er sich schwankend, zerrte Tyler am T-Shirt über die Dachkante, hielt ihn dort, seinen Kopf zurückhängend, ein heftiger Aufwind spielte mit Tylers Haaren. Barry spuckte Tyler ins Gesicht, ließ ihn zusammenzucken, löste eine Hand von Tylers Shirt, um ihm eine Ohrfeige zu verpassen. Tyler hatte keine Kraft mehr, war geschlagen, und er fragte sich, wer sich wohl um Bean kümmerte, wenn er tot war. Er versuchte, zu der Stelle zu schauen, wo sie war, konnte sie aber nicht sehen.

»Du verficktes kleines Arschloch«, zischte Barry. »Nach allem, was ich für dich getan hab. Für euch beide. Ich hab dich großgezogen, als es diese Junkieschlampe nicht auf die Reihe gekriegt hat, und das ist der Dank dafür.«

Tyler fiel nichts ein, was er darauf antworten konnte und brachte seinen Mund ohnehin nicht dazu, sich zu bewegen.

»Tu's nicht!« Das war Bean, die jetzt Barrys Arm umklammerte und versuchte, ihn von Tyler fortzuziehen. Barry schlug sie weg, sodass sie rückwärts taumelte und mit einem Wimmern wieder auf den Boden stürzte.

Barry starrte Tyler an und schien durch den Koksnebel hindurch über seine Optionen nachzudenken.

»Ich sollte einfach loslassen«, sagte er. »Dich über die Kante schmeißen.«

Tyler hörte Beans Schluchzen und wollte sie trösten.

»Barry, wir sind eine Familie«, presste er mühsam hervor. »Familien halten zusammen.«

Einen langen Moment schwieg Barry. Tyler versuchte herauszufinden, was wohl gerade in seinem Kopf vorging. Das mit der Familie war natürlich Quatsch, aber irgendwie glaubte Barry doch daran, trotz seiner Einstellung zu Angela. Irgendein Scheiß von wegen Gemeinschaft, ein Rückgriff auf die gute alte Zeit, die es nie gegeben hatte.

Schließlich schüttelte Barry den Kopf. »Ich hab echt keine Zeit für so was.«

Er ließ das Shirt los und Tylers Kopf fiel zurück über die Kante. Er strampelte, bis er von der Dachkante weg war, und rang verzweifelt nach Luft.

Barry streckte den Rücken durch und stand breitbeinig da, kam langsam wieder zu Atem. Er strich sich mit einer Hand über den Kopf und sah von Tyler zu Bean, die beide auf dem Boden kauerten.

»Falls ihr was von Kelly hört, gebt mir Bescheid«, sagte er im Gehen. »Und schafft diese Hunde weg, andernfalls bring ich sie um.«

32

Bean stopfte Panda in die Reisetasche, die Tyler mitten in ihrem Zimmer auf den Boden geworfen hatte. Sie packte andere Sachen hinein, den Behälter mit Glibberschleim, den eine Freundin auf der Schule für sie gemacht hatte, ein paar billige Plastikkettchen, ein unpassendes Make-up-Set, das Tyler aus dem Zimmer eines Teenagers in Comiston gestohlen hatte. Sie legte die Polaroidkamera, ihren Stapel Fotos und den verbliebenen Film in die Tasche. Tyler durchforstete Beans Schubladen, zog Schlafanzüge, Kleider für die Schule, Unterwäsche, Leggings und Tops heraus.

»Wohin gehen wir?«, fragte sie bereits zum dritten Mal.

»Zu einer Freundin, hab ich doch schon mal gesagt.«

»Zu welcher Freundin?«

»Du kennst sie nicht.«

»Hast du eine richtige Freundin?«

»Ein Mädchen, das eine Freundin ist.«

»Ist das denn keine richtige Freundin?«

»Nein.«

Er ging in sein Zimmer und warf ein paar Kleidungsstücke hinein, dann weiter ins Bad, um ihre Zahnbürsten und die Zahncreme zu holen, das Duschgel. Er kehrte in sein Zimmer zurück und wühlte unter der Matratze, zog das kleine Geldbündel heraus, das er dort versteckt hatte, verstaute es in einer Socke ganz unten in der Tasche.

Sein Telefon summte. Sie war unten. Er warf einen Blick aus dem Fenster, aber sie hatte um die Ecke geparkt, wie er sie gebeten hatte. Er konnte weder sie noch das Auto sehen, was bedeutete, dass Barry hoffentlich auch nichts sah.

Er ging zurück ins Wohnzimmer, wo Bean einen der Welpen streichelte.

»Schuhe an«, sagte er.

Sie schlenderte in den Flur und kam zurück, fummelte an ihnen herum.

»Bind du sie mir zu«, sagte sie.

Er seufzte. »Du musst das langsam lernen. Ich werde nicht immer da sein, um dir die Schuhe zuzubinden.«

Sofort bedauerte er, das gesagt zu haben, wenn er daran dachte, was gerade erst passiert war. Das Adrenalin und der Schock ließen ihn immer noch am ganzen Körper zittern. Er versuchte, seine Stimme ruhig zu halten.

»Also, du hast jetzt einen ganz wichtigen Job«, sagte er. »Du musst dafür sorgen, dass die Hundebabys still sind, okay? Gleich, wenn wir gehen.«

Sie nickte ernst. »Mach ich.«

»Gut.«

Er sah sich um, ging in Beans Zimmer, leerte eine Plastikkiste mit kaputtem, altem Spielzeug aus und nahm sie mit. Die Seitenwände waren hoch genug, dass die Welpen nicht hinausklettern konnten.

»Setz sie hier rein«, sagte er und gab ihr die Kiste.

Sie machte es sorgfältig, wobei Snook um sie herumschnüffelte.

Tyler schaute in den Speiseschrank der kleinen Küche, aber da war nichts, das sich mitzunehmen lohnte. Er zog eine Schublade auf und nahm das schärfste Messer heraus, schob es durch eine Gürtelschlaufe seiner Jeans. Er holte die Reisetasche, zog den Reißverschluss zu und warf sie sich über die Schulter. Als er in den Flur kam, hatte Bean bereits ihre Jacke angezogen und wartete auf ihn, die Welpen waren in der Kiste, Snook neben ihr.

Er lächelte. »Bereit?«

Sie nickte.

»Wir müssen superleise sein, okay? Barry darf nicht mitbekommen, dass wir gehen.«

»Ich weiß.«

»Das gilt auch für die Hunde. Wenn Ant und Dec sie hören, schlagen sie sofort an.«

Bean warf einen besorgten Blick auf die Welpen.

»Wir gehen die Treppen runter. Wir können nicht auf den Aufzug warten. Bereit?«

»Hast du schon mal gefragt.«

»Okay.«

Er drehte an der Verriegelung und öffnete die Tür langsam. Steckte von außen seinen Schlüssel ins Schloss, damit er sie lautlos schließen konnte. Er schob Bean auf den Korridor und nahm Snook auf den Arm. Sie war leichter, als er dachte. Bean überquerte den Flur zum Treppenhaus, die Welpen schnupperten in der neuen Umgebung. Mit Snook auf den Armen und der Reisetasche auf dem Rücken war es schwer, den Schlüssel im Schloss zu drehen und die Tür zuzuziehen. Er ließ nicht locker, und schließlich schloss sie sich lautlos. Er steckte den Schlüssel in seine Tasche.

Einer der Welpen fiepte leise, die Nase über dem Rand der Kiste, suchte seine Mum. Bean reagierte sofort und neigte die Kiste ein wenig, damit er Snook auf Tylers Armen sehen konnte. Der Kleine japste und hechelte, wedelte mit dem Schwanz über den Kunststoff der Kiste hinweg. Tyler sah zu Barrys Wohnungstür hinüber, drehte sich um und folgte Bean, während Snook auf seinen Armen zappelte, dann hatte er die Tür auf und sie waren beide auf dem hallenden Beton des Treppenhauses. Die Tür hatte einen gedämpften Schließmechanismus, Tyler versuchte, sie so leise wie möglich zuzuziehen, aber es ging nur langsam. Sie war noch nicht ganz zu, als einer der Welpen kläffte, ein Geräusch, das im Treppenhaus nachhallte wie ein Kanonenschuss.

Eine Sekunde Stille, dann hörte Tyler Barrys Hunde bellen und in ihrem Flur herumpoltern.

Er zog die Tür zu und drehte sich um.

»Geh«, sagte er und schob Bean Richtung Stufen.

Er überholte sie und musste immer wieder stehen bleiben, damit sie aufholen konnte. Er schaute nach oben, rechnete damit, dass die Tür aufschwang und Barrys Stimme zu ihnen herunterbrüllte oder das Trappeln von Pfoten auf Beton zu hören war. Aber nichts passierte. Als sie nur noch wenige Etagen vor sich hatten, stellte er sich vor, dass Barry mit Ant und Dec den Aufzug genommen hatte, schon auf sie warten würde, wenn sie unten ankamen. Mit klopfendem Herzen öffnete er die Tür in den Eingangsbereich. Leer.

Vor der Tür stand Flick, lehnte an der Wand und rauchte, als wartete sie auf ihr Date. Sie sah ihn, drückte die Zigarette aus und lächelte. Als sie Bean mit der Kiste und den Welpen erblickte, wurde das Lächeln breiter. Sie hielt den beiden mit einer übertriebenen Verbeugung die Tür des Hochhauses auf.

»Ihr Wagen wartet«, verkündete sie.

• • •

Bean sah winzig aus in Flicks Doppelbett. Die Augen fielen ihr fast zu vor Müdigkeit, aber sie lächelte, als sie einen knuddeligen Elefanten umarmte, den Flick ihr gegeben hatte. Durch die weißen Laken auf dem Bett und den eleganten Nachttisch mit der Lampe darauf fühlte es sich an wie in einem Hotel. Snook und die Welpen kuschelten sich in einer Ecke des Zimmers zusammen, unter ihnen Zeitungen auf dem Holzparkett. Tyler sagte, sie sollten in der Küche bleiben, aber Bean beharrte darauf, sie nicht mehr aus den Augen zu lassen, und Flick war es egal.

Es war bereits nach Mitternacht, weit nach Beans normaler Schlafenszeit. Sie hatte alles gut weggesteckt. Sie befanden sich jetzt in einem fremden neuen Haus und sie hatte nur einen Teil ihrer Sachen dabei, aber sie hatte Flick sofort ins Herz geschlossen, ihr glänzendes Haar, ihr großes Lächeln, ihr selbstbewusstes Auftreten. Bean hatte darauf bestanden, mit ihrer Polaroid ein Foto von ihr zu machen, und jetzt lag die Aufnahme oben auf dem Stapel neben ihrem Bett. Tyler warf einen kurzen Blick darauf und erkannte, dass Flick für Bean überirdisch erscheinen musste, eine Besucherin von einem anderen Planeten. Auf ihn wirkte sie genauso.

Bean nickte ein, konnte die Augen nicht länger offen halten.

»Was ist, wenn ich Albträume kriege?« Ihre Worte gingen ineinander über.

»Wirst du nicht. In diesem Haus gibt's nur gute Träume.«

»Aber wenn doch? Wo bist du dann?«

Tyler zeigte zur Tür. »In dem anderen Zimmer, wo ich's dir gezeigt hab.«

»Wird Flick auch dort sein? Bleibt sie hier?«

»Ich weiß nicht«, sagte Tyler. »Und jetzt schlaf.«

»Gehe ich morgen zur Schule?«

»Natürlich«, sagte Tyler. »Warum solltest du nicht?«

Beans Zungenspitze tauchte zwischen ihren Lippen auf. »Als Grace in ein neues Haus umgezogen ist, ist sie auf eine andere Schule gegangen, weißt du noch?«

Tyler berührte ihre Wange. »Wir ziehen nicht um, und du wechselst auch nicht die Schule.«

»Gut.« Bean drehte ihren Kopf ein wenig. »Wo ist noch mal die Toilette?«

»Am Ende des Flurs. Da warst du doch gerade.«

»Ach ja.« Sie öffnete ihren einen freien Arm. »Knutschen und küssen.«

Er umarmte und küsste sie, dann zog sie Nellie, den Elefanten, dichter an ihre Brust und drehte sich um.

Tyler warf einen Blick auf die Weltkarte an der Wand, dachte über Entfernungen nach, dann ging er hinüber zum Schlafzimmer von Flicks Eltern. Flick saß mit einem großen Glas Weißwein auf dem Bett und blätterte in einem Reiseführer von New York.

»Warst du da schon mal?«, fragte Tyler und sah das Buch an.

Sie nickte. »Ist gar nicht so toll.«

»Ich würde sehr gern mal hin.«

»Ich nehme dich mit.«

»Du hast schon genug für uns getan.«

Flick deutete in die Richtung von Beans Zimmer. »Mit ihr alles okay?«

»Wird schon.«

»Sie ist ein nettes Mädchen.«

»Ja.«

»Sie ist ein echter Glückspilz, dich als großen Bruder zu haben.«

»Ich weiß nicht so recht.«

»Natürlich ist sie das!« Flick klopfte neben sich aufs Bett, und er setzte sich zu ihr.

Sie schwiegen eine ganze Weile. Tyler war sich bewusst, dass sie ihn musterte, nach etwas suchte.

»Ich schulde dir eine Erklärung«, sagte er schließlich.

Sie nippte an ihrem Wein. »Du schuldest mir gar nichts.«

»Doch, tue ich. Du kennst mich kaum.«

»Ich kenne dich gut genug.«

Tyler deutete mit einer Hand auf den Raum, auf die teure Hartholzkommode, die Matratze aus Memoryschaum, den Schreibtisch vor dem Fenster.

»Dass du uns hier übernachten lässt«, sagte Tyler, »bedeutet mir wirklich sehr viel.«

Flick zuckte mit den Achseln. »Das Haus steht doch leer. Echt kein Ding.«

Tyler ließ den Kopf hängen, dachte an Monica und Angela in ihren Krankenhausbetten.

»Es war dort nicht sicher für uns.« Er schwieg eine lange Weile. »Wegen Barry. Ich habe sie immer so gut ich konnte vor ihm beschützt, aber in letzter Zeit ist es schlimmer geworden. Viel schlimmer.«

»Hat er ihr etwas angetan?«, fragte Flick.

»Heute Abend zum ersten Mal, ja. Ich hab mir geschworen, wenn er sie jemals anrührt, dann würde ich sie von dort wegbringen. Ich kann sie nicht beschützen.«

Flick legte eine Hand auf seine, und er schaute auf.

»Aber du beschützt sie doch«, sagte sie.

»Vielleicht hole ich nur den Ärger in dein Haus.«

Flick rieb seinen Handrücken, dann deutete sie auf sein blaues Auge. »War er das?«

»Ja.«

»Hat er das schon mal gemacht?«

Ein sarkastisches Lachen löste sich aus Tylers Mund. »Nur ein bisschen.«

Flick trank einen Schluck Wein, saugte dann an ihren Zähnen. »Du solltest das der Polizei melden.«

»Kann ich nicht.«

»Warum nicht?«

»Er würde mich umbringen. Und Bean dazu.«

»Dazu würde er gar keine Gelegenheit bekommen.«

»Du kennst ihn nicht.«

Flick seufzte. »Du kannst nicht für immer hierbleiben.«

Tyler reckte das Kinn, fühlte sich plötzlich sehr erschöpft. »Ich brauch nur etwas Zeit, um mir einen Plan auszudenken.«

Flick betrachtete ein Foto an der Wand, ihre Mum und ihr Dad sahen betreten aus. »Wie geht's deiner Mum?«

»Keine Veränderung, soweit ich weiß. Ich bin um drei gegangen, seitdem haben sie sich nicht bei mir gemeldet. Gut möglich, dass sie inzwischen wieder zu sich gekommen ist. Ob die einen wohl anrufen, wenn Patienten aufwachen?«

»Keine Ahnung.«

Flick trank einen letzten Schluck von ihrem Wein und stellte das Glas dann auf den Nachttisch. Etwas kam Tyler in den Kopf, etwas, das Bean gefragt hatte. »Musst du zurück nach Inveresk?«

Sie dachte einen Moment darüber nach. »Ich glaub nicht, nein. Die Mädchen werden mich decken.«

»Es scheint überhaupt kein Problem für dich zu sein, in deinem Internat zu kommen und zu gehen, wann du willst.«

Flick hob die Augenbrauen. »Die machen den Fehler, uns wie Erwachsene zu behandeln. Solange ich am frühen Morgen zurück bin, ist alles bestens.«

Tyler konnte gegen das Lächeln nichts machen.

»Aber komm jetzt nicht auf komische Ideen«, meinte sie lachend. »So ein Mädchen bin ich nicht.«

»Hätte ich nie gedacht.«

Eine weitere Welle der Erschöpfung überrollte ihn und er spürte, wie seine Lider schwer wurden. »Ich muss schlafen.«

»Dann ab unter die Decke.«

Er sah sie einen Moment an, dann schüttelte er seine Schuhe ab. Er schlug das Laken zurück und glitt vollständig bekleidet darunter. Das Gleiche machte sie auf ihrer Seite, rutschte dann zu ihm rüber und nahm ihn in die Arme. Die Wärme ihres Körpers und ihr Duft umhüllten ihn, und er begann einzuschlafen.

»Soll ich das Licht ausmachen?«, fragte sie.

Er war fast schon weg.

»Lass es an«, antwortete er. »Falls Bean kommt. Sie fürchtet sich vor der Dunkelheit.«

• • •

Das Geräusch zerbrechenden Glases weckte ihn.

Er setzte sich im Bett auf und schaute sich um. Flick neben ihm schlief tief und fest, beim Atmen machte sie leise Geräusche in der Nase. Er schlug die Bettdecke zurück und ging mit großen Schritten in das andere Schlafzimmer. Bean lag ausgestreckt da, die Arme weit ausgebreitet, als erwartete sie, gedrückt zu werden, das Gesicht offen und entspannt. Er hob ihre Bettdecke vom Boden auf und warf sie über sie.

Vielleicht hatte er es sich nur eingebildet.

Dann hörte er von unten einen dumpfen Schlag. Er kannte dieses Geräusch, als ob jemand durch ein eingeschlagenes Fenster gestiegen wäre. Er sah sich in Beans Zimmer nach etwas Schwerem um, etwas, mit dem er gut ausholen konnte. Entdeckte nichts. Er meinte, das Knirschen von zerbrochenem Glas unter einem Fuß zu hören. Wie oft hatte er dieses Geräusch schon gehört, in all den Häusern, die auszurauben er Barry und Kelly geholfen hatte. Er fragte sich, ob sie das wohl waren, ob sie ihm irgendwie gefolgt waren. Oder vielleicht die Holts, die ihn am Ende gefunden hatten.

Er öffnete die oberste Schublade einer Kommode und fand ein Bastelset mit Schere. Die nahm er heraus, umklammerte sie in der Faust und verließ das Zimmer. Blieb am Kopfende der Treppe stehen, lauschte. Fragte sich, ob er wohl leise genug nach unten gehen könnte, um es in die Küche zu schaffen und sich ein richtiges Messer zu holen. Blöderweise hatte er das Messer, das er mitgebracht hatte, unten gelassen.

Er setzte sich in Bewegung und hörte weitere Geräusche aus dem Wohnzimmer. Jemand fluchte leise. Er war jetzt halb die Treppe runter, seine Hand um die Schere war feucht, seine Beine zitterten, als er versuchte, tief Luft zu holen. Mehrere Augenblicke folgte kein weiterer Laut, er hatte nur seinen eigenen Herzschlag in den Ohren und das kaum vernehmbare Knarren der Stufen unter seinen Füßen. Er hatte mal irgendwo gelesen, dass es weniger Geräusche machte, wenn man auf die Kante der Stufen trat statt auf die Mitte, aber funktioniert hatte es bei keinem der Brüche, an denen er beteiligt gewesen war. Aber er versuchte es trotzdem, hielt sich dicht an der Wand, als er nach unten schlich, bis er schließlich im Erdgeschoss war, sich bereit machte, sein Gewicht spürte, seine Balance und Haltung.

Er hörte einen weiteren dumpfen Schlag, vielleicht jemand, der im Dunkeln gegen ein Möbelstück stieß. Er machte ein paar Schritte Richtung Küche, fort vom Wohnzimmer, sah beim Gehen immer wieder über die Schulter zurück und schaffte es bis zur Küchentür.

»Was zum Teufel machst du hier?«

Er spürte, wie sich eine Last von ihm hob, als er die Stimme erkannte. Weder Barry noch Deke, sondern Will, dieser vornehme Schnösel.

Er drehte sich um. »Ich übernachte hier.«

Will war skeptisch. »Vögelst du Flick?«

Tyler senkte die Hand mit der Schere ein wenig und spürte, wie er sich entspannte. »Ich brauchte nur eine Bude, wo ich eine Weile pennen kann.«

Will machte einen Schritt auf ihn zu. »Du und Flick – ihr seid jetzt Superfreunde, was?«

»Sie hilft mir.« Tyler runzelte die Stirn, als Will weitere zwei Schritte machte. »Aber was hast du hier zu suchen?«

Will wirkte selbstgefällig. »Ich räche mich nur.«

Tyler sah ihn an, dann an ihm vorbei in die Dunkelheit, zu dem schwachen Licht vom oberen Treppenabsatz, das in Streifen durchs Geländer schien. »Du hättest jederzeit ein Fenster einschlagen können. Warum kommst du nachts, besonders, wo Flick hier ist?«

Will kam noch näher. »Du hast eine schmutzige Fantasie. Ich bin keine Sexbestie.«

Tyler verstärkte den Griff um die Schere und hob sie einige Zentimeter. »Ich hab gesehen, wie du sie das letzte Mal sexuell belästigt hast.«

Will taxierte ihn von oben bis unten. »Wie alt bist du? Sie könnte ja fast deine Mutter sein.«

»Mein Alter spielt hier keine Rolle.«

Will schüttelte den Kopf. Noch ein Schritt. »Du hast doch überhaupt keine Ahnung von Frauen.«

»Gleich erzählst du mir wahrscheinlich noch, dass sie ›Ja‹ meinen, wenn sie ›Nein‹ sagen.«

Will hob die Schultern wie ein Mafiaschläger. »Ist ja auch so.«

Er blickte auf die Schere, als er einen weiteren Schritt machte. Er war jetzt nur noch knapp zwei Meter entfernt, bewegte sich ruhig und geschmeidig. »Was hast du damit vor? Das wäre versuchter Mord.«

Tyler versuchte, die Hand ruhig zu halten. »Notwehr. Angemessene Gewalt. Du bist unerlaubt hier eingedrungen.«

»Hör sich einer den Herrn Anwalt an.« Will dachte einen Moment nach. »Du hast schon mal vor einem Richter gestanden, stimmt's?«

Noch ein Schritt.

»Bleib da stehen«, sagte Tyler.

Will stürzte sich auf Tyler, schlug die Hand mit der Schere fort, sodass diese über den Küchenboden schepperte. Er rammte die Schulter gegen Tylers Brust, raubte ihm die Luft, als sie beide in die Küche taumelten, Tyler mit dem Rücken gegen die Arbeitsfläche der Kücheninsel krachte, Will auf ihm, einen Unterarm über dem Hals, die andere Faust in Tylers Bauch gerammt. Tyler keuchte und versuchte zu atmen, während Will gegen sein Knie trat, mehr Schmerz, als Tyler sich nach irgendetwas umschaute, das ihm helfen konnte. Will war größer und um einiges schwerer als er, vermutlich Rugbyspieler und von daher gewohnt, blockende große

Jungs aus dem Weg zu räumen, sein Gewicht einzusetzen. Tyler sah einen Block voller teurer Messer, aber der stand auf der anderen Arbeitsfläche, hätte genauso gut eine Million Lichtjahre entfernt sein können. Ihm wurde schwindelig, Lichtblitze tanzten vor seinen Augen. Will beugte sich vor, um seine Schadenfreude deutlich zu zeigen, und Tyler nutzte seine Chance, zielte mit der Stirn auf Wills Nase, aus der daraufhin das Blut spritzte. Aber Will lockerte seinen Griff nicht, drückte stattdessen seinen Unterarm nur noch fester auf Tylers Kehle, spuckte ihm Blut ins Gesicht. Seine andere Faust versenkte sich wieder in Tylers Bauch, erwischte ihn dann seitlich am Kopf, und sein Schädel knallte auf die marmorne Arbeitsfläche, als ein weiterer Schlag seine Augenbraue erwischte. Er spürte, wie er langsam das Bewusstsein verlor.

Dann ließ der Druck plötzlich nach, und Will trat zurück, gab Tylers Hals frei und hob die Hände. Als er zurückwich, sah Tyler hinter ihm Flick, die ihm eine Kanone an den Hinterkopf drückte.

»Flick«, sagte Will mit zittriger Stimme. »Was machst du?«

Sie war völlig ruhig. »Geh weg von ihm.«

»Immer locker bleiben.«

Flick nahm den Lauf der Pistole von Wills Kopf und stellte sich neben Tyler, hielt dabei aber die Waffe weiter auf Will gerichtet.

»Ich bleibe locker, wenn du so schnell wie möglich aus meinem Haus verschwindest.«

Will hielt die Hände vor sich, als könnte er damit eine Kugel abwehren, falls sie abdrückte.

Flick warf Tyler einen kurzen Blick zu. »Bist du okay?«

Er hatte sich aufgerichtet und rang nach Luft, eine Hand an seinem Auge. »Alles bestens.«

Sie sah Will an.

»War nicht blöd gemeint«, sagte er. »Nur ein kleiner Spaß.«

Flick ließ die Waffe keinen Millimeter sinken. »Verschwinde.«

Will verließ rückwärts die Küche, die Augen immer fest auf die

Pistole in Flicks Hand gerichtet. »Weißt du überhaupt, wie man mit dem Ding da umgeht?«

»Willst du's herausfinden?«

»Okay, ich gehe ja schon.«

Sie ging in den Hausflur, Tyler dicht hinter ihr, und beobachtete, wie Will das Haus verließ. Sobald er draußen war, verriegelte sie die Tür und legte die Sicherheitskette vor, lehnte die Stirn an die Tür und atmete tief aus.

Tyler starrte sie an. »Danke. Schon wieder.«

»Kein Ding, gern geschehen.«

»Weißt du wirklich, wie man mit diesem Ding umgeht?«

Sie hob den Kopf und betrachtete nachdenklich die Waffe. »Ja, weiß ich.«

»Woher hast du sie?«

Sie betätigte etwas auf dem Knauf der Waffe, Tyler vermutete, es war der Sicherungsbügel. »Mein Dad hat sie aus dem Irak mitgebracht. Vom Schwarzmarkt. Er weiß nicht, dass ich davon weiß. Mum hat es mir erzählt, für den Notfall.«

Tyler schüttelte den Kopf.

Flick lächelte, sah zuerst zur Tür, dann ihn an. »Komm, lass uns wieder ins Bett gehen.«

33

Bean stand in der Schlange zum Unterricht. Tyler kniete sich neben sie und brachte ihren Kragen in Ordnung, wiederholte noch mal leise, was er ihr bereits früher am Morgen eingeschärft hatte, dass sie nämlich keiner ihrer Freundinnen sagen sollte, wo sie gerade wohnten. Gerade als er sich aufrichtete, erhielt er einen Anruf von einer Nummer aus Edinburgh, die er nicht zuordnen konnte. Er überlegte, wer das sein könnte. Er ließ es klingeln, während Bean hineinging, mit Aisha schwatzte und lächelte. Er starrte sein Telefon an, das weiterklingelte, war sich bewusst, dass ihm die Mütter auf dem Schulhof inzwischen schräge Blicke zuwarfen. Schließlich nahm er den Anruf an.

»Hallo, spreche ich mit Tyler Wallace?«

Eine Frauenstimme, die er nicht kannte. Geräusche im Hintergrund, Leute, die mit irgendwas beschäftigt waren.

»Ja.«

»Ich rufe aus dem Edinburgh Royal Infirmary an. Es geht um Ihre Mum, Angela.«

Er versuchte zu schlucken.

»Was ist mit ihr?«

»Sie wurde entlassen.«

Er sah zu den Frauen hinüber, die den Schulhof verließen, die Bäume dahinter, deren Äste sich in einer Brise wiegten, Wolken, die über den Himmel krochen. Er atmete.

»So schnell?«

»Sie hat sich gut erholt.«

»Gut« war kein Wort, das Tyler unter den gegebenen Umständen für sie benutzt hätte.

»Aber sie ist drogenabhängig«, sagte er. »Gibt es kein Programm, irgendeine Form von Hilfe für sie?«

»Das muss sie mit ihrem Hausarzt besprechen«, sagte die Frau. Sie hatte eine freundliche, aber auch geschäftsmäßige Stimme. Solche Unterhaltungen führte sie wahrscheinlich zehn Mal am Tag. »So etwas machen wir hier nicht.«

»Sie wird aber nicht zu ihrem Arzt gehen.«

Er hörte einen Seufzer am anderen Ende der Verbindung. »Tyler, richtig?«

»Ja.«

»Es tut mir leid, mein Sohn, wirklich. Hast du schon mit dem Sozialamt gesprochen?«

»Die wissen über uns Bescheid.«

»Nun, ich fürchte, es fällt wohl eher in deren Aufgabenbereich als in unseren.«

»Können Sie sie nicht noch ein bisschen länger dabehalten und ihr etwas mehr Zeit für den Entzug geben?«

»Der Arzt hat ihr direkt heute Morgen grünes Licht gegeben. Wir sind momentan sehr ausgelastet und wir brauchen das Bett. Genau genommen liegt bereits jemand anderes darin.«

»Und wo ist meine Mum dann jetzt?«

»Sie wartet unten am Empfang auf dich.«

»Mein Gott«, sagte Tyler. Der Schulhof war inzwischen fast leer, ein paar Nachzügler zuckelten noch herum. »Warum hat sie mich nicht selbst angerufen?«

Pause am anderen Ende. »Sie hat weder Geld noch ein Telefon. Ich habe ihr angeboten, dieses hier benutzen zu können.« Wieder eine Pause, und Tyler fragte sich, wie es wohl den ganzen Tag lang für eine Krankenschwester war. »Um ganz ehrlich zu sein, ich vermute, sie wird sich wohl geschämt haben, mit dir zu sprechen.«

Tyler schaute zu den Wolken auf, die jetzt ein wenig schneller waren als zuvor, unterwegs Richtung Osten, sie jagten sich gegenseitig aufs Meer hinaus.

»Ich komme sie abholen«, sagte er.

• • •

Sie saß draußen auf dem Boden vor dem Foyer, als würde sie um Kleingeld betteln. Sie trug denselben Hoodie und das Sweatshirt, die Tyler ihr tags zuvor übergeworfen hatte, und sie saugte mit eingefallenen Wangen an einer Zigarette.

»Mein Junge«, sagte sie. Ihre Stimme war heiser, die Hände zitterten. Ihre Haut war grau, sie hatte dunkle Ringe unter den Augen.

»Komm«, sagte Tyler. Er bot ihr eine Hand an, die sie ergriff. Ächzend kam sie langsam hoch.

»Können wir ein Taxi nehmen? Ich bin nicht sicher, ob ich so weit gehen kann.«

Tyler hob die Augenbrauen. »Hast du Geld?«

Sie sah ihn an, als wäre er verrückt. Tyler hatte noch etwas von dem Geld, das er bei den Holts eingesteckt hatte, aber das war für Bean, und er dachte gar nicht daran, es hierfür zu verplempern.

»Ich auch nicht«, sagte er. »Wir gehen zu Fuß.«

»Vielleicht könnte Barry uns abholen.«

Tyler starrte sie an. Sie wussten beide, dass Barry nicht helfen würde und dass schon allein die Frage gefährlich war, sofern man nicht einen Schwall an Beschimpfungen oder Schlimmeres über sich ergehen lassen wollte.

Sie brauchten fünfundvierzig Minuten auf dem Little France Drive bis nach Hause, ein Weg, den Tyler allein in zehn geschafft hätte. Angela blieb immer wieder keuchend stehen, schaute aufs Brachland hinaus und zu den Bäumen auf dem Berg in der Ferne, während Tyler dastand und auf sie wartete. Er dachte an die Fahrt in die entgegengesetzte Richtung, Flick hinter dem Steuer und Angela auf der Rückbank, sabbernd und mit blauer Haut. Er fragte sich, ob Flick wohl einen Strafzettel bekommen würde, weil sie einfach die Busspur genommen hatte.

Er stellte sich vor, wie er sie an diesem Morgen als Erstes gesehen hatte, als sie aus dem Bett glitt, um zur Toilette zu gehen, das Geräusch, als sie sich die Zähne putzte. Sie kam zurück ins Zimmer geschlichen und sah, dass er wach war, drückte ihm einen hastigen Kuss auf den Mund und machte sich dann auf den Rückweg nach Inveresk, bevor sie erwischt würde. Als Bean aufwachte, war sie enttäuscht, dass Flick nicht mehr da war, und wollte wissen, wann sie sie wiedersehen würde.

Als sie Greendykes House erreichten, hielt Tyler die Tür auf, begleitete seine Mum in den Aufzug, dann nach oben und weiter in die Wohnung. Sie machte sofort den Fernseher an und knallte sich aufs Sofa. Es war derselbe Raum, in dem er sie am Vortag gefunden hatte, und es war deprimierend, jetzt wieder mit ihr hier zu sein. Die ganze Wohnung stank nach Alkohol, Scheiße und Pisse. Er fragte sich, wie lange es wohl dauern würde, bis Angela kribbelig wurde und loszog, um sich Stoff zu besorgen. Oder ob sie es mit Sprit hinauszögern würde. Er versuchte, sich zu erinnern, ob sich noch Alkohol in der Wohnung befand, nur – wozu? Sie würde schon was finden, wenn sie das wollte. Sie hatte nie Geld, aber für Heroin und Alk hatte sie dann doch immer was, so lief das.

Er machte ihr eine Tasse Tee und stellte sie neben ihrem Kopf auf die Lehne des Sofas.

»Danke, mein Süßer«, sagte sie, ohne ihn anzusehen. Sie sah eine Folge von *Wanted Down Under* – gesunde britische Familien auf Immobilienjagd in Australien, alles vor dem Hintergrund von Überlegungen, für ein besseres Lebens dorthin auszuwandern.

Er sah den Kackefleck auf dem Teppich, wo er Angela am Vortag gefunden hatte. Er ging zur Spüle, tränkte einen Schwamm, kam zurück und kniete sich hin, fing an zu schrubben.

Schließlich registrierte Angela es. Sie schien zunächst verwirrt, reimte sich dann aber offenbar alles zusammen. »Lass das, ich kümmere mich drum.« Sie klang so erbärmlich.

Tyler schrubbte weiter. »Schon in Ordnung.«

»Nein, ist es nicht.« Aber sie machte keine weiteren Anstalten ihn aufzuhalten, senkte nur beschämt den Kopf und wandte sich wieder dem Fernseher zu.

Er brachte es zu Ende und war auf dem Weg aus der Tür, als sie wieder etwas sagte.

»Tyler?«

Er blieb in der Tür stehen und drehte sich zu ihr um.

Sie sah ihn mit einer großen Traurigkeit in den Augen an, ihr Körper versunken in den viel zu großen Kleidungsstücken. »Es tut mir leid.«

Er wusste nicht, ob sie sich für das entschuldigte, was sie getan hatte oder für etwas, das sie noch tun würde. Es spielte so oder so keine Rolle.

Er kaute auf der Innenseite seiner Wange und verließ die Wohnung.

* * *

Er ging durch das Schultor und sah vor dem Haupteingang einen Polizeiwagen warten. Er war noch zwanzig Meter entfernt, als die Beifahrertür geöffnet wurde und Pearce ausstieg, den Rücken durchdrückte und die Schultern reckte.

Er schüttelte den Kopf, als er sie erreichte. »Lassen Sie mich bitte in Ruhe.«

Pearce sah ihn verständnisvoll an. »Es geht um deine Schwester.«

Sein Magen krampfte sich zusammen. »Bean? Was ist passiert?«

Pearce schüttelte den Kopf. »Kelly. Es tut mir leid, Tyler, sie ist tot.«

Das Blut schoss ihm ins Gesicht und seine Beine wurden zu Pudding. Er war über alle Maßen erleichtert wegen Bean, und gleichzeitig schämte er sich deswegen. Pearce hatte ihm das ganz bewusst so gesagt, um ihn zu quälen. Er blinzelte und versuchte, ganz normal zu atmen.

»Sind Sie sicher?«, fragte er.

»Barry hat sie bereits identifiziert.«

»Wie ist es passiert?«

Pearce deutete auf den Streifenwagen. »Genau das versuchen wir noch herauszufinden. Du musst mit aufs Revier kommen, wir müssen uns unterhalten.«

Tyler sah an ihr vorbei zur Schule. Von dort aus lagen ungefähr ein Dutzend Klassenzimmer zu der Stelle, wo er jetzt stand und mit einem Bullen redete. Das machte dann über dreihundert Kids und Lehrer, die diese Unterhaltung mitbekamen.

Er öffnete die Tür des Wagens und stieg ein.

34

Die Craigmillar Police Station war eine anonyme, eingeschossige Betonkiste, Backstein mit hellblauem Rand um Türen und Fenster. Das Gebäude kauerte zwischen einer Begegnungsstätte für Erwachsene mit Lernschwierigkeiten und einem schmalen Streifen Land, auf dem eine Handvoll Obdachlose kampierte. Die einzigen Hinweise auf die Funktion des Reviers waren die hohe Metallumzäunung sowie die beiden davorparkenden Streifenwagen.

Tyler wurde in einen Raum neben dem Empfang geführt. Farblose Ausstattung, Metallschreibtische in der Mitte, unbequeme Stühle, ein Projektor und AV-Geräte für Präsentationen. Es roch nach Bleichmittel, auf dem Teppichboden lagen Kekskrümel. Dies war ein Konferenzzimmer, kein offizieller Verhörraum. Tyler wunderte sich.

»Wo ist Barry?«

Pearce gab ihm zu verstehen, dass er sich setzen sollte. »Er wird gerade vernommen.«

»Aber er wird doch bestimmt nicht verdächtigt?«

»Denkst du?«

»Er würde doch nicht seine eigene Schwester umbringen.«

Pearce hob die Augenbrauen. »Willst du damit sagen, dass er jemand anderen umbringen würde, der nicht seine Schwester wäre?«

»Das habe ich nicht gesagt.«

Tyler dachte an Bean, wie Barry sie mit dem Handrücken an der Wange verletzt hatte. Er fragte sich, ob Miss Kelvin sie an diesem Morgen im Unterricht darauf angesprochen hatte, ob

Bean ihr irgendetwas erzählt hatte. Und noch etwas kam ihm in den Sinn.

»Haben Sie's schon Mum gesagt?«

Pearce schüttelte den Kopf. »Wir haben heute Morgen bei ihr zu Hause geklingelt, als wir Barry abgeholt haben. Es hat niemand aufgemacht.«

Tyler nickte. »Da hab ich sie gerade aus dem Krankenhaus abgeholt.«

Pearce wurde hellhörig. »Geht's ihr nicht gut?«

»Überdosis. Schon wieder.«

»Und wo ist sie jetzt?«

»Auf dem Sofa und trinkt Tee. Oder vielleicht ist sie auch schon wieder unterwegs und versucht, Stoff aufzutreiben.«

Pearce biss sich auf die Unterlippe. »Wir werden einen uniformierten Beamten zu ihr schicken.«

Tyler schaute sich im Raum um. Direkt vor dem Fenster stiegen zwei Polizisten in Schutzwesten und mit Styroporkaffeebechern in der Hand in einen Wagen. Sie lachten über einen Witz, hatten es nicht eilig, fühlten sich wohl mit ihrer Autorität.

»Sie haben gesagt, Barry wird gerade verhört«, sagte Tyler.

»Genau. Sein Anwalt ist bei ihm.«

»Barry hat keinen Anwalt.«

»Anscheinend gibt es ein paar Sachen, die du über deinen großen Bruder nicht weißt.«

»Halbbruder.« Tyler runzelte die Stirn. »Aber egal. Warum verhören Sie mich nicht?«

»Sollten wir?«

Tyler schüttelte den Kopf. Er knibbelte an einer Kritzelei auf der Ecke des Tisches: »Debbie ist eine Nutte.« Die Buchstaben waren so oft nachgezogen worden, dass die Worte jetzt förmlich in die metallene Tischplatte eingraviert waren. Draußen balgten sich zwei Möwen um einen weggeworfenen Burgerrest.

Pearce beugte sich vor und drehte ihre Handflächen nach oben. »Weißt du, ich glaube, wir beide hatten einen schlechten Start.«

»Ach ja?«

»Ich möchte dir wirklich gern helfen, Tyler. Und Angela. Und ganz besonders Bethany.«

»Okay.«

»Kelly ist tot, bedeutet dir das denn gar nichts?«

Tyler schwieg.

»Abgesehen von der Tatsache, dass deine Halbschwester ermordet wurde, legt das die Vermutung nahe, dass deine Familie ebenfalls in Gefahr schwebt. Und du auch.«

»Wieso?«

Pearce seufzte. »Du weißt, wieso, und ich weiß, dass du es weißt.«

Tyler forderte sie mit einer Handbewegung auf weiterzureden. Sie sah ihn an. »Du und ich, wir wissen doch beide, wer das getan hat.«

»Tun wir das?«

Pearce sah sich um, wie um sich zu vergewissern, dass sie von niemandem belauscht wurden. Tyler dachte an Wanzen, aber war das legal? Auf alle Fälle unzulässiges Beweismaterial, so viel wusste er.

»Es handelt sich um Rache«, sagte Pearce. »Von den Holts. Irgendwie haben sie herausgefunden, dass ihr bei ihnen eingebrochen seid, du und deine Geschwister, und dass einer von euch Monica abgestochen hat, und jetzt ist es eskaliert.«

»Wenn Sie glauben, es waren die Holts, dann sollten sie mit denen reden.«

»Das werden wir, keine Sorge.«

»Aber bis dahin schikanieren Sie mich und meinen Bruder mitten in unserer Trauer.«

Pearce stand auf und ging zum Fenster, schaute einen Moment

hinaus. Es war wohlkalkuliert, sie tat, als würde sie beiläufig über etwas nachdenken, aber es war offensichtlich, dass sie alles genau durchgeplant hatte.

»Ich gebe dir eine letzte Chance«, sagte sie. »Deswegen bist du jetzt hier. Ich gebe dir die Chance, lebendig und in einem Stück aus dieser ganzen Geschichte herauszukommen.«

Tyler schüttelte den Kopf. »Nein, das tun Sie nicht. Sie versuchen, mich dazu zu bringen, Barry zu verpfeifen.«

»Es ist kein Verpfeifen, wenn es Bethany das Leben rettet.«

Tyler schob den Stuhl vom Tisch zurück. Als er über den Boden schrammte, zuckte Pearce zusammen. »Bean ist Ihnen doch scheißegal, also hören Sie endlich auf so zu tun, als wär's anders.«

Pearce betrachtete ihn eine Weile.

»Ich weiß, wie das ist«, sagte sie schließlich.

Tyler starrte sie nur an. »Nein, wissen Sie nicht.«

Sie schluckte, holte tief Luft, schien sich zum ersten Mal, seit er sie kennengelernt hatte, unwohl zu fühlen. Sie blickte wieder aus dem Fenster, und Tyler hatte den Eindruck, dass es jetzt anders war als beim ersten Mal, nicht geplant.

»Ich kannte deine Mum auf der Schule, wusstest du das?«

Tyler kratzte am Tisch. »Hier kennt jeder jeden.«

»Wir waren nicht befreundet oder so, aber wir hatten teilweise dieselben Fächer. Sie hat die Schule abgebrochen, als sie mit Barry schwanger wurde. Damals war sie fünfzehn, glaube ich.«

»Nette Geschichte.«

»Zur gleichen Zeit war ich bereits drei Jahre lang von meinem Stiefvater regelmäßig sexuell missbraucht und vergewaltigt worden. Jede Woche, seit ich elf war, seit ich zum ersten Mal meine Tage hatte. Ich hab versucht, es meiner Mum zu sagen, aber ich hab die Worte einfach nicht rausgekriegt, und ich wusste, dass sie mir sowieso nicht glauben würde, für ihn Partei ergriffen hätte. Am Ende bin ich dann weggelaufen. Erst an dem Punkt kam die

Polizei ins Spiel. Die haben mich beim Betteln aufgegriffen, damals lebte ich auf der Straße, hab an den warmen Belüftungsöffnungen am Commonwealth Pool geschlafen. Als sie versuchten, mich wieder nach Hause zu bringen, bin ich ausgerastet und hab ihnen alles erzählt. Sie haben mir nicht geglaubt. Mein Stiefvater hat alles abgestritten, Mum hat gesagt, es wäre alles Unsinn, ich wäre einfach nur ein schwieriger Teenager, der sich Sachen ausdenkt.«

Sie drehte sich um und sah ihm in die Augen. »Deshalb weiß ich, wie es ist, wenn man keinen hat, zu dem man gehen kann, Tyler. Ich weiß es wirklich.«

Pearce hatte feuchte Augen, und Tyler blickte auf den Boden.

»Was haben Sie gemacht?«, fragte er.

Sie kehrte zum Tisch zurück und zog die Ärmel hoch. Verblasste Narben kreuz und quer auf den Innenseiten ihrer Handgelenke, im Laufe der Jahre verheilt, aber immer noch da als Mahnung.

»Ich hatte Glück«, sagte sie. »Meine Mum hat mich gefunden, und ich bin ins Krankenhaus gekommen. Wenn mein Stiefdad mich gefunden hätte, ich bin überzeugt, er hätte mich einfach liegen und sterben lassen. Als ich aus dem Hospital entlassen wurde, habe ich mich geweigert, nach Hause zu gehen, hab gesagt, dann mach ich's wieder. Sie haben mir gedroht, mich in eine Psychiatrie einzuweisen. Also bin ich wieder abgehauen. Hab auf der Straße gelebt, bis ich sechzehn wurde, hab immer mal wieder bei einer Freundin auf dem Boden gepennt, wenn ihre Eltern es erlaubten. Dann bin ich klug geworden. Hab mit einem Sozialarbeiter geredet, mich beim Amt um eine Wohnung beworben, hab mich angepasst.«

Sie zog die Ärmel wieder runter, blieb aber neben ihm am Tisch stehen.

»Ich weiß, dass es ganz leicht auch völlig anders hätte ausgehen können. Ich hätte sterben können. Ich war nur einen Hauch davon entfernt. Also kenne ich die Lage, in der du dich befindest.«

Tyler schüttelte den Kopf. »Es gibt keine Lage.«

Pearce wurde wütend, konnte es kaum für sich behalten. »Ich kann dir nicht helfen, wenn du nicht mit mir sprichst, Tyler. Ich versuche, dein Scheißleben zu retten und das von deiner kleinen Schwester. Willst du wissen, was sie mit Kelly gemacht haben? Es gab Spuren von Folter, zahlreiche Stichwunden, Strangulierungsmale am Hals, brutale Schläge ins Gesicht und auf den Körper, dann wurde sie angezündet. Höchstwahrscheinlich hat sie zu dem Zeitpunkt noch gelebt.«

Tyler versuchte zu schlucken, aber sein Mund war knochentrocken. »Dann gehen Sie und verhaften die Kerle, die das getan haben.«

»Das werden wir«, sagte Pearce. »Aber du weißt doch, wie's läuft. Die sind schlau, sie werden Alibis haben. Sie waren sehr vorsichtig, was kriminaltechnisch verwertbare Spuren betrifft, die kennen sich mit solchen Sachen aus. Es hat einen Grund, warum wir sie noch nicht gefasst haben. Du musst mir zuerst Barry liefern, denn das ist meine Möglichkeit, die Sache zu knacken.«

Tyler stand auf. »Ich weiß nicht, wovon Sie sprechen. Und selbst wenn, Sie können uns nicht beschützen.«

»Wir sind die Einzigen, die es können«, sagte Pearce. »Glaubst du, Barry wird dich vor Deke Holt beschützen? Glaubst du, Barry würde dich nicht sofort verkaufen, wenn er damit seine eigene Haut retten kann? Wahrscheinlich tüftelt er nebenan gerade mit seinem Anwalt aus, wie er dir diese Sache anhängen kann, nachdem Kelly aus dem Rennen ist.«

Tyler scharrte mit den Füßen.

»Wer weiß?«, sagte Pearce. »Vielleicht hat er Kelly umgebracht, weil sie eine Zeugin war. Und du bist der Nächste.«

»Das ist doch verrückt«, sagte Tyler. »Gerade haben Sie noch gesagt, man hätte sie gefoltert.«

»Glaubst du, Barry könnte so was nicht?«

Er dachte an diese Scheißköter, und wie Barry ihn und Bean angegriffen hatte. Und an seine zahllosen anderen Gewalthandlungen gegen die Welt.

Pearce kniff die Augen zusammen. »Er hat mit ihr geschlafen, stimmt's?«

Tyler setzte sich.

Pearce seufzte. »Vögelt seine eigene Schwester. Mein Gott, hier geht's ja zu wie im alten Rom.«

Tyler massierte seine Schläfen, er hatte das Gefühl, als würde ihm der Schädel zusammengedrückt.

»Wenn du nicht redest«, sagte Pearce, »muss ich dich gehen lassen.«

»Super.«

Sie deutete aufs Fenster. Die Möwen hatten ihren Stress wegen des Burgers geklärt, die größere hatte ihn bekommen. Der Größere gewinnt am Ende immer.

»Glaubst du, da draußen ist es für dich sicherer als hier drinnen?«

Tyler sah sich im Raum um, betrachtete das Nichts dieses Zimmers. »Ich lass es drauf ankommen.«

Pearce schritt auf und ab, wie ein Detektiv in einem alten Film, der so tat, als würde er über etwas nachdenken. Oder vielleicht dachte sie ja tatsächlich über alles nach.

»Wo habt ihr letzte Nacht geschlafen, du und Bethany?«

Tyler richtete sich auf. »Was?«

»Es war ziemlich früh, als wir zu eurer Wohnung gekommen sind. Ihr wart letzte Nacht nicht dort, oder?«

Tyler sah auf den Tisch.

»Ich tippe mal, dass du es nicht für sicher gehalten hast.« Pearce trat dichter zu ihm, stand direkt neben dem Tisch. »Angesichts dessen, was mit Kelly passiert ist, war das wahrscheinlich sehr vernünftig.«

Tyler schüttelte den Kopf, mehr über die ganze Situation denn als Antwort. »Wir waren bei einem Freund.«

»Du hast jemanden gefunden, der bereit war, ein solches Risiko einzugehen?«

»Welches Risiko?«

Pearce stützte sich mit den Fingerknöcheln auf die Tischplatte. »Tyler, für so einen smarten Jungen kannst du dich manchmal ziemlich dumm anstellen. Wenn du in Gefahr bist, dann ist jeder, der dir hilft, ebenfalls in Gefahr. Also sollte dieser Freund von dir besser gut aufpassen, dass die Holts nicht erfahren, dass er dir Unterschlupf gewährt.«

»So ist es nicht.«

»Nein?«

Tyler rieb seine Handfläche. »Es ist einfach anders. Es ist eine andere Welt.«

Pearce schüttelte den Kopf. »Wie du schon vorhin gesagt hast, hier weiß jeder über den Kram des anderen Bescheid. Das ist das Problem mit dieser Gegend, kein Mensch kann etwas für sich behalten. Genau deshalb steckt ihr in der Scheiße, du und Barry.«

»Wir stecken nicht in der Scheiße.«

Pearce hob kapitulierend die Hände. »Wenn du es so haben willst, bitte. Vergiss nicht, dass ich versucht hab, dir zu helfen. Ich hab versucht, dir einen Ausweg zu bieten.«

»Ja, indem ich Barry verpfeife.«

»Indem du mir hilfst, einen psychotischen Wahnsinnigen aus dem Verkehr zu ziehen und diesen lächerlichen Rachefeldzug zu beenden.«

»Sie werden Barry nur nicht aus dem Verkehr ziehen, das ist das Problem«, sagte Tyler. Seine Hand fuhr an sein blaues Auge. »Sie werden es verkacken, und dann bin ich tot.«

Pearce sah ihn ernst an. »Ich verspreche, das wird nicht passieren.«

Tyler kaute auf seinem Daumennagel, bevor er sprach. »Das können Sie nicht versprechen.«

Pearce seufzte und richtete sich auf, kehrte wieder ans Fenster zurück und machte mehr auf nachdenklichen Detektiv. »Schön, vielleicht brauchen wir dich ja sowieso nicht.« Sie drehte sich zu ihm. »Wusstest du, dass Monica Holt wieder bei Bewusstsein ist? Anscheinend kehrt ihre Erinnerung an die Ereignisse dieses Abends zurück. Ich fahre jetzt gleich ins Krankenhaus, um mit ihr zu sprechen. Ich bin sicher, sie wird einige interessante Dinge zu sagen haben.«

»Freut mich, dass sie okay ist.«

Pearce hob die Augenbrauen. »Jede Wette. Aber wenn sie mir erzählt, was passiert ist, war's das. Du und Barry, ihr werdet beide untergehen.«

»Wir waren's nicht, das sage ich Ihnen doch immer wieder.«

Pearce sah beleidigt aus. »Verschon mich damit, für diese Scheiße ist es echt viel zu spät. Wenn du in den Knast wanderst, wird Angela sich um Bethany kümmern müssen – ist es das, was du willst?«

»Angela ist ihre Mum.«

»Angela kann noch nicht mal auf sich selbst aufpassen, geschweige denn auf sonst wen. Ohne dich wird Bethany in ein Heim kommen, das weißt du.«

Pearce starrte ihn sehr lange an. Tyler fragte sich, was Barry im Verhörraum ausheckte. Ganz sicher konnte er keinen Handel abschließen. Nein, er würde dasitzen und schweigen. Sie hatten nichts in der Hand, er musste es einfach nur aussitzen. Aber was war mit Monica?

Tyler dachte an Kelly. Sie war genau wie jeder andere ein Opfer von Barry. Er versuchte, Erinnerungen an glückliche Zeiten heraufzubeschwören, die sie beide als kleine Kinder hatten, aber die Wahrheit war, dass Kelly seit Urzeiten Barry verfallen war. Gelegentlich hatte die fürsorglich liebevolle Schwester durchgeschimmert, aber meistens wurde das verdrängt von der Rolle, die sie bei Barry spielte, durch den Druck, den er auf sie ausübte. Tyler erinnerte sich an einige wenige schöne Momente mit ihr, aber immer nur dann, wenn Barry mal nicht in der Nähe war. Wie sie einen halb kaputten alten Fußball über die Straße gekickt hatten, bevor die zu einer Baustelle wurde, wie sie sich auf dem Heimweg von der Schule eine geklaute Tüte Haribo geteilt hatten. Einmal hatte Kelly versucht, ihm bei den Hausaufgaben zu helfen, aber obwohl sie einige Jahre älter war, war ihre Rechtschreibung die reinste Katastrophe, und ihre Handschrift war sogar noch schlimmer. Am Ende hatte Tyler seinem Lehrer erklären müssen, warum er seine Aufgaben so schlecht gemacht hatte.

Aber meistens, wenn Barry in der Nähe war, wurde Tyler wie der Kleinste und Schwächste des Wurfs behandelt, von beiden ignoriert oder sogar malträtiert. Bis Bean kam und diese Rolle übernahm. Er konnte sie nicht all die Sachen durchmachen lassen, die er ertragen musste, also hatte er sich die letzten paar Jahre um sie gekümmert. Er dachte nicht daran, gerade jetzt damit aufzuhören, wo sie ihn mehr denn je brauchte.

Schließlich wandte Pearce sich ab.

»Geh einfach«, sagte sie.

Tyler stand auf. Er erreichte die Tür, seine Finger auf der Klinke.

Pearce drehte sich zu ihm um und sah ihn an. »Viel Glück, Tyler, das wünsche ich dir wirklich.«

35

Nachdem er einmal tief Luft geholt hatte, nahm Tyler den Anruf an.

»Verdammt, wo steckst du?«, fragte Barry.

Tylers Blick wanderte über die großen viktorianischen Häuser der Cluny Avenue. Er war vom Polizeirevier direkt in einen Bus gesprungen und hierhergekommen und dann einfach durch die Straßen spaziert, hatte all den Wohlstand gierig aufgenommen. Er musste wenigstens für ein paar Minuten so tun, als würde er nicht bis zu den Ohren in dieser Sache stecken. Er stellte sich ein Paralleluniversum vor, in dem eines dieser Häuser sein Zuhause war, vielleicht besuchte er die Inveresk, vielleicht wäre er sogar mit Will befreundet, diesem Wichser, spielte samstags morgens Rugby, sonntags ginge er zum Gottesdienst, sänge Kirchenlieder und triebe sich auch nachher noch in der Kapelle herum, um Zuflucht zu suchen vor all den blutrünstigen Dreckskerlen, die es auf ihn und seine Familie abgesehen hatten.

»Nirgends«, sagte er.

»Also, irgendwo musst du ja wohl sein, Arschloch.«

»Laufe so rum.«

Barry schniefte ins Telefon, ständig zugekokst. »Die haben Kelly umgelegt.«

»Weiß ich.«

»Woher weißt du das?«

»Die Bullen haben's mir erzählt.« Tyler dachte daran, was Pearce gesagt hatte. Kelly war zusammengeschlagen und erstochen worden, gefoltert und gewürgt. Er spürte, wie ihm selbst die Luft im Hals stecken blieb, ihm Tränen in die Augen stiegen. Seine Hand zitterte, ließ das Smartphone an seinem Ohr heftig wackeln. Er spürte, wie er weiche Knie bekam, die Bäume hoch über ihm aufragten, am Rande seines Blickfelds schwankten. Sie war nie wirklich eine Schwester für ihn gewesen, aber mein Gott …

»Die Drecksäcke hatten mich zwei Stunden da, als ob ich irgendwas verbrochen hätte«, sagte Barry. »Als ob's meine Schuld wär.«

Tyler ließ das so stehen. Wenn er irgendwas sagte, würde Barry ihm den Kopf abreißen.

»Ich will, dass du nach Hause kommst«, sagte Barry. »Sofort.«

»Warum?«

»Wir haben was zu erledigen.«

Tylers Herz war wie ein Stein in seiner Brust und er spürte, wie ihm die Galle hochkam. »Um was geht's denn?«

»Scheiße, komm einfach her.«

Klick.

Tyler war schwindelig, als er sich umsah, seine Knie waren weich. Er stützte sich an der Mauer neben sich ab, dann krümmte er sich und kotzte gegen einen Laternenpfahl. Er hatte Tränen in den Augen und seine Nase lief, während er spuckte und versuchte, Luft zu bekommen. Schließlich richtete er sich wieder auf, sah eine alte Frau, die mit ihrem Hund vorbeiging und ihm einen angeekelten Blick zuwarf. Er gehörte nicht hierher.

• • •

Barry saß bei laufendem Motor in dem Škoda auf dem Parkplatz vor Greendykes House. Tyler reckte den Hals und fragte sich, was Angela wohl gerade oben in der Wohnung machte. Hinter ihm hoben die Bagger auf der Baustelle Erdreich aus, ließen den Boden unter seinen Füßen beben. Der Lärm füllte seine Ohren.

Barry sprang aus dem Wagen. Tyler hatte ihn noch nie in so übler Verfassung gesehen, ein Schweißfilm vom Koks auf dem

Gesicht und seinen Armen, seine Augen zwei winzige schwarze Löcher, Arme und Beine zappelig.

»Steig ein«, sagte er.

Tyler stieg in den Wagen. Ein Baseballschläger und ein Benzinkanister im Fußraum vor dem Beifahrersitz. Ant und Dec sabberten und beschnüffelten sich gegenseitig auf dem Rücksitz, ihr animalischer Gestank erfüllte das Auto. Barry stieg ein und fuhr mit kreischenden Reifen los, legte Gummi auf den Asphalt, und der beißende Geruch davon vermischte sich mit dem Hundemief.

»Scheißfotzen«, schimpfte Barry leise. »Deke Holt hält sich für Gott. Scheiß auf ihn, und scheiß auch auf seine hässliche Alte, ich hätte sie umlegen sollen, als ich die Gelegenheit hatte. Verpisste hochnäsige Arschlöcher, die meinen, sie wären zu gut für Niddrie, was ist mit den Wichsern los, Gemeinschaftsgefühl kennen die gar nicht, verpissen sich von hier, sobald sie ein bisschen Asche haben. Verpisste und verfickte Holt-Wichser.«

Es war ein psychotisches Mantra. Er brachte sich immer mehr und mehr auf Touren, während er vor sich hin knurrte und brüllte, ohne einen Blick auf Tyler zu werfen. Wie ein Irrer raste er auf der Niddrie Mains Road über eine Ampel und etwas später um den Kreisverkehr beim Cameron Toll. Tyler betete für einen Unfall, stellte sich vor, wie ein Lieferwagen in ihre Flanke krachte, sie von der Straße in die Bäume schob, alles, um der Nummer hier ihre schreckliche Eigendynamik zu nehmen. Er stellte sich vor, wie er hinübergriff und das Lenkrad verriss, aber er rührte sich nicht.

Viel zu schnell waren sie an den Kings Buildings vorbei und in Blackford. Seit Jahren hatten sie ohne irgendwelche Konsequenzen in dieser Gegend Häuser geplündert. Jetzt nicht mehr.

»Fahren wir zu denen nach Hause?«, fragte Tyler schließlich.

Barry grinste. »Was denkst du denn?«

»Die werden uns umbringen.«

»Nicht, wenn wir sie vorher umlegen.« Barry zog sein T-Shirt hoch und zeigte die Kanone, die er unter den Bund seiner Jeans geschoben hatte.

»Mein Gott«, sagte Tyler.

Barry runzelte die Stirn und zeigte auf den Baseballschläger im Fußraum. »Du hältst mir einfach den Rücken frei.« Er deutete mit dem Kopf auf die Hunde hinten, deren Atem die Fenster beschlagen ließ. »Vielleicht lass ich auch die Jungs mal machen.«

»Woher hast du die Kanone?«

»Was geht's dich an? Verkacktes Weichei.«

»Das ist doch bescheuert.«

Barry fuhr immer noch vollkommen rücksichtslos, überholte selbst bei Gegenverkehr, raste die Kilgraston rauf und dann auf die Strathearn Road. Er zog die Kanone aus dem Bund und richtete sie auf Tyler, drückte ihm den Lauf an die Wange. Mit der anderen Hand lenkte er, und sein Blick pendelte zwischen der Straße und Tyler.

»Halt mir einfach den Rücken frei«, sagte er.

Tyler wich auf seinem Sitz zurück, weg von der Mündung. »Immer locker bleiben.«

Dann waren sie da, in der St. Margaret's Road. Vor Hausnummer vier hielt Barry an. In der Einfahrt kein Auto, kein Lebenszeichen im Haus. Tyler versuchte, ruhig zu atmen, seine Hände vom Zittern abzuhalten.

Barry gab Tyler den Baseballschläger, dann sprang er aus dem Wagen und ließ die Hunde hinten raus. Sie balgten übereinander, fielen dann einfach aus dem Auto. Tyler folgte, den Baseballschläger locker an seiner Seite. Er sah zu, wie Barry an der Haustür klingelte.

»Ist das dein Plan?«

Barry schniefte und grinste. »Damit rechnen die nicht.«

Entweder würde Tyler dabei draufgehen oder aber er leistete

Beihilfe zum Mord. Er dachte flüchtig daran abzuhauen, stellte sich dann aber Ant und Dec vor, die ihn die Einfahrt hinunterjagten und dann mitten auf der Straße und vor den Augen von Passanten zerfetzen würden.

Bitte, mach, dass keiner zu Hause ist. Bitte.

Barry drückte wieder auf die Klingel.

Tyler stellte sich vor, wie sich die Vorhänge der Anwohner bewegten, dachte an die Überwachungskameras in der Straße. Das hier war alles viel zu offen. Er betete, dass kein Nachbar herauskam und sich einmischte. Er wollte einfach nur, dass das hier auf die eine oder andere Art aufhörte.

»Die Wichser sind nicht da«, krächzte Barry. Fast tänzelte er auf der Stelle, so als stünde er barfuß auf heißem Sand. Er kratzte sich mit der Waffe am Kopf, und Tyler stellte sich vor, wie sie losging, der Schädel seines Halbbruders explodierte und Hirnmasse über Rasen und Kieseinfahrt spritzte.

Barry schob die Kanone wieder in den Bund seiner Jeans und nahm Tyler den Baseballschläger aus der Hand. Er drehte sich um und schlug die Scheiben des Erkerfensters im vorderen Zimmer ein. Es machte einen fürchterlichen Lärm, die Hunde zuckten zusammen und wurden nur noch aufgeregter. Es ging kein Alarm los, weil sie keine Alarmanlage hatten. Wenn sie doch nur eine gehabt hätten, dann wäre ihr Haus nie zu einem Zielobjekt geworden und nichts von alldem wäre je passiert. Tyler erinnerte sich, wie er an diesem ersten Abend hier gewesen war, an die Schrotflinte unter dem Bett, an die Geldscheinklammer, wie Monica Holt im Flur gelegen und ihn angestarrt hatte. Wie Kelly einen großen Schritt an ihr vorbei machte, Barry bereits durch die Tür war. Es durchfuhr ihn ein kurzer Stich wegen Kelly, und er fragte sich, wie lange es wohl noch dauern würde, bis sie alle tot waren.

Barry ging zum Auto und holte den Benzinkanister. Er kam zurück, schraubte das Ding auf und kippte Benzin durch die eingeschlagenen Scheiben, über die Teppiche drinnen, spritzte es auch über die am nächsten stehenden Möbelstücke. Die Hunde schreckten bei dem Benzingestank zurück. Tyler fragte sich, ob wohl irgendwer oben war und schlief, vielleicht war Monica ja schon wieder aus dem Krankenhaus entlassen worden, ruhte oben mithilfe von Schmerzmitteln und Schlaftabletten. Barry zog eine Benzinspur fort von den Fensterrahmen auf die Einfahrt hinaus, dann kramte er sein Feuerzeug aus der Tasche.

Tyler sah zum Haus, dann wieder zu Barry, der so breit grinste, als hätte er gerade im Lotto gewonnen. Er zündete die Benzinspur an, mit einem *Wusch* fing es an zu brennen, die Flamme raste über den Kies und weiter rauf ins Fenster, die Vorhänge und Gardinen fingen als Erstes Feuer, das sich dann schnell im Hausinneren ausbreitete.

Barry schaute einen Moment lang zu, dann wandte er sich zum Auto um und schnippte mit den Fingern, woraufhin die Hunde ihm folgten. Er sah Tyler an und zeigte auf die Flammen im Wohnzimmer.

»Legt euch nicht mit den Wallaces an, stimmt's?«

36

Bean trampelte die unebenen Steinstufen in ihren Schulschuhen hinauf und verschwand um die Kurve der Wendeltreppe.

»Kommt schon!«, rief sie.

Tyler und Flick wechselten einen Blick und folgten ihr, tauchten selbst in die Dunkelheit ein, während durch die schmalen Schießscharten für Bogenschützen das Licht in Streifen in den Turm fiel. Auf halber Höhe spürte Tyler, dass Flick seine Hand ergriff, und ein Vibrieren fuhr durch seinen Arm bis direkt in sein Herz.

Sie hatten keinen Eintritt für Craigmillar Castle bezahlt, es war leicht, sich an der alten Frau am Haupteingang vorbeizuschleichen, dann einfach weiter über das Feld den Hügel hinunter bis zu den schützenden Bäumen, dann erreichte man mit einem Sprung die Seitenmauer und konnte hinüberklettern.

Tyler hatte Barry überredet, ihn an der Highschool aussteigen zu lassen, indem er ihm erklärte, es werde weniger verdächtig aussehen, wenn er am Nachmittag für ein paar Stunden am Unterricht teilnahm. Natürlich war er nicht ins Klassenzimmer marschiert, sondern im Wald hinter der Schule spazieren gegangen, bis es Zeit war, Bean aus der Grundschule abzuholen. Gerade als er auf dem Schulhof wartete, hatte Flick angerufen und wollte ihn unbedingt treffen. Ihm fiel nichts ein, was dagegen sprach.

Hier waren sie nun, wie eine etwas skurrile Familie, Mum, Dad und die kleine Tochter, erkundeten die mittelalterliche Ruine oben auf dem Craigmillar Hill. Tyler erinnerte sich an seinen nächtlichen Besuch mit Flick – wie lange war das jetzt schon her? Er verlor den Überblick über die Tage, ertrank in der Zeit, war nicht in der Lage, einen klaren Blick auf die Zukunft zu bekommen.

Etwa auf halber Höhe kamen sie in einen großen Saal mit hohen Wänden und einem drei Meter breiten Kamin. Bean stellte sich in die Feuerstelle, reckte den Hals und brüllte zu dem schmalen Schornsteinschlitz weiter oben hinauf. Sie kam heraus und flitzte zur Seite, fand ein weiteres Treppenhaus und Stufen. Tyler und Flick lächelten und folgten ihr. Sie fanden sie in einem kleineren Raum ein paar steile Stufen hinunter wieder; laut einem Schild an der Wand war es früher ein Gefängnis gewesen. Von hier aus hätten die Häftlinge das lärmende Feiern in der Haupthalle hören, den Duft von gebratenem Wildschwein riechen können. Tyler dachte über Gefängnisse nach, als Flick so tat, als würde sie Bean dort einsperren und den Schlüssel aus dem Fenster werfen.

Dann war Bean wieder weg, hoch und höher, bis sie schließlich auf der Turmspitze angekommen waren, wo Flick ihn in jener Nacht geküsst hatte.

Inzwischen hielt Flick wieder seine Hand. Bean bemerkte das, grinste und nahm Flicks andere Hand. Aber sie musste sie wieder loslassen, als die drei auf die letzten Zinnen und die Vorderseite der Mauer kletterten, von wo aus sich ihnen ein Blick über die ganze Stadt bot.

Tyler schaute nach Westen, suchte den Himmel nach Rauchwolken ab, sah aber nichts. Er hoffte, dies bedeutete, dass das Haus nicht abgebrannt war, die Flammen irgendwie aufgehört hatten, sich auszubreiten, oder dass jemand rechtzeitig dort gewesen war, um den Brand zu löschen.

»Das ist wunderbar!«, rief Bean und lief immer wieder den schmalen, in die Brustwehr gemauerten Gang entlang. Wie Tyler lebte sie zwar im Schatten der Burg, war aber nie hier oben gewesen. Es war wirklich erstaunlich, was man ständig direkt vor der Nase haben konnte, ohne es je wirklich zu bemerken.

Auf einer Informationstafel wurde erklärt, wenn feindliche Heere versuchten, die Burg einzunehmen, ließen die Menschen darin Pfeile auf sie niederregnen und übergossen die vorrückenden Soldaten mit siedendem Öl. Flick las es für Bean laut vor, die dabei Grimassen schnitt, lachte und gurgelnd und kichernd so tat, als würde sie bei lebendigem Leib verbrannt. Tyler dachte an Kelly und umklammerte das Geländer, um einen besseren Halt gegen einen Windstoß zu haben. Er würde Bean sagen müssen, dass Kelly tot war. Sie hatte keine große Rolle in Beans Leben gespielt, Tyler hatte sie abgeschirmt, aber sie war trotzdem ihre Halbschwester gewesen, und darauf kam es an. Aber er wollte diesen zerbrechlichen Moment zwischen sich, Bean und Flick nicht zerstören. Er versuchte, sich vorzustellen, wie sie sich zu dritt irgendwohin auf den Weg machten, zu einem abgelegenen Cottage in den Highlands oder zu einer kleinen Wohnung am Meer in Griechenland. Aber es klappte einfach nicht. Er konnte sie an keinem Ort sehen, an dem nicht Barry im Schatten lauerte, wo die Holts nicht versuchten, ihn auszuschalten.

»Mit dir alles okay?«, fragte Flick.

Bean war zu der angrenzenden Wand des Turms gerannt, sang leise ein Lied vor sich hin, während sie mit einer Hand über das Mauerwerk strich.

»Klar.«

»Du siehst besorgt aus. Ist es wegen deiner Mum?«

Er dachte an Kelly und Barry, wie er alles erklären sollte. Er dachte an die Holts und daran, was Pearce auf dem Revier gesagt hatte, dass sich automatisch in die Schusslinie begab, wer immer ihm und Bean half. Als Flick ihn angerufen hatte, hatte er nicht die Kraft gehabt, Nein zu sagen. Jetzt bedauerte er es und fragte sich, ob die Holts sie in diesem Moment irgendwie beobachteten, sich Flick und Bean bereits bedrohlich näherten.

Der Wind peitschte von Westen heran, und Flick wischte eine

Haarsträhne von ihrem Mund. Sie trug immer noch diese knallrote Schuluniform, hatte keine Angst davor, den Leuten zu zeigen, woher sie kam. Er bewunderte dieses Selbstvertrauen, wünschte sich wenigstens ein bisschen davon für sich selbst.

»Ich war vorhin auf dem Polizeirevier«, sagte er.

»Warum?«

Er schaute aufs Meer hinaus. Irgendwo dort draußen versteckte sich Inchkeith, war jetzt in Nebel gehüllt.

»Kelly ist tot.«

»Oh mein Gott, Tyler. Das tut mir sehr leid.«

Sie umarmte ihn. Bei ihrer Berührung spannte er sich unwillkürlich an, versuchte, es nicht zu tun. Schließlich wich er zurück. Sie sah ihm in die Augen, also musste er sich abwenden und zum Arthur's Seat und den Crags hinausblicken.

»Was ist passiert?«, fragte sie, beobachtete ihn dabei.

»Sie ist ermordet worden.« Er brachte es nicht über sich, ihr die Einzelheiten zu erzählen.

»Hat das was mit Barry zu tun? Warum es bei dir zu Hause nicht sicher war?«

Sie schaute zu Bean hinüber, die einen imaginären Schwertkampf mit einem angreifenden Ritter spielte.

»Vielleicht.«

»Du kannst da nicht mehr hin«, sagte Flick. »Du und Bean, ihr könnt in der Hope Terrace bleiben, solange du willst.«

»Aber deine Eltern …«

»Die werden die nächsten Monate noch weg sein. Und bis es so weit ist, fällt uns schon noch was ein.«

Tyler schüttelte den Kopf. »Wir können uns dir nicht so aufdrängen.«

Sie berührte seinen Arm. »Natürlich könnt ihr.«

»Das ist total verrückt, wir haben uns doch gerade erst kennengelernt.«

Sie griff jetzt auch nach seinem anderen Arm, als wollte sie ihn gleich schütteln. »Tyler, du bist das Beste, was mir seit vielen Jahren passiert ist.«

Er runzelte die Stirn und wandte sich ab.

»Es ist mein Ernst«, sagte sie.

»Ich hab dir nichts als Ärger gebracht.«

»Das stimmt doch gar nicht, du hast mich vor Will gerettet.«

»Und dann hast du mich vor ihm gerettet.«

»Na, bitte schön, wir passen perfekt zusammen.«

Tyler sah Bean an, die zu ihnen herüberschaute und winkte. Er winkte zurück. Hinter ihr lag das Krankenhaus, das Durcheinander weißer Dächer in der Senke. Regenwolken näherten sich schnell aus dieser Richtung, sie würden hier schon bald nass werden.

»Meine Mum ist in unserer Wohnung.«

»Man hat sie schon aus dem Krankenhaus entlassen?«

»Sie brauchten das Bett.«

»Dann bring sie mit ins Haus.«

»Das kann ich nicht machen.«

»Natürlich kannst du. Da ist jede Menge Platz.«

»Sie ist …« Er wusste nicht, wie er den Satz beenden sollte.

»Sie ist deine Mum«, sagte Flick. »Und Beans Mum. Das ist alles, was zählt.«

Tyler starrte sie an. Sie war so viel organisierter als er.

»Lass uns gehen und sie abholen«, sagte Flick.

Tyler runzelte die Stirn. »Du fährst mit Bean zu deinem Haus, ich komme dann mit ihr nach.«

»Warum?«

Er wollte nicht, dass Flick auch nur in die Nähe von Greendykes House kam, die Holts könnten dort warten. Oder Barry. Und selbst wenn sie nicht dort waren, bei Angela würde einiges an Überzeugungsarbeit nötig sein, falls sie sich überhaupt in einem Zustand befand, in dem sie überzeugt werden konnte.

»Tu's einfach, bitte«, sagte er.

Bean kam zu ihnen gerannt, und Tyler trat von Flick zurück, um sich von seiner Schwester umarmen zu lassen. Er schaute auf, und Flick lächelte ihn genau in dem Augenblick an, als er die ersten Regentropfen auf dem Gesicht spürte.

37

Die Augen für mögliche Gefahrenquellen offen, ging er zurück nach Hause und rechnete damit, jeden Moment neben sich ein Auto mit quietschenden Reifen zu hören und die Holts herausspringen zu sehen. Der Lärm von der Baustelle war an diesem Tag gewaltig, der Boden bebte unter seinen Füßen, als Bagger um riesige Erdhaufen herumkurvten, Männer mit Helmen und Ohrenschutz einander irgendwas zubrüllten. Eines Tages würden hier überall schöne neue Einfamilienhäuser stehen, viel zu teuer, um sie sich leisten zu können, und fünfzig Jahre später würden sie alt sein und abgerissen werden, um an ihrer Stelle etwas anderes zu errichten, und immer so weiter, bis alle Menschen tot waren und die letzten Häuser zerfielen und sich in Nichts auflösten und Tiere und Pflanzen alles wieder für sich zurückerobern konnten.

Es hatte sich inzwischen eingeregnet, der Geruch von nasser Erde stieg von den Schutt- und Erdhaufen hinter dem Natodraht zu seiner Linken auf. Die Wolken hingen niedrig und lasteten auf ihm, saugten das Licht aus dem Himmel. Er hatte seine Kapuze hochgezogen, spürte das leise Klopfen der Regentropfen auf dem Stoff, stellte sich vor, sie würden sich durch die Kopfhaut in seinen Schädel bohren.

Hinter ihm kam ein Auto angesaust, er spannte sich an, rechnete schon halb damit, dass es auf den Bürgersteig schwenkte und ihm die Beine unter dem Leib wegriss, ihn in eine komplett neue Zukunft voller Schmerz schleuderte.

Bei seinem Hochhaus wirkte alles unverdächtig. Vielleicht hatten die Holts doch noch nicht herausgefunden, wo sie wohnten. Vielleicht hatten sie das gestohlene Auto oder den Rest des Diebesguts noch nicht zurückverfolgen können. Vielleicht hatte Kelly nicht geredet, als sie sie schlugen. Bei dem Gedanken wurde ihm schlecht.

Tyler nahm die Treppe, damit der Aufzug keinen Lärm im Korridor ihrer Etage machte. Er fragte sich, ob Barry mit den Hunden gerade dort war oder irgendwo unterwegs und noch mehr Irrsinn ausheckte.

Er drückte die Tür des Treppenhauses auf der fünfzehnten Etage auf und schlich über den Flur zu ihrer Wohnung. Keine Hundegeräusche aus Barrys Wohnung. Er steckte seinen Schlüssel ins Schloss und öffnete die Tür, schlüpfte hinein und zog sie hinter sich zu. Schob die Kapuze vom Kopf und ließ sich eine Sekunde Zeit, um wirklich anzukommen. Es fühlte sich bereits wie die Wohnung anderer Leute an. Er hatte nur eine Nacht mit Bean in Flicks Haus verbracht, aber schon hatte er sich an den Luxus gewöhnt, den Platz, sich auszudehnen, ein Zimmer, groß genug für eine Kommode, ein ganzer Raum nur als Arbeitszimmer. Das bekam man, wenn man Geld hatte: Platz. Platz zu haben war der entscheidende Unterschied, bot einem die Chance, zumindest einen Moment lang in die eigene Welt flüchten zu können, schenkte einem inneren Frieden. Das war der Grund, warum er überhaupt damit angefangen hatte, allein in die Häuser anderer Leute einzusteigen, wegen der Chance auf Raum, Zeit und Leere. Dinge, die er in seinem normalen Leben nie bekam.

Er ging davon aus, Angela schlafend vorzufinden, entweder im Bett oder vor dem Fernseher, vielleicht hatte sie sogar wieder eine Überdosis genommen. Aber als er die Wohnzimmertür öffnete, stand sie in der kleinen Küche, hatte Zutaten vor sich ausgebreitet, Eier, Pilze, Milch und Schinken.

Sie sah auf.

»Wo gehobelt wird, da fallen Späne«, sagte sie, schlug ein Ei auf und leerte den Inhalt in eine Schüssel.

Es war abgedroschen, das wusste sie selbst, aber ihre Augen waren klar, sie funktionierte, auf ihrem Gesicht keine Spur von Rausch. So wie's aussah, hatte sie sich sogar die Haare gewaschen.

»Willst du eines?«, fragte sie.

»Nein danke, alles okay.«

»Ist jede Menge da.«

Er ging zu der kleinen Küche und legte eine Hand auf die Arbeitsfläche. »Mum, wir müssen gehen.«

Sie runzelte die Stirn, während sie die Eier verquirlte. »Gehen? Wohin?«

»Zu einem Freund.«

»Was redest du da? Das hier ist unser Zuhause.«

Tyler holte tief Luft. Es wäre einfacher gewesen, wäre sie total zugedröhnt und unfähig, was zu begreifen. Tyler bekam sofort ein schlechtes Gewissen wegen dieses Gedankens.

»Es ist hier nicht sicher.«

»Wie meinst du das?«

Tyler saugte an seinen Zähnen. »Barry hat was gemacht.«

Sie stellte die Pfanne über die Gasflamme, kippte die Eiermischung hinein und verteilte alles schwenkend. »Was?«

»Mum, da ist was, das ich dir erzählen muss, bitte.«

Irgendetwas an seinem Tonfall drang zu ihr durch und sie sah ihn an, rieb die Hände an der Vorderseite ihrer Jeans ab. »Worum geht's?«

Tyler wendete den Blick nicht ab. »Kelly ist tot, Mum.«

Er sah, dass sie schluckte und nach Luft schnappte. »Was?«

»Sie ist ermordet worden«, sagte Tyler. »Die Polizei hat sie heute Morgen gefunden.«

Angela starrte das Omelette an, dann wieder ihn.

Tyler trat zu ihr, nahm die Pfanne von der Flamme, stellte das Gas ab.

Angelas Hände zitterten. »Ich glaub dir nicht.« Sie hob eine Hand an die Augen, rieb sie, massierte dann den Nasenrücken.

Sie sah ihn an. »War's Barry?«

Tyler schüttelte den Kopf. Natürlich wusste sie, wie ihr Sohn war, dass er dazu fähig war. Wenn Tyler nicht die Umstände gekannt hätte, dann hätte er auch Barry auf seiner Liste der Verdächtigen ganz nach oben gesetzt.

»Nein, ich glaube nicht«, sagte er.

»Was dann?«

»Barry hat was Verrücktes getan, Mum. Er hat ein paar üble Leute ziemlich sauer gemacht. Ich glaube, die haben Kelly umgebracht.«

»Ich verstehe das nicht«, sagte sie und streckte eine Hand nach der Schüssel aus.

Falls irgendwas sie blitzschnell zurück zur Nadel bringen konnte, dann so etwas. Er wünschte, er hätte es ihr nicht sagen müssen, und er hasste Barry dafür, ihn in diese Situation gebracht zu haben, dass er die Nachricht hatte überbringen müssen. Er hasste Barry wegen jeder einzelnen Sache, die dieser über die Jahre getan hatte, die ständigen Schikanen und Einschüchterungen, die Prügel und die Drohungen, dass er ihn gezwungen hatte, in Häuser einzubrechen, die Andeutungen, dass Bean die Nächste sein würde, die endlose Fortsetzung dieser ganzen Scheiße.

»Warum setzt du dich nicht?«, sagte Tyler und führte sie zum Sofa. Der Fernseher lief, der Ton war leise gestellt, irgendwas über billige Antiquitäten, identisch gekleidete Kandidaten und irgendein feiner Typ, der sie einschleimte. Beim Tagesfernsehen ging's immer um große Hoffnungen und Sehnsüchte, bei einer Versteigerung ein paar Mäuse machen, ein Dreckloch von Haus aufmotzen, mit der ganzen Familie ans andere Ende der Welt ziehen. Aber was, wenn man nichts hatte, worauf man aufbauen konnte? Oder weniger als nichts, was dann?

»Kelly«, sagte Angela.

Tyler fragte sich, ob sie wohl versuchte, an Kelly als Baby zu denken, als Kleinkind. Wann war ihr alles entglitten? Die Vorstellung, Kids zu haben, an die man sich die meiste Zeit kaum erinnern konnte. Jetzt war Kelly tot, viel zu spät, keine Chance mehr, irgendwas wiedergutzumachen.

»Wir müssen gehen«, sagte Tyler so behutsam er konnte.

Sie starrte ihn an, aber es war, als könnte sie ihn nicht sehen, ihre Gedanken waren ganz woanders.

Sein Telefon klingelte. Flick.

Er stand auf, drehte sich zur Seite, nahm das Gespräch an.

»Hey.«

»Hallo, Tyler.« Die Stimme eines Mannes. Er hatte sie schon einmal vor dem Krankenhaus gehört. Deke Holt.

Tyler dachte, er müsste sich übergeben. »Wer spricht da?«

»Du weißt, wer ich bin.«

»Wo ist Flick?«

»In Sicherheit. Das Gleiche gilt für deine kleine Schwester. Übrigens, nette Mädchen, die zwei.«

Tyler sah Angela an, die wie in Trance ins Nichts starrte.

»Tun Sie ihnen nichts.«

Deke stieß ein krächzendes Lachen aus. »So wie du meiner Frau nichts getan hast?«

»Das war ich nicht.«

»Interessiert mich nicht.«

»Wie haben Sie uns gefunden?«

»Das Auto. Wee Sam hat euch verpfiffen. Wir haben deine Schwester in der Wohnung gefunden. Pech für sie. Sonny hat deine Spur dann an der Grundschule des Mädchens aufgenommen.«

Tyler schluckte. »Und was jetzt?«

Eine Sekunde nur Rauschen in der Leitung, vielleicht das Knistern einer brennenden Zigarette. »Bring mir deinen Bruder. Sobald ich euch beide habe, lasse ich die Mädchen laufen.«

»Warum sollte ich Ihnen vertrauen?«

»Kannst du nicht.« Ein weiterer Zug an der Zigarette. »Und klar ist, wenn du zu den Bullen gehst, bring ich sie um.«

»Sie bluffen.«

»Hab ich bei Kelly gebluff?«

Tyler schluckte und schaute sich nach Antworten suchend im Zimmer um. Nur in der Pfanne erstarrendes Ei, seine paralysierte Mum auf dem Sofa, das Geplapper aus dem Fernseher.

»Wo sind Sie?«, fragte er.

38

Aus Gewohnheit wanderte sein Blick aufmerksam über das ganze Haus, als er die Einfahrt hinaufging, dann nahm er den Schlüssel, den Flick ihm gegeben hatte, und schloss die Haustür auf. Im Inneren war es still. Er ging den Flur hinunter und schaute in die Küche. Snook und die Welpen schliefen auf dem Boden neben einer Schale Wasser. Es fühlte sich komisch an, ohne Flick und Bean hier zu sein.

Er musste sie finden. Denk nach, Tyler. Sie ist damit runtergekommen, was bedeutet, sie wird oben aufbewahrt. Höchstwahrscheinlich im Elternschlafzimmer.

Er rannte zwei Stufen auf einmal hinauf und lief ins Schlafzimmer. Die Laken und Decken waren immer noch durcheinander von der letzten Nacht, es kam ihm wie eine Ewigkeit vor, seit er hier eingepennt war, fast als wär's einer anderen Person passiert. Jemandem, dessen Halbschwester nicht ermordet worden war, der nicht von der Polizei verhört worden war, dessen Mum noch im Krankenhaus lag, der nicht versucht hatte, ein Haus in Brand zu setzen, dessen Freundin und Schwester nicht vom größten Gangster der Stadt als Geisel gehalten wurden. Aber plötzlich war er all das wieder, und er hatte sich verändert.

Zuerst sah er unter dem Bett nach, kam es ihm doch vernünftig vor, wenn Flicks Dad sie für den Fall eines Einbruchs in greifbarer Nähe haben wollte. Aber außer Wollmäusen war da nichts. Er versuchte sein Glück mit den Nachttischen, ebenfalls nichts.

Er begann, so vorsichtig wie möglich die Schubladen zu durchsuchen, wollte kein Chaos hinterlassen. Es kam ihm unangemessen vor, in der Unterwäsche von Flicks Mum zu wühlen, ihre BHs und Slips anzufassen. Er schob seine Hand in die hintersten Ecken der Schubladen, fand nichts. Dann die Kommode von Flicks Dad, das gleiche Ergebnis.

Im Kleiderschrank sah er Röcke und Jacken durch, Hosen und Hemden. Unten Schuhkartons. Er öffnete jeden einzelnen und sah hinein. Nichts. Er schaute sich um, der einzige Lagerort, den er noch nicht überprüft hatte, war eine große Truhe neben dem Erkerfenster. Er ging hinüber, schob den Riegel zurück und klappte sie auf. Decken und Laken. Er warf sie zur Seite, strich mit der Hand über jede Lage, bis er unten angekommen war. Dann berührten seine Knöchel etwas.

Er nahm es heraus. Ein Ledertuch um etwas Hartes.

Er wickelte es aus und starrte auf eine Waffe. In den Lauf eingraviert stand *U.S. 9 mm M9-P. Beretta-12486.* Er spürte ihr Gewicht in seiner Hand, den geschwungenen Griff, die glatte Kälte des Metalls. Er untersuchte sie. Es gab mehrere Schalter und Klammern an Griff und Lauf. Er sah im Ledertuch nach, keine Munition.

Er nahm sein Handy heraus und googelte »Laden und Abfeuern einer M9 Beretta«. Hunderte Treffer auf YouTube. Er sah sich den kürzesten Film an, weniger als eine Minute. Machte alles nach, öffnete den Schlitten und setzte die Schlittenarretierung. Ließ das Magazin aus dem Schacht mit der Sicherung am unteren Ende des Griffs springen, kontrollierte die Kugeln, den Schacht und den Lauf, drückte das Magazin wieder hinein. Der Sicherungsbügel befand sich neben dem Daumen, nach oben bedeutete schussbereit, nach unten war die Waffe gesichert. Leicht.

Sorgfältig legte er alle Laken und Decken zurück in die Truhe und schloss sie.

Er nahm die Pistole und versuchte, sich an ihr Gewicht und ihre Form zu gewöhnen. Zielte vor dem Spiegel auf sich und stellte sich vor, sie abzudrücken, zu sehen, wie das Glas seines Spiegelbildes zersprang.

Er nahm sein Telefon heraus und wählte.

Es klingelte sehr lange, aber schließlich ging er ran.

Tyler starrte sich im Spiegel an.

»Barry, ich weiß, wie wir die Holts kriegen können.«

39

Tyler starrte vom Dach aus in die Ferne. Nicht zum Krankenhaus und zur Burg, sondern in die andere Richtung, weiter raus aus der Stadt nach Südosten. Über den Park zu den neuen Häusern, die auf The Wisp gebaut wurden, dahinter Fort Kinnaird, das Brachland und die Felder des braunen Gürtels, die Fabriken und Büros, die dort schnell und billig hochgezogen wurden. Er fragte sich, wie weit man wohl gehen müsste, bis man eine Stelle erreichte, an der es keinen Hinweis auf die Inbesitznahme durch den Menschen mehr gab, wo der Planet unbehelligt gelassen wurde. Aber so funktionierten Städte nicht, sie breiteten sich immer weiter und weiter aus, bis alles infiziert und bedroht war.

Er zog die Pistole immer wieder aus dem Hosenbund, spielte damit, gewöhnte sich daran. Es war unbequem und unhandlich, er musste an all die blöden Filme denken, in denen harte Typen vier Waffen am Körper versteckt hatten. Absolut lächerlich. Wenn er sie im Hosenbund stecken hatte, den Hoodie bis über den Gürtel heruntergezogen, dann kam es ihm so offensichtlich vor, als würde das Ding leuchten und ein klares Signal in die Welt hinausschicken.

»Was zum Teufel machst du hier oben?«

Er zuckte zusammen, als er Barrys Stimme hörte. Er hatte nicht mitbekommen, dass die Metalltür geöffnet worden war. Er hatte Barry den Rücken zugekehrt und berührte den Lauf der Pistole durch den Stoff seiner Jeans.

Er drehte sich um. »Brauchte mal frische Luft.«

»Luft«, stieß Barry hervor, als wäre Luft der Feind. »Scheiße, ey.«

Tyler dachte an Bean und Flick, fragte sich, ob sie wohl gefesselt waren, unter Drogen gesetzt, geschlagen. Er war im Haus der Holts gewesen und fragte sich, in welches Zimmer er Gefangene stecken würde. Er grübelte, ob es wohl möglich war, sich irgendwie hineinzuschleichen, Deke und die anderen in ihrem eigenen Haus zu überraschen. Verrückt. Er hatte nicht mal eine Ahnung, wer überhaupt dort war, geschweige denn wo im Haus sie sich befanden. Und er durfte auf keinen Fall die Mädchen noch mehr in Gefahr bringen. Er musste sie da rausholen, nur darauf kam es an.

»Du hast dir ziemlich Zeit gelassen«, sagte Tyler.

Rotzig zu sein war riskant, aber er musste beweisen, dass er bereit war.

Barry grinste. »Hab noch das hier geholt.«

Er zog eine abgesägte Schrotflinte unter dem Mantel hervor. Tyler hob die Augenbrauen. Anscheinend war es doch ziemlich einfach, eine Waffe zu verbergen.

»Woher?«

»Ist doch egal«, sagte Barry und schwang das Ding, als befände er sich in einem Gangsterfilm. »Die Holts sind am Arsch, und nur darauf kommt's an.«

Tyler nickte.

»Also, wo sind sie?«, fragte Barry.

Barrys Pupillen waren vergrößert und er schniefte, war bis zum Gehtnichtmehr zugekokst, seine Beine zitterten, seine Halsmuskulatur war angespannt. Tyler sah über Barrys Schulter in den Westen der Stadt, zu den Hunderttausenden Menschen, die einfach ihr Leben lebten.

»Komm«, sagte er und ging so selbstbewusst es seine Beine erlaubten an Barry vorbei. »Ich werd's dir zeigen.«

• • •

»Erzähl's mir noch mal, ganz von vorne.«

Barry versuchte, Tyler zu einem Schnitzer zu provozieren, entweder das oder sein koksumnebeltes Gehirn konnte keine Information länger als zehn Sekunden speichern. Das Auto fuhr am Polizeirevier vorbei die Duddingston Road West hinunter, wo Tyler den Tag begonnen hatte, vorbei am Golfplatz und den Sportplätzen, dann tauchte links von ihnen Duddingston Loch auf. Nur eine der unzähligen Inseln innerhalb der Stadt, wo der urbane Siedlungsbereich plötzlich Platz machte für Flora und Fauna, dazu abgelegene Areale, wo man sich jeden Scheiß erlauben konnte, ohne dass jemand zusah.

»Sie haben mich angerufen. Sie wollen sich treffen, einen Waffenstillstand schließen.«

Genauso schnell waren sie dann wieder in bebautem Bereich, standen an der Kreuzung mit der A1. Barry trommelte aufs Lenkrad, sein Fuß gab immer wieder nervös Gas. Tyler war überrascht, dass er nicht einfach rücksichtslos bei Rot weitergefahren war, so von der Rolle wirkte er auf ihn. Ant und Dec zappelten unruhig hinten rum, spiegelten Barrys Nervosität. Tyler hatte nicht daran gedacht, dass die Hunde mitkamen, sie komplizierten alles ein wenig.

»Woher hatten die deine Nummer?«

Tyler starrte die rote Ampel an, versuchte sie mit schierer Willenskraft dazu zu bringen, für immer rot zu bleiben.

»Von Kellys Telefon, vermute ich.«

»Scheißwaffenstillstand.« Barry spie das Wort aus, als widerte ihn schon allein der Begriff an. »Die haben Kelly umgebracht. Scheiß auf Waffenstillstand.«

Als ob Barry sich je wirklich für sie interessiert hätte. Sie war nur ein Vorwand für seine Wut, der letzte Punkt in einer langen Liste von Dingen, über die man sich empören und wegen denen man gewalttätig werden konnte, die Welt wollte ihn nur fertigmachen, jeder stand ihm im Weg, das Leben war ein ständiger Kampf. Es musste ziemlich ermüdend sein, dachte Tyler, immerzu so voller Wut zu sein.

Barry hielt die Schrotflinte beim Fahren auf seinem Schoß, legte eine Hand drauf, wenn er nicht gerade schalten musste. Sie erreichten hundert Meilen auf der A1 in einer Dreißiger-Zone, mussten dann mit quietschenden Reifen auf Höhe von *Jock's Lodge* wieder vor einer Ampel halten. An der Ecke befand sich ein Lokal, das noch bis vor Kurzem einem alten Mann gehört hatte, eine gute Kneipe, um den Arsch aufgerissen zu bekommen. Der Laden machte zu, als am Ende jemand auf der Toilette erstochen wurde. Nur noch fünf Minuten bis zum Ziel, Tyler spürte das heiße Metall der Beretta in seiner Jeans. Er schwitzte zwischen den Beinen, sein Bauch fühlte sich an, als wäre er mit Beton ausgegossen. Einer der Hunde bellte hinten, und Tyler zuckte zusammen. Der andere Hund schnüffelte um den ersten herum, betatschte ihn aggressiv mit der Pfote.

Rot, Gelb, Grün, und weiter ging's, links abbiegen bei Meadowbank Richtung Holyrood Park, dann wieder links auf die einspurige Straße, die auf der Rückseite zum Gipfel des Arthur's Seat hinaufführte. Die Straße war schmal und kurvenreich, sie fuhren viel zu schnell, Tyler wurde auf seinem Sitz hin und her geschleudert, spürte immer wieder einen Stich, wenn der Lauf der Pistole sich in seine Genitalien bohrte. Die Hunde purzelten im Fußraum vor der hinteren Sitzbank herum, einer jaulte auf und schnappte, als der andere ihm den Schwanz einquetschte.

»Warum hier?«, fragte Barry.

Tyler schüttelte den Kopf. »Schätze, weil hier kein Mensch ist. Keine Zeugen.«

»Soll mir recht sein. Die halten sich für scheißclever, diese Obermotz-Wichser, ich werd denen ja so was von den Arsch aufreißen.«

Sie waren fast da. Arthur's Seat ragte schwarz vor dem Hintergrund eines violetten Abendhimmels auf, und je höher sie kamen, verschluckte die Dunkelheit zunehmend das grelle Licht der Straßenbeleuchtung weiter unten. Von den gelben Sträuchern am Straßenrand zog Tyler ein Duft wie nach Kokosnuss in die Nase.

»Wie sieht dein Plan aus?«, fragte Tyler mit einem Kopfnicken auf die Schrotflinte.

»Die volle Breitseite«, sagte Barry. »Anschließend lasse ich sie von den Hunden zerfetzen.«

Allmächtiger, ein Superplan.

Barry schaltete die Scheinwerfer aus, sofort ergoss sich von draußen die Schwärze ins Wageninnere. Er rollte auf den Haltestreifen vor dem Parkplatz am Dunsapie Loch, machte den Motor aus.

»Was tust du?«, fragte Tyler.

»Überraschungselement. Scheiße, Mann, du hast echt null Ahnung, oder?«

Barry stieg mit der Schrotflinte aus, öffnete dann die hintere Tür für die Hunde. Sie waren knapp zwanzig Meter vom Treffpunkt direkt hinter den Bäumen vor der nächsten Kurve entfernt. Vielleicht war er ja doch nicht so dumm oder zugekokst.

Tyler stieg aus und folgte Barry, als der in geduckter Haltung am Ufer des Lochs entlanglief, die Hunde dicht hinter ihm. Schwäne waren draußen auf dem Nistplatz in der Mitte des tiefschwarzen Wassers, weiße Kleckse in den Schatten. Der Kokosnussgeruch war stärker jetzt, überall um sie herum Ginsterbüsche. Tyler rannte ebenfalls, zog die Pistole aus seiner Jeans, war bereit.

Dann hatten sie den Parkplatz erreicht, befanden sich im hohen Gras auf seiner Rückseite, Brombeersträucher daneben. Der Parkplatz war leer.

»Wie spät ist es?«, fragte Barry.

Tyler sah auf seine Uhr. »Wir sind früh dran.«

Barry schaute sich um, prüfte in alle Richtungen auf Bewegung, aber da war nichts. Würde auch nichts kommen, natürlich. Er drehte sich wieder zum Parkplatz um, während die Hunde im Gebüsch schnüffelten.

Tyler hob die Pistole und richtete sie auf Barrys Hinterkopf. Er war einen knappen Meter entfernt. Die Waffe zitterte in seiner Hand, sein Arm hatte einen eigenen Willen entwickelt. Er musste es tun. Es würde die Lösung für alles sein. Er hörte das dumpfe Geräusch, als hinter ihm ein Schwan mit den Flügeln schlug, aber er drehte sich nicht um. Die Hunde waren etwa drei Meter weit weg links von ihm. Wenn es sein musste, würde er sie ebenfalls erschießen.

Barry verlagerte sein Gewicht, die Augen immer geradeaus, suchte die Straße nach einem Auto ab, einem Zeichen, dass die Holts kamen.

Tyler drückte den Abzug.

Zumindest versuchte er es. Der Abzug bewegte sich nicht. Er erinnerte sich an das Video, die Sicherung. Er bewegte den Daumen den Griff hinauf zu dem Hebel und zog ihn herunter.

Es klickte.

Barry drehte sich um und sah direkt in den auf ihn gerichteten Lauf.

Tylers Hand zitterte nur noch mehr. Er begann den Abzug durchzudrücken, doch Barrys Hand schoss vor und schlug gegen die Waffe, sodass der Lauf nicht mehr auf seinen Kopf zeigte. Das Echo eines Schusses hallte in den Bergen, zerfetzte die Stille. Krähen stoben aus den Bäumen, die Hunde kläfften und knurrten sich an.

»Du verfickte Drecksau«, zischte Barry.

Er verdrehte Tylers Arm, sodass der den Griff um die Waffe lockern musste. Dann packte er die Pistole am Lauf und schlug Tyler den Griff ins Gesicht, zerschmetterte seinen Wangenknochen, ließ Blut aus seiner Nase spritzen. Die Hunde hoben den Kopf, als

Barry Tyler die Pistole auf den Schädel drosch, mit jedem Schlag einen erschauernden Schmerz durch seinen Kopf jagte. Tyler stürzte nach hinten ins Gras, während Barry ihm in die Rippen und den Rücken trat.

»Du undankbares Arschloch, scheiß auf dich! Du bildest dir ein, eine Kanone auf mich richten zu können, du jämmerlicher kleiner Pisser?«

Das kam im Takt mit den Schlägen und Tritten, abgehackte Beleidigungen und Schmerzen, bis Tyler die Arme über den Kopf gerissen und seinen Körper zu einer Kugel zusammengerollt hatte. Mehr Tritte gegen den Hinterkopf, auf die Nieren und das Rückgrat, und sein Körper schwamm im Schmerz.

Schließlich hörte Barry auf. Ant und Dec schnüffelten Tyler ab, zerrten mit den Zähnen an seinen Klamotten, aber nur verspielt. Wenn Barry ihnen den Befehl gäbe, würden sie ihn umbringen.

Tyler hörte Barrys heftiges Schnaufen. Barry spuckte ihn an, dann schnaufte und keuchte und fluchte er weiter.

»Nach allem, was ich für dich getan hab, du nutzloser kleiner Arsch. Du bist ein Verräter deiner Familie.«

Tyler nahm die Arme vom Gesicht und schaute auf.

Barry hatte die Pistole eingesteckt, die Schrotflinte war auf Tylers Gesicht gerichtet. Barry griff herunter und packte mit der Faust Tylers Haare, zog ihn auf die Füße hoch.

»War das hier alles nur 'ne Falle?«

Tyler schwieg. Barry rammte den Schaft der Flinte auf seine Nase. Mehr Blut tropfte aufs Gras.

»Wo sind die verschissenen Holts?«

Tyler spuckte Blut und wischte sich das Gesicht ab. »Die sind bei sich zu Hause. Es ist nicht abgebrannt.«

Barry packte Tyler und zog ihn Richtung Wagen.

»Komm schon«, befahl er. »Du wirst mir helfen, sie umzulegen.«

40

Barry zwang Tyler zu fahren, damit er die Beretta auf ihn richten konnte, die Schrotflinte an seinen Füßen. Die Hunde hinten wurden immer unruhiger. Nachdem sie vom Arthur's Seat runter waren und den Commie Pool hinter sich gelassen hatten, war es im Grunde nur noch eine lange gerade Straße, bis sie dort waren. Tyler spielte mit der Idee, das Lenkrad nach rechts zu reißen, den Škoda mit einem entgegenkommenden Auto kollidieren zu lassen, aber dabei könnte der andere Fahrer sterben. Vielleicht in die andere Richtung, auf den Gehweg. Sie kamen am Grange Cemetery vorbei – eine lange, hohe Mauer, gegen die sie prallen würden. Aber dazu fehlte ihm der Mut. Und außerdem, wenn er Barry nicht den Holts auslieferte, könnten Flick und Bean sterben. Und natürlich, sollte Barry den Unfall überleben, würde er Tyler auf der Stelle erschießen. Durchaus möglich, dass er ihn ohnehin erschoss, wenn das hier vorbei war. Tyler dachte zurück an den Moment am Dunsapie Loch, als er die Pistole auf Barrys Hinterkopf gerichtet und wie seine Hand gezittert hatte.

Sie waren viel zu schnell da. Es schien, als würden sämtliche Ampeln gerade auf Grün wechseln, wenn sie die Kreuzungen erreichten, als wäre es ihr Schicksal, auf einer grünen Welle zu reiten.

Sie bogen in die St. Margaret's Road ein, und Barry ließ Tyler in der Straße ein paar Häuser vor dem der Holts anhalten.

»Raus.«

Barry war schnell auf seiner Seite ausgestiegen und um den Wagen gekommen, zog Tyler hoch und raus. Die Hunde knurrten, witterten Barrys Wut. Er schleifte Tyler die Einfahrt hinauf.

Ihre Schritte knirschten auf dem Kies, kündigten ihr Kommen an, sollte jemand hinhören. Das war Barrys Plan, einfach rein und das Feuer eröffnen. Barry hatte die Waffen gewechselt, hatte sich die Pistole in die Jeans geschoben und die Schrotflinte auf Tyler gerichtet. Sie erreichten die Haustür.

Barry stieß Tyler die Flinte in den Nacken.

»Du wartest genau dreißig Sekunden, dann klingelst du!« Seine Stimme war ruhig. »Kapiert?«

Tyler schluckte, spürte den Lauf auf seinem Adamsapfel.

»Ich will dich zählen hören«, sagte Barry.

»Eins, zwei, drei …«

Barry schnippte mit den Fingern und rannte mit den Hunden neben sich um die Seite des Hauses, nahm denselben Weg, den sie auch in dieser ersten Nacht genommen hatten, als sie noch nicht wussten, wessen Haus es war und in was sie da hineingeraten würden.

Tyler zählt weiter leise vor sich hin wie beim Versteckspiel. *Alles muss versteckt sein. Eins – zwei – drei – ich komme!* Er trat einen Schritt zur Seite und versuchte, am Rand der Vorhänge vorbei hineinzusehen. Er sah Flick und Bean nebeneinander auf einem Sofa vor dem Fernseher. Monica saß neben ihnen, den Blick in derselben Richtung. Sie war offensichtlich aus dem Krankenhaus entlassen worden, was bedeutete, es ging ihr besser. Das war gut. Die drei sahen wie eine ganz normale Familie aus. Er honorierte es, dass Monica bei ihnen saß, Bean zuliebe versuchte, alles völlig normal erscheinen zu lassen. Bean trug noch ihre Schuluniform, über ihr Gesicht spielte ein kleines Lächeln. Sie lachte über etwas auf dem Bildschirm und sah Flick an, um den Spaß mit ihr zu teilen. Flick lächelte sie an, aber es war eine matte Geste. Er versuchte, in Monicas Gesicht zu lesen, ob sie den beiden wohlwollend gesinnt war oder ob sie vor Wut fast platzte wegen dem, was Barry ihr angetan hatte. Im Krankenhaus hatte sie duldsam gewirkt, aber da war sie auch gerade erst aus dem Koma erwacht, was einen verändern konnte. Vielleicht hatte sie mittlerweile Zeit gehabt, noch einmal über alles nachzudenken, vielleicht wollte sie Barry und ihn jetzt tot sehen, genau wie Kelly.

Tyler vermutete, dass die dreißig Sekunden vorbei waren. Er fragte sich, was wohl passieren würde, wenn er nicht klingelte. Er dachte daran, was Barry geplant hatte. Er dachte an die beiden Waffen und die Killerhunde.

Er klingelte.

Wartete.

Rechnete mit einer Explosion, mit irgendwas Dramatischem.

Stille.

Er hoffte, dass die Mädchen auf dem Sofa blieben, den Kopf einzogen.

Er hörte hinter sich ein Klicken.

»Keine Bewegung.«

Eine Gestalt tauchte neben ihm auf. Sonny, der Schwager. Er hatte eine Handfeuerwaffe auf Tylers Kopf gerichtet, den Finger am Abzug.

Die Haustür öffnete sich, und da standen Deke und Ryan, beide mit abgesägten Schrotflinten in den Händen. Eines war ganz sicher: Selbst wenn Tyler diese Sache hier überlebte, er würde nie wieder in die Schule gehen können, könnte nie wieder mit Ryan Holt in ein und demselben Gebäude sitzen.

»Barry ist an der Tür hinter dem Haus«, sagte Tyler.

»Wissen wir«, sagte Deke. »Komm rein.«

Plötzlich gab es eine Explosion, die das Haus erschütterte. Alle zuckten zusammen. Sonny ergriff Tylers Jacke und riss ihn ins Haus, benutzte ihn als Schild. Der Schuss war aus dem hinteren Teil des Hauses gekommen, dann das Geräusch von splitterndem Holz. Barry trat die Hintertür ein. Es folgten weitere Schüsse. Tyler konnte den Flur bis hinunter zur Küche sehen. Zwei mit

Pistolen bewaffnete Schlägertypen nahmen die aufschwingende Hintertür unter Feuer.

Als Tyler in den Flur gestoßen wurde, sah er, wie sich Ant und Dec durch die Tür auf die beiden Schlägertypen stürzten, der eine hatte es auf die Schusshand abgesehen und riss daran, der zweite stürzte sich auf die Kehle des anderen Kerls. Beide Männer waren muskelbepackt und hart, aber damit hatten sie nicht gerechnet. Ein Irrer mit Schrotflinte war okay, aber ausgebildete Kampfhunde waren etwas völlig anderes. Beide lagen bereits auf dem Boden, die Hunde knurrten und rissen an ihren Händen und Gesichtern, der eine biss einem der Typen ein großes Stück aus dem Hals, der andere ging tiefer und versenkte die Zähne in der Taille des Mannes. Er schrie und krümmte sich, versuchte zu entkommen. Beide hatten ihre Waffen fallen lassen, die jetzt auf dem Boden lagen und darauf warteten, aufgehoben zu werden.

Sonny hielt immer noch Tyler, stieß ihn weiter in den Flur.

Ryan stand mit offenem Mund da und starrte auf die sabbernden, knurrenden Hunde, während Deke zielte und schoss, das Hinterteil eines Hundes streifte, ihn kurz aufheulen ließ, doch sofort stürzte sich das Tier auch schon wieder auf den unter ihm liegenden Mann.

Barry tauchte in der Küchentür auf und feuerte. Die Ladung aus der Schrotflinte fegte dicht an Tylers Kopf vorbei. Deke und Ryan suchten in der Tür zum Wohnzimmer Deckung, Ryan verschwand darin, während Deke im Türrahmen blieb und das Feuer erwiderte. Sonny kauerte hinter Tyler, der jetzt als Einziger ein ungeschütztes Ziel für Barrys Feuer darstellte. Aus Richtung der Küche krachten zwei weitere Schüsse.

Deke erwiderte das Feuer aus der Wohnzimmertür und Sonny ebenfalls, die Pistole direkt neben Tylers Kopf, ihr Knall ohrenbetäubend.

Barry schoss wieder, diesmal mit Flicks Beretta, kurze, knackige

Laute, die Tyler erschütterten und sich so nahe anfühlten, dass er sich schon beiläufig fragte, ob er getroffen worden war.

Sonny hatte seinen Griff gelockert, als Barrys Schüsse krachten, sodass Tyler seine Chance sah und sich losriss, vorbei an Deke den Flur hinunterrannte und in die Küche schlitterte, dort auf die Fliesen stürzte. Er griff nach einer der Pistolen auf dem Boden und fasste sie, krabbelte schnell rückwärts in eine Ecke des Raums.

Er sah Barry aus der anderen Ecke der Küche auftauchen und wieder in den Flur schießen. Von irgendwo hinter Tyler löste sich ein Schuss, das musste Deke oder Sonny sein, und zerschmetterte das Küchenfenster hinter Barrys Kopf.

Barry entdeckte Tyler mit der Pistole in der Hand bei sich in der Küche und grinste breit.

»Legt euch nicht mit den Wallaces an!«, brüllte er. Er hatte jetzt in jeder Hand eine Waffe, seine Bewegungen hatten etwas Wiegendes, während die beiden Hunde immer noch die Kerle auf dem Boden zerfleischten.

Tyler warf einen kurzen Blick den Flur hinunter zu Deke, der sich im Türrahmen versteckte, und zu Sonny, der inzwischen hinter dem Fußende der Treppe kauerte. Aus diesem Winkel konnte Tyler beide erwischen. Er dachte an Ryan im Wohnzimmer bei Bean und Flick, an Monica. Er drehte sich zu Barry um, der zwei Schüsse in den Flur jagte, was die anderen zwang, den Kopf einzuziehen.

Tyler hob die Pistole und richtete sie auf Barrys Gesicht.

Barrys Lächeln verblasste, er schüttelte den Kopf, mehr vor Enttäuschung als aus Angst. Er schwang beide Waffen herum, um auf Tyler zu zielen, doch Tyler drückte den Abzug, einmal, zweimal, dreimal, jagte Barry Kugeln in Gesicht und Brust, sein Halbbruder flog unter lautem Poltern nach hinten gegen die Küchenzeile, dann stürzte er vorwärts auf den Boden, die Waffen schlitterten von ihm fort.

Tyler stand auf und ging zu Ant und Dec, richtete die Waffe auf den Kopf des ersten Hundes und drückte den Abzug, schickte eine Fontäne aus Blut und Hirn über den Mann unter ihm, dann machte er zwei weitere Schritte und tat das Gleiche mit dem anderen Hund, erwischte ihn zwischen den Augen, sein Kopf platzte auf, Knochensplitter und Blut spritzten über die Küchenschränke.

Das Vakuum im Anschluss an den infernalischen Lärm der Schüsse war schmerzhaft. Tyler klingelten die Ohren, sein Herz raste. Die beiden Männer auf dem Boden stöhnten, lagen gekrümmt da, die massigen toten Hunde auf ihnen. Der stechende Geruch von Blut und Schwarzpulver hing in der Luft. Tyler stand keuchend zwischen den Körpern. Er starrte die Hunde an, deren Köpfe nur noch halb da waren, das über ihr glänzendes Fell verspritzte Blut, ihre muskulösen Läufe. Er drehte sich zu Barry um. Blut sammelte sich unter dessen Haaren, breitete sich nach unten und um sein Gesicht aus. Seine Augen waren geöffnet, starrten ins Nichts. Ein Blutbläschen löste sich aus seinem Mundwinkel und zerplatzte.

»Keine Bewegung.«

Deke war hinter ihm. Tyler drehte sich um und sah ihn mit seiner Schrotflinte kommen, vorsichtige Schritte in die Küche machen. Hinter ihm hatte sich Sonny neben den ersten der beiden Männer gehockt, die von den Hunden angefallen worden waren. Er schob den Hund beiseite und half ihm, sich aufzusetzen und gegen die Schranktür zu lehnen, während die Hand auf seinem Hals das aus der Wunde quellende Blut nicht stoppen konnte.

Deke stand jetzt fast neben ihm.

Tyler sah ihn an, senkte dann den Blick auf die Pistole in seiner eigenen Hand. Es fühlte sich an, als gehörte sie nicht zu ihm, als wäre sie etwas völlig Eigenständiges. Er öffnete die Hand, um die Waffe besser betrachten zu können, mit der er seinen Bruder und die Hunde getötet hatte.

Er schaute wieder zu Deke auf, ließ die Waffe scheppernd auf den gefliesten Küchenboden fallen und hob die Hände.

Deke behielt die Schrotflinte auf ihn gerichtet und trat zu Barrys Leiche hinüber. Stieß sie mit der Schuhspitze an, dann noch einmal fester. Barry bewegte sich wie ein Stück totes Fleisch, plumpste dann zurück. Deke griff ihm in die Haare und hob den Kopf ein Stück an, sah ihm in die Augen. Einen Moment lang hockte er so da, dann ließ er Barrys Kopf fallen. Blut spritzte.

Er stand auf und winkte mit der Flinte auf Tyler.

»Da raus.«

Er führte Tyler aus der Küche ins Wohnzimmer.

Als Deke reinkam, richtete Ryan sich auf. Er stand in der Mitte des Raums, die Schrotflinte auf Flick auf dem Sofa gerichtet. Monica hielt die schluchzende Bean in den Armen. Als Bean Tyler sah, versuchte sie aufzustehen und zu ihm zu laufen, doch Monica hielt sie fest, flüsterte ihr etwas ins Ohr und streichelte ihren Arm, beruhigte sie. Bean schnappte nach Luft, ihr Gesicht ganz verquollen vom Weinen.

Tyler schaute Flick an. Sie wirkte erleichtert, aber auch wütend. Und hatte Angst. Er nahm es ihr nicht übel.

Aus der Küche drang Stöhnen zu ihnen herüber, wo Sonny nach dem anderen verletzten Kerl schaute.

»Was ist passiert?«, fragte Ryan.

Deke deutete lächelnd mit seiner Flinte auf Tyler. »Das Arschloch hier hat seinen Bruder abgeknallt. Wie einen Sack Kartoffeln. Drei Schüsse. Eiskalt. Dann hat er die Hunde hingerichtet.«

Ryan runzelte die Stirn. Er wirkte nervös, seine Schrotflinte schwankte zwischen Bean und Flick auf dem Sofa.

Tyler zeigte auf ihn und sprach Deke an. »Kann er die Flinte vielleicht runternehmen?«

Deke sah Tyler an, dann wieder Ryan. »Nimm sie runter. Sonst erschießt du noch deine Mum.«

Ryan senkte die Schrotflinte, behielt aber Tyler mit einem feindseligen Blick im Auge.

Erst jetzt registrierte Tyler das Erkerfenster. Nachdem Barry sie zuvor eingeschlagen hatte, waren die Sprossenscheiben bereits wieder ersetzt worden. Ein leichter Benzingeruch hing in der Luft, aber keine Spur von Beschädigungen an Teppich, Vorhängen oder Mobiliar. Wer kann einen Brandschaden und eingeschlagene Scheiben so schnell reparieren lassen? Jemand mit einem Arsch voll Geld und Beziehungen. Jemand, mit dem man sich besser nicht anlegte.

Tyler sah Bean und Flick an. Er überlegte, was er sagen könnte, aber es fiel ihm nichts ein.

Sonny erschien in der Tür. »Die Jungs brauchen Hilfe. Schnell.«

Deke runzelte die Stirn. »Lass Malone kommen.«

Sonny nahm sein Handy heraus und verschwand wieder in der Küche.

»Ich hab getan, was Sie verlangt haben«, sagte Tyler. »Ich habe Ihnen Barry gebracht.«

»Du hast ihn die Hintertür kurz und klein schießen lassen, während du vorne den Köder gemacht hast.«

»Er hat mich mit der Waffe bedroht.«

»Aber doch nicht mehr, als du allein vor der Haustür gestanden hast.«

»Ich hab's Ihnen gesagt, sobald ich das konnte.«

Deke kratzte sich am Kinn, dachte nach.

Monica hielt immer noch Bean im Arm, sprach beruhigend auf sie ein. Flick saß bewegungslos auf dem Sofa und sah Tyler an.

»Sie haben gesagt, Sie lassen die Mädchen gehen«, sagte Tyler.

Deke lächelte wieder. »Ich hab aber auch gesagt, du kannst mir nicht trauen.«

»Ich hätte die Polizei mitbringen können. Hab ich aber nicht.«

»Ich hätte die Mädchen umgelegt.«

Tyler warf Bean einen Blick zu. »Ich habe mich für Sie um Barry gekümmert.«

Deke nickte stumm, dachte noch nach.

Monica meldete sich zu Wort, ihre Stimme klang völlig ruhig. »Was wirst du tun, Deke?«

»Die haben zu viel gesehen«, sagte Deke.

Monica tätschelte Beans Arm und stand auf. Sie ging langsam auf Deke zu, eine Hand auf der Stichwunde auf dem Rücken.

»Es hat hier schon genug Gewalt gegeben«, sagte sie.

Deke zeigte auf Tyler. »Die haben unser Haus entehrt. Sie haben dich beinahe umgebracht.«

Nachdem Monica nicht mehr auf dem Sofa saß, lief Bean nun zu Tyler, und die plötzliche Bewegung veranlasste Ryan, seine Waffe auf sie zu richten. Sie warf die Arme um Tylers Taille und drückte sich an ihn.

Tyler hob eine Hand und deutete auf Ryans Gewehr. »Scheiße, Mann, bitte.«

Ryan zögerte, senkte die Flinte aber schließlich wieder.

Monica zeigte auf Tyler und sprach zu Deke, leise und eindringlich. »Er hat mich nicht niedergestochen, das weißt du. Der andere war's, und der ist jetzt tot. Und er hat ihn getötet.«

Deke dachte darüber nach.

Monica legte eine Hand auf seine Schulter. »Er hat den Krankenwagen angerufen, Derek. Er hat mir das Leben gerettet.«

Tyler schloss die Augen und drückte Bean.

Monica sprach weiter: »Es ist vorbei. Bitte.«

Deke dachte sehr lange darüber nach. Er sah Monica an, dann Flick, dann Tyler und zum Schluss Bean. Er schaute sich im Zimmer um. Tyler folgte seinem Blick und bemerkte das durch Barrys Schüsse zersplitterte Holz des Türrahmens, Flecken auf dem Teppich von seinen eigenen blutbeschmierten Schuhen. Er dachte an die Schweinerei dort hinten. So viel sauber zu machen, so viel zu vergessen.

Deke sah Monica an, deren Hand immer noch auf ihrem Rücken lag.

»Okay«, sagte er schließlich.

Er wandte sich an Tyler. »Du bist nie hier gewesen.«

Tyler nickte.

»Wir sind uns nie begegnet«, sagte Deke. Er sah Flick an. »Keiner von uns.«

Tyler spürte, wie Bean ihn umklammerte, und er rieb beruhigend ihren Rücken. »Verstanden.«

Deke berührte seine Stirn. »Wenn ich jemals wieder deinen Namen höre oder dein Gesicht sehe, bist du tot.«

»Natürlich.« Tyler schluckte. »Was ist mit Barry?«

Deke sah in den Flur. »Darum kümmere ich mich.« Er deutete mit der Flinte zur Tür. »Geht. Alle.«

Flick sprang vom Sofa auf und ging auf die Tür zu. Tyler folgte ihr, hielt Beans Hand, während sie mit gesenktem Kopf neben ihm ging. Vor Monica und Deke blieb er stehen.

»Danke«, sagte er.

41

Er kämpfte mit einem doppelköpfigen Hund, dessen Gesichter die Hundeversionen von Barry und Kelly waren. Ihre Reißzähne schnappten nach seinem Gesicht, rissen ihm Hautfetzen aus Hals und Wange, während ihre Krallen seinen Körper zerfetzten. Ein anderer Hund mit Beans Gesicht wurde festgehalten, während der erste über ihn herfiel. Bean lächelte ihn an, während Fleisch, Sehnen und Muskeln von ihm, Tyler, gerissen wurden, bis am Ende nur noch ein blutgetränktes Skelett übrig war. Der Bean-Hund beugte sich herab und leckte das Blut von seinem Schädel, saugte an seinen Augäpfeln, bis sie heraussprangen.

Sein Handy klingelte. Schlagartig wachte er auf und sah sich um. Er lag im Bett von Flicks Eltern, Flick auf der anderen Seite und Bean geborgen dazwischen, Flicks Elefanten im Arm. Am Fußende des Bettes lagen Snook, Mario und Luigi.

Durch einen Schlitz in den Vorhängen fiel Licht herein, der neue Tag hatte bereits begonnen. Er nahm sein Telefon und sah auf den Bildschirm. Viertel vor neun, Bean hätte längst in der Schule sein müssen, nicht dass er vorgehabt hätte, sie heute hinzubringen. Dann fiel ihm wieder ein, dass es Samstag war. Wochenende. Der Tag, an dem richtige Familien gemeinsame Unternehmungen machten, mit den Rädern rausfuhren, in den Park oder ans Meer, zum Einkaufen oder ins Kino.

Er erkannte die Nummer des Anrufers. Er wollte nicht, dass das Klingeln die Mädchen weckte, also stand er auf und nahm das Gespräch an, als er aus dem Zimmer ging.

»Tyler?« Pearce. Stimmen im Hintergrund.

»Ja.«

»Wo bist du?«

»Was geht Sie das an?«

»Wir waren heute Morgen bei deiner Wohnung. Deine Mum weiß nicht, wo du oder Bethany – wo ihr seid.«

»Sie ist in Sicherheit und bei mir.«

»Wo?«

»Bei einem Freund.«

Pause am anderen Ende der Leitung. Er konnte nicht sagen, ob sie seufzte oder mit jemand anderem sprach, während sie die Sprechmuschel zuhielt.

»Derselbe Freund wie neulich?«

»Vielleicht.«

Diesmal seufzte sie ganz sicher.

»Ich brauche dich hier auf dem Revier.«

Tyler hob eine Hand vor die Augen. »Warum?«

»Ich denke, das weißt du.«

»Lassen Sie hören.«

»Barry ist tot.«

Eine lange Pause. »Wie ist es passiert?«

»Wissen wir im Moment noch nicht. Er wurde zusammen mit seinen Hunden in einem ausgebrannten Auto gefunden.«

»Ja.«

»Besonders mitzunehmen scheint dich das ja nicht.«

»Sollte es?«

»Oder überrascht.«

Tyler sah zur Tür ins Schlafzimmer, wo Flick und Bean noch schliefen. Er hörte ein leises Plumpsen, dann kam einer der Welpen mit wedelndem Schwanz aus dem Zimmer und zu ihm getapst. Er bückte sich, um den Hund zu streicheln, der sofort an seinen Fingern schnüffelte.

»Barry hat eine Menge ziemlich üble Scheiße gemacht«, sagte er. »Das wissen Sie so gut wie ich.«

Der kleine Hund leckte Tylers Handfläche ab. Es kitzelte.

»Komm einfach her«, sagte Pearce. »Muss ich dir einen Wagen schicken?«

Tyler blickte sich im Haus der Ashcrofts um. »Nein. Ich nehme den Bus.«

• • •

Derselbe Konferenzraum wie zuvor, also immer noch kein offizielles Verhör. Die Tür öffnete sich und Pearce kam mit zwei Bechern Kaffee herein. Sie hatte nicht gefragt, ob er etwas haben wollte, hatte es einfach vorausgesetzt. Sie stellte einen Becher vor ihn hin, setzte sich dann auf die andere Seite des Tisches und blies über ihr eigenes Getränk. Wie zwei gute Freunde, die sich zum Plaudern trafen, abgesehen von all den Leichen, über die sie reden mussten.

»Also«, sagte sie.

Tyler hob die Augenbrauen. Er sah aus dem Fenster, musste an die zankenden Möwen vom letzten Mal denken, fragte sich, ob die wohl ständig auf dem Parkplatz abhingen, Gewohnheitstiere wie alle anderen auch. Oder ob sie es geschafft hatten, aus ihrem Trott auszubrechen. Falls das überhaupt möglich war.

»Also«, sagte er.

Er trank einen Schluck Kaffee. Zu viel Milch. Er stellte den Becher ab.

Pearce betrachtete ihn durch den aufsteigenden Dampf aus ihrer eigenen Tasse. »Was kannst du mir erzählen?«

»Worüber?«

»Den Tod deines Bruders.«

»Sind Sie sicher, dass er es ist?«

Pearce nickte. »Deine Mum hat die Leiche heute Morgen identifiziert.«

Tyler schluckte. »Wie geht's ihr?«

Pearce wartete einen Moment, sah ihn nur an. »Was denkst du denn, wie's ihr geht? Leicht war's nicht, in Anbetracht des Zustands der sterblichen Überreste. Möchtest du Einzelheiten? Die obere Hälfte seines Körpers war vollständig verbrannt, im Grunde ein einziger geschmolzener Fleischmatsch. Aber Körper verbrennen oft sehr eigenwillig, und von daher war seine untere Hälfte erheblich intakter. Sie erwähnte ein Muttermal an seinem Fuß, und da war's, ein bisschen angekokelt, aber erkennbar.«

Tyler hatte nicht mal gewusst, dass Barry ein Muttermal am Fuß hatte. Es bereitete ihm ein komisches Gefühl. Natürlich hatte Angela es gewusst, Barry war immerhin ihr Sohn gewesen, genau wie Kelly ihre Tochter. Angela mochte zwar nicht die beste Mutter der Welt sein, aber sie war die einzige Mum, die sie je hatten. Ihre beiden ältesten Kinder waren jetzt tot. Tyler versuchte, das zu begreifen.

Pearce trank einen Schluck Kaffee. »Also, was weißt du?«

»Wo war sein Auto?«

»Sag du es mir.«

»Glauben Sie, ich war das?«

»Du weißt mehr, als du mir sagst.«

Tyler legte die Hände um seinen Becher.

Pearce musterte ihn. »Das Auto stand im Craigmillar Castle Park, versteckt im Wald.«

»Wie kriegt man ein Auto da rein?«

Er sah sich im Raum um, betrachtete die tristen Wände und Möbelstücke. Pearce ließ ihn die ganze Zeit nicht aus den Augen.

»Allem Anschein nach ist der Wagen über einen einzelnen Poller in der Mitte eines Fußwegs neben der Altstoffsammelstelle an der Old Dalkeith Road gerast. Die liegt am Ende einer Sackgasse, die Sammelstelle war geschlossen. Die Befestigung des Pollers war ohnehin locker, der Verwaltung liegen entsprechende Beschwerden vor.«

Wenn man es in einem Wagen erst einmal aufs Parkgelände

geschafft hatte, konnte man ihn praktisch überall verstecken, es war ein Labyrinth Hunderter versteckter, abgelegener Stellen. Nachts würde niemand dort sein, der die Flammen sah, und vor dem Hintergrund des dunklen Himmels würde der Rauch nicht auffallen. Das Feuer konnte stundenlang brennen, so viele Spuren beseitigen wie nur möglich. Deke hatte es klug angestellt.

»Und die Hunde waren auch im Wagen?«, fragte Tyler.

»Sie waren hinten drin, übel verbrannt.«

»Und, was ist Ihrer Meinung nach passiert?«

Pearce hob ihren Kaffeebecher an den Mund, zögerte und stellte den Becher wieder auf den Tisch, ohne einen Schluck zu trinken. »Die Spurensicherung wird es herausfinden. Und die Telefonunterlagen. Polizeiarbeit, du verstehst.«

Tyler versuchte nachzudenken. Angenommen, die Holts hatten die versuchte Brandstiftung nicht gemeldet, dann blieben aber noch die Schüsse im Haus. Vielleicht bewirkte der Ruf der Familie ja, dass die Nachbarn ihre Nasen nicht in Dinge steckten, die sie nichts angingen. Falls einer von ihnen etwas meldete, würden die Holts kurz darauf die Runde machen und Gespräche führen. Damit blieben dann noch die Videoüberwachung und die Verbindungsunterlagen zu den Handys. Er konnte sich nicht vorstellen, dass es Videoaufzeichnungen von ihm irgendwo in der Nähe des Hauses der Holts gab, aber da es heutzutage überall Kameras gab, war es durchaus möglich. Aber woher sollten die Bullen wissen, genau wann und wo sie suchen mussten? Er dachte übers Telefon nach. Gestern Abend hatte er Barry angerufen, das war das letzte Mal gewesen. Und die Holts hatten Tyler angerufen, aber sie hatten Flicks Telefon benutzt, also gab es da keine Verbindung zu Barry.

Pearce beugte sich vor. »Wo warst du letzte Nacht?«

»Hab ich doch schon gesagt. Ich habe mit Bean im Haus eines Freundes übernachtet.«

Pearce schüttelte den Kopf. »Das muss schon noch ein bisschen präziser werden. Ich brauche einen Namen und eine Anschrift, denn das ist dein Alibi.«

»Ich brauche kein Alibi. Ich hab nichts gemacht.«

Pearce fixierte ihn und senkte die Stimme, warf dann einen kurzen Blick zur geschlossenen Tür, bevor sie weitersprach. »Pass auf, du kapierst das immer noch nicht, oder? Barry ist uns scheißegal. Was sollte es uns groß kümmern, wenn ein mieses kleines Arschloch wie er ins Gras beißt? Und dich wollen wir auch nicht, denn du versuchst nur dein Bestes, zumindest, soweit ich das sehe. Aber du brauchst ein Alibi, damit wir das hier richtig abschließen können. Ich brauche einen Namen und eine Adresse, jemanden, der deine Geschichte bestätigt.«

Tyler blickte aus dem Fenster und sah eine Möwe, die sich in den Himmel erhob. Nur eine. Er fragte sich, ob es wohl eine von denen war, die er neulich beobachtet hatte, nur diesmal allein, ohne ihre Gegnerin. Vielleicht hatte sie ja keine Ahnung, was sie ohne diesen täglichen Kampf gegen ihre Nemesis tun sollte, vielleicht hatte sie ihre Bestimmung verloren.

»Die Holts haben ein Alibi«, sagte Pearce.

Tyler drehte sich wieder zu Pearce um. »Was?«

»Die ganze Bande, Deke, Monica und Ryan, sie waren den ganzen Abend über zu Hause und haben vor dem Fernseher gesessen. Es ist nicht hieb- und stichfest, aber wenn wir nicht mit harten Beweisen kommen, reicht das im Moment für sie.«

Tyler dachte daran, wie Monica, Flick und Bean auf dem Sofa gesessen hatten, während in der Küche Barry und die Hunde in ihrem eigenen Blut einweichten.

»Sie heißt Felicity.«

»Nachname?«

»Ashcroft.«

»Und du und Bethany, ihr zwei seid letzte Nacht bei ihr zu Hause gewesen?«

»Ja.«

»Die ganze Nacht?«

»Ja.«

»Felicity wird das bestätigen?«

Tyler nickte. »Mit Bean müssen Sie aber nicht reden, oder? Sie hat sowieso den ganzen Abend geschlafen.«

Pearce schwieg. Schließlich sprach sie weiter. »Nein. Mit deiner Schwester müssen wir nicht sprechen. Kleine Kinder bringen sowieso bisweilen die Dinge durcheinander, oder?«

Tyler massierte seine Stirn.

Pearce hatte Stift und Block gezückt. »Wie ist die Adresse?«

»20 Hope Terrace.«

»In Morningside? Nichts für ungut, aber woher kennst du ein Morningside-Mädchen?«

Tyler stellte sie sich vor, wie sie mitten in den Glasscherben in Wills Wohnzimmer stand und Blut von ihrer Hand tropfte. Und er lächelte.

»Wir sind uns einfach zufällig über den Weg gelaufen«, sagte er.

42

Am Ende der Musselburgh High Street sprang er aus dem Bus und ging durch den Haupteingang der Inveresk. Er fühlte sich wie ein unerwünschter Eindringling, aber niemand hielt ihn auf. Es war, als wäre ein Scheinwerfer auf ihn gerichtet, und er meinte, alle würden ihn anstarren, aber so war es nicht. Es war Samstagnachmittag, also trug keiner Schuluniform, alle liefen in Hoodies und Jeans herum, als wären sie richtige Kids und ihre Eltern würden nicht Tausende Pfund für das hier bezahlen. Er konnte nicht glauben, dass es keine Security gab, um Leute wie ihn draußen zu halten.

Er hielt den Kopf gesenkt und ging den von Bäumen gesäumten Weg entlang, was mehr Deckung bot als der gerade Weg quer über den Rasen. Das riesige Buntglasfenster der Kapelle beherrschte den Platz, und er dachte daran, wie er dort drinnen mit Flick gesessen und über Zufluchtsorte nachgedacht hatte.

Er bog links ab und schritt auf der Rückseite der Kapelle und der senffarbenen Labors der Naturwissenschaften entlang zu dem Gebäude in der Ecke: das Eleonora Almond House. Er ging hin und klingelte an der Tür, scharrte mit den Füßen, hatte die Hände in den Taschen.

Ein Mädchen mit schwarzen Locken, Ponyfrisur und großer Brille machte ihm auf.

»Ist Flick da?«, fragte er.

Sie sah ihn an und brüllte ins Haus: »Flick, dein Freund ist hier.« Dann verschwand sie.

Einen Moment später kam Bean mit der Schachtel und den Welpen darin angelaufen, neben ihr Snook. Sie stellte den Karton ab und umarmte Tyler.

»Ich hab dich vermisst«, sagte sie.

»Ich hab dich auch vermisst.«

Flick tauchte in der Tür auf, sie trug Jeans und eine Trainingsjacke, deren Reißverschluss sie ganz zugezogen hatte.

Bean zog an Tylers Hand. »Darf ich Mario und Luigi aufs Gras lassen?«

Tyler sah kurz zu ihr hinunter. »Solange es nur hier auf diesem Stück ist. Und pass gut auf sie auf.«

Die Hündchen versuchten, über den Rand der Schachtel zu klettern und Bean hob sie heraus. Sie stürmten aufs Gras hinaus, Snook schnüffelnd hinterher.

Tyler drehte sich zu Flick um.

»Danke«, sagte er.

Sie verdrehte die Augen. »Oh mein Gott, alle sind begeistert, dass sie mit den Hundebabys hier ist. Du weißt doch, das Haus ist voller siebzehnjähriger Mädchen. Ich bin eine Heldin.«

Tyler starrte auf seine Füße. »Ich meinte, danke für alles.«

Flick trat aus dem Haus, und sie begannen, im Uhrzeigersinn um den kleinen Kolleghof zu spazieren. Weitere senfgelbe Gebäude standen an den Seiten; er hatte sie bei seinem ersten Besuch hier in der Dunkelheit gar nicht bemerkt.

»Es tut mir leid«, sagte er.

»Psst.«

Er blieb stehen und sah sie an. »Nein, ich muss das sagen. Okay?«

Sie forderte ihn mit einem Kopfnicken auf fortzufahren, und sie gingen weiter.

»Ich hab dich in einen Haufen Schwierigkeiten gebracht«, sagte er. »Und das tut mir sehr leid. Wenn ich daran denke, was alles hätte passieren können, würde ich am liebsten tot umfallen. Ich wusste, dass ich bis zum Hals in der Scheiße stecke, aber ich hätte dich niemals mit hineinziehen dürfen. Das war egoistisch und dumm von mir, und es tut mir leid.«

»Sagtest du bereits.«

»Ich weiß. Tut mir leid.«

Es folgte ein kurzes Schweigen. Die Sonne schien, das Licht sprenkelte durch das Laub der Bäume, eine Brise raschelte in den Blättern, Ruhe und Frieden weitab von der Welt.

»Bist du fertig?«, fragte Flick.

Tyler kaute auf seiner Lippe. »Ich weiß nicht, was ich sonst noch sagen soll.«

»Du musst gar nichts sagen. Ich bin eine erwachsene Frau und treffe meine eigenen Entscheidungen. Du hast mich in gar nichts hineingezogen. Ich dachte, wir wären Freunde, und ich wollte einem Freund helfen, kapiert?«

Tyler sagte nichts. Sie erreichten das Ende des Platzes und machten kehrt, gingen an einem Kunstatelier vorbei.

»Das hier ist eine andere Welt«, sagte Tyler.

Sie schnalzte leise missbilligend mit der Zunge. »Ich hoffe, das kommt jetzt nicht aus der Kiste: ›Wir sind aus verschiedenen Universen, wir werden uns niemals verstehen.‹ Das ist nämlich ein unglaublicher Bullshit.«

Tyler lachte. »Ich werd den Mund halten.«

Sie kehrten zum Almond House zurück. Bean lag mitten auf der kleinen Rasenfläche, ließ die kleinen Hunde über sich klettern und sich das Gesicht ablecken. Sie lachte ausgelassen und strahlte glücklich, und Tyler dachte an alles, was sie durchgemacht hatte. Er dachte an das, was er darüber gelesen hatte, dass sich im Gehirn kleiner Kinder leichter etwas einbrannte.

»Wie ist's auf dem Polizeirevier gelaufen?«, fragte Flick.

»Sie werden dich bitten, meine Geschichte zu bestätigen.«

»Und was ist deine Geschichte?«

»Wir waren die ganze Nacht bei dir zu Hause an der Hope Terrace.«

»Was ist mit Bean?«, hakte Flick nach.

»Sie werden sie nicht fragen.«

Flick sah ihn skeptisch an. »Wie hast'n das gedreht?«

»Sie sind nicht sonderlich daran interessiert herauszufinden, wie Barry gestorben ist.«

»Und wie fühlst du dich dabei?«

Sie blieben stehen und sahen Bean und den Welpen zu. Tyler dachte an seinen Traum der vergangenen Nacht, in dem er von Hunde-Versionen seiner Geschwister zerfetzt worden war. Er spürte, wie sich alles in seinem Bauch verkrampfte bei dem Gedanken, wie Barry in der Küche der Holts lag, tot durch die Kugeln, die Tyler in ihn gejagt hatte. Er hatte seinen eigenen Halbbruder umgebracht, und damit würde er für immer leben müssen. Jeder schleppte sein Päckchen mit sich herum, aber dieses war erdrückend. Er fragte sich, wie er weitermachen konnte, doch dann fiel der Groschen, er hatte den Grund direkt vor seiner Nase: Bean, die auf dem Gras lag und Mario kraulte.

»Ich versuche, nicht dran zu denken«, sagte Tyler. Bean schaffte es, dass Mario auf einem Stöckchen kaute. »Was denkst du, wie sie es wegsteckt?«

»Sie ist ein toughes kleines Mädchen.«

Das war sie, dennoch hatte er seine Zweifel. Himmel, was sie schon alles durchgemacht hatte, dabei war sie doch erst sieben. Im Moment jedenfalls schien es ihr gut zu gehen, aber vielleicht hatte sie alles noch nicht wirklich verarbeitet. Vielleicht machte man das ja auch nie, vielleicht lebte man sein Leben einfach weiter, denn was blieb einem sonst schon übrig?

»Meinst du, sie hat verstanden, was passiert ist?«, fragte Tyler.

»Ich weiß es nicht. Wichtig ist doch, dass du sie liebst und dass du für sie da bist.«

Das schien irgendwie nicht genug zu sein, aber vielleicht war es das doch.

Sie standen ein paar Meter von Bean entfernt im Schatten der

Bäume, als zwei rotbackige Mädchen rüber zum Almond House gingen und durch die Tür verschwanden.

»Und was ist mit dir?«, fragte Tyler.

»Was soll mit mir sein?«

»Wie kommst du klar?«

»Mir geht's gut.«

»Wirklich?«

»Wirklich.« Flick schaute sich auf dem Kolleghof um. »Du weißt doch, ich hab in meinem Leben schon eine Menge Funktionsstörungen zu sehen bekommen. Ich bin's gewohnt.«

Tyler runzelte die Stirn. »An so was sollte man sich nicht gewöhnen müssen.«

Flick sah ihn an. »Vielleicht. Aber man lernt, damit fertigzuwerden. Ich hab's gelernt, genau wie du es gelernt hast. Kann ja sein, dass unsere Leben verschieden sind, aber so sehr unterscheiden wir uns dann doch wieder nicht voneinander.«

Tyler hätte sie gern in den Arm genommen und gedrückt, aber er stand einfach nur da und sah seine kleine Schwester an.

Flick wischte sich eine Haarsträhne aus dem Gesicht. »Weißt du, ihr könntet in meinem Haus bleiben, so lange ihr wollt.«

Tyler runzelte wieder die Stirn. »Ich muss mich um Mum kümmern.«

»Sie könnte auch dort wohnen.«

Tyler sah ihr in die Augen. Er spürte, wie ihm die Tränen kamen, das Blut in die Wangen stieg. Er sah Bean an, die ihn aus dem Gras anlächelte, während die Welpen jetzt um Snook herumschnüffelten. Fütterungszeit. Schon bald würden sie entwöhnt sein und sich selbst versorgen müssen. Er sah zu den alten Gebäuden hinüber, betrachtete den tadellosen Rasen, die Eichen, die ihren Schatten auf Flicks Gesicht warfen.

»Nein«, sagte er. »Wir müssen nach Hause gehen.«

43

»Es war eine dunkle und stürmische Nacht«, sagte er mit dröhnender Stimme. »Eine schicksalsschwere Nacht, in der Bean Girl geboren wurde, die größte Superheldin der Welt, eine Kraft des Guten im Kampf gegen die dunklen, bösen Mächte von Niddrieville.«

Bean lächelte, als er fortfuhr, starrte zu ihm auf von der Stelle, wo sie auf seinem Schoß lag. Sie wurde langsam zu groß dafür, ihr Gewicht zu unbequem, aber so lange sie noch ihre Gutenachtgeschichte hören wollte, würde er es tun. Sie kuschelte sich an ihn und er spürte, wie sie sich entspannte. Ihr Kopf auf seiner Brust war schwer geworden, er merkte, dass sich ihre Augen schlossen. Er sprach weiter vom Sieg der Guten über die Bösen, von Schurken, die ihre wohlverdiente Strafe erhielten, von Helden, die in die Nacht hinausschritten, nachdem sie wieder einmal die einfachen Leute beschützt hatten.

Es war eine klare und frische Nacht, und sie brauchten hier oben auf dem Dach die Decke, die er über sie gezogen hatte. Ein paar Sterne waren über den Himmel verteilt zu sehen, aber die Lichter der Stadt verdeckten Millionen weiterer. All die Energie dort draußen, Sterne und Supernovae und schwarze Löcher, die das Gefüge des Weltraums zerrissen, und er und seine kleine Schwester hier unten wurden schläfrig und teilten sich eine Geschichte.

Er hörte auf zu reden und Bean rührte sich nicht. Sie schlief, denn andernfalls würde sie ihm bestimmt sagen, dass er die Geschichte weitererzählen sollte. Sie war aufgeschlossener und selbstbewusster, als er es in ihrem Alter gewesen war, und er hoffte, das ginge so weiter, wenn sie älter würde, dass sie nicht in Ängsten wegen ihres Aussehens versänke, wegen Jungs und all der Scheiße des Teenagerlebens. Aber einen Scheißstart hatte sie schon gehabt, bei allem, was sie durchgemacht hatte. Nicht nur die letzten paar Tage, sondern all die Jahre, in denen sie gesehen hatte, wie um sie herum beängstigendes Verhalten zur Regel wurde. Tyler hatte versucht, sie zu beschützen, aber es schien nie genug zu sein. Aber so lange er konnte, würde er weiter auf sie aufpassen.

Von hier aus konnte er die Lichter des Krankenhausgeländes sehen, die inmitten der Einöde von Niddrie und Greendykes leuchteten. Der düstere Schatten von Craigmillar Castle auf dem Berg, die vielen neueren Häuser auf der rechten Seite, alle Bewohner darin vor dem Fernseher eingemummelt oder vor ihren Telefonen, Menschen, die miteinander aßen und tranken und lachten. Völlig normale Leben. Er dachte an die Holts, die es bei sich zu Hause genauso machten, an all ihre Nachbarn, die dasselbe taten, an reiche Menschen, die versuchten klarzukommen, genau wie jeder andere auch. Er dachte an all die Mädchen und Jungs auf der Inveresk, die vielleicht ihre Eltern vermissten, traurig waren und sich einsam fühlten, oder vielleicht liebten sie es ja auch, die Freiheit und Freundschaft und den sicheren Zufluchtsort dieses Schulgeländes.

Städte besaßen einen Puls, er spürte das Leben von Edinburgh unter sich durch die fünfzehn Etagen Beton und Stahl, die sein Zuhause waren.

Er hörte ein Geräusch hinter sich, die Metalltür am Ende der Leiter aufs Dach.

Er drehte sich um und sah Flick mit zwei dampfenden Bechern in den Händen auf sich zukommen. Sie reichte ihm einen, und ein Hauch heißer Schokolade zog ihm in die Nase. Sie setzte sich auf den Platz neben ihn und blies über ihren Becher. Sie sah auf Beans Gesicht hinab und lächelte.

»Du hattest recht, es ist fantastisch hier oben.« Sie sprach ganz leise.

»Du musst nicht flüstern«, sagte Tyler. »Wenn sie erst mal eingepennt ist, kannst du sie nicht mehr aufwecken.«

Lange Zeit starrten sie in die Schwärze hinaus. Schließlich spürte Tyler, wie sich ihre Hand auf seine legte.

»Wie geht's Mum?«, fragte er.

»Sie ist okay.«

Tyler hatte vorhin mit Angela über Barry gesprochen. Er hatte nicht gewusst, was ihn erwartete, aber sie schien es gefasst aufzunehmen, schien nicht schockiert zu sein. Sie wusste, wie Barry war, hatte zweifellos vermutet, dass er kein langes und glückliches Leben vor sich haben könnte, aber das machte es auch nicht einfacher. Und seine verbrannte Leiche identifizieren zu müssen … mein Gott. Er war immerhin ihr Sohn gewesen, trotz allem. Und nun hatte sie innerhalb weniger Tage gleich zwei Kinder verloren. Tyler hatte erwartet, dass sie sofort nach der Nachricht über Kelly und dann auch noch wegen der Sache mit Barry losziehen und sich Stoff besorgen würde, doch bislang hatte sie ihn überrascht. Soweit er sagen konnte, hatte sie seit der Überdosis nichts mehr gespritzt, auch wenn sie wieder trank und sagte, sie brauche das, während sie auf Entzug sei. Aber selbst jetzt war sie nicht besinnungslos betrunken, einfach nur übernächtigt und traurig. Auf eine schräge Art hatte Barrys Tod sie vielleicht irgendwie befreit, befreit davon, dass ein Teil der Familie sie in der Hand hatte. Sie war nicht nüchtern, aber sie gab sich Mühe, und das war für den Moment genug. Tyler machte sich Gedanken über Hilfe oder Unterstützung, falls es so etwas für Leute wie sie überhaupt gab.

Er dachte an Monica auf dem Boden ihres Flurs, wie das Blut aus ihr heraussickerte. Wie sie Deke überredet hatte, sie laufen zu lassen. An Ryan, so alt wie er selbst, bereit, in Dekes Welt einzutreten. Er dachte an ihr Haus, die Autos, die Urlaube und den ganzen Rest.

Er dachte daran, wie es sich angefühlt hatte, als die Waffe in seiner Hand losging, an die Explosion von Blut aus Barrys Brust. An die Verbindung zwischen ihnen beiden, ein Faden, der Tylers Leben und Barrys Tod für immer verband. Und die Hunde, mein Gott, die Hunde.

»Ich kann nicht lange bleiben«, sagte Flick.

»Ich bin so froh, dass du hier bist.«

»Ich auch.«

Er war überrascht gewesen, als sie vor einer Stunde auftauchte. Dass sie noch etwas mit ihm zu tun haben wollte nach allem, was passiert war. Als er einige Stunden vorher mit Bean Inveresk verlassen hatte, stellte die Kleine ihm ständig Fragen über Flick, wann sie sie wiedersehen würden, und ob sie auch auf eine Schule wie Inveresk gehen könnte. Die Antwort auf die letzte Frage war einfach – in einer Million Jahren nicht. Aber was die andere Frage betraf, schummelte er bei seiner Antwort.

Dann stand Flick ein paar Stunden später unten an der Gegensprechanlage und fragte, ob sie raufkommen dürfe.

»Der Ausblick von hier oben ist echt unglaublich«, sagte Flick und blickte zum Himmel auf.

Tyler sah sie an. »Stimmt.«

Als sie sich zu ihm umdrehte und sah, dass er sie betrachtete, und begriff, was er meinte, verdrehte sie die Augen, stieß ihm in die Rippen und verschüttete dabei beinahe seinen heißen Kakao.

»Oh mein Gott«, sagte sie. »Halt einfach die Klappe.«

Er gehorchte.

Was würden wir an Tylers Stelle tun?

Ein Nachwort von Hanspeter Eggenberger

Gute Kriminalliteratur ist die realistische Literatur unserer Zeit. Sie zeigt uns schonungslos die Welt, in der wir leben. Sie seziert Machtverhältnisse und leuchtet in dunkle Seelen, zerrt ans Licht, was sonst gerne im Schatten gelassen wird, lässt uns mit geplagten Menschen mitleiden, macht Gründe sichtbar, die zu kriminellen Handlungen führen. Im besten Fall führt sie uns – außer dass sie uns in eine fremde Welt eintauchen lässt und uns auch unterhält –, zu neuen Erkenntnissen.

»Breakers«, »Der Bruch«, von Doug Johnstone ist ein herausragendes Beispiel für das, was gute zeitgenössische Kriminalliteratur ausmacht. Der schottische Autor packt sozialen Realismus in eine harte und düstere, emotionale und spannende Geschichte, die ohne langatmige Erklärungen oder bemühte Didaktik gesellschaftliche Verhältnisse aufzeigt.

Diese Art von Kriminalliteratur hebt sich wohltuend ab vom Großteil der Drucksachen, die sich mit dem Etikett »Krimi« schmücken. Von den unsäglichen Serienkillerelaboraten etwa, die mit immer abstruseren Abschlachtungen nach Aufmerksamkeit heischen, von den Psychothrillern, denen jegliches psychologische Verständnis abgeht, von all den plumpen Geschichten um trottelige Ermittler, von den Plots, die vor lauter Originalität und unplausiblen Wendungen jeden Realitätsbezug verlieren, von lustig gemeinten Blödeleien.

Nicht dass gute Kriminalliteratur nicht auch witzig sein darf. Auch für Johnstone ist Humor in seinen Romanen ein wichtiges

Element. Wobei dieser Humor zumeist schwarz ist. »Der Bruch« sei zwar ziemlich typisch für seine Romane, sagt er, wobei es hier jedoch »nicht viel Gelegenheit für düsteren Humor gibt, weil die Thematik so ernst ist«.

Eines der zentralen Themen hinter dem beinharten Plot sind dysfunktionale Familien. Der siebzehnjährige Tyler, die Hauptfigur, lebt mit seiner Familie in einem Hochhaus in einem heruntergekommen Viertel von Edinburgh. Er kümmert sich um seine kleine Schwester Bethany, genannt Bean, und er hält den Haushalt so weit wie möglich in Schuss. Denn die Mutter ist drogen- und alkoholabhängig und bringt gar nichts auf die Reihe; auch um sie muss sich Tyler kümmern.

In der Wohnung nebenan leben seine Halbgeschwister Barry und Kelly in einer inzestuösen Beziehung. Sie finanzieren ihren Lebensunterhalt und ihren Drogenkonsum mit Einbrüchen. Der für sein Alter kleingewachsene Tyler muss dabei mitmachen, weil er durch kleine Öffnungen einsteigen kann. Würde er sich weigern, würde womöglich die kleine Bean dafür missbraucht. Tylers Familie ist keine Ausnahme in der Gegend.

»Drogensüchtige und gewalttätige Eltern gab es in diesem Viertel überall, drei Generationen kaputter und ausrangierter Loser von vorne bis hinten.«

Wir Kontinentaleuropäer nehmen von Edinburgh am ehesten die touristische Seite wahr und sehen eine bürgerliche, wohlhabende Stadt. Aus der Kriminalliteratur kennen wir die schottische Metropole vor allem als Wirkungskreis von John Rebus in den Romanen von Ian Rankin, vielleicht auch aus Romanen von Allan Guthrie und von Chris Brookmyre (mit dem, nebenbei, Johnstone in einer Band zusammenspielt, die aus schottischen Krimiautoren besteht). In unserer Wahrnehmung ist in Schottland eher Glasgow die Stadt der sozialen Brennpunkte und Auseinandersetzungen. Tatsächlich sei Glasgow »wahrscheinlich immer noch die sozial am stärksten benachteiligte Stadt in Schottland« sagt Johnstone, »aber Edinburgh ist die zweitgrößte Stadt und hat auch eine Menge sehr unterprivilegierter Gebiete. Ich glaube, die Leute sind von der Burg und den Touristenorten geblendet, so dass sie nicht so viel über die Wohnbauprogramme und die heruntergekommenen Gebiete nachdenken. Da ich schon lange in Edinburgh lebe, kenne ich sie ziemlich gut, und ich wohne nicht weit von da, wo ein Großteil von ›Der Bruch‹ spielt.«

»Der Bruch«, im Original 2019 erschienen, ist bereits der zehnte Roman des 1970 geborenen Doug Johnstone seit dem Debüt »Tombstoning« im Jahr 2006, und inzwischen hat er bereits zwei weitere Romane veröffentlicht. Drei seiner Bücher wurden schon früher ins Deutsche übersetzt: »Smokeheads« (2012), »Hit & Run« (2015) und »Gone Again« (2015; Deutsch: »Wer einmal verschwindet«). Obwohl er schon seit der Schulzeit Geschichten schrieb, studierte er zunächst Physik, promovierte in Kernphysik und arbeitete als Ingenieur für Radar-und Raketenleitsysteme, bevor er Schriftsteller wurde. Alle seine Romanen seien eher düster, sagt er, und es gehe um »sehr ernste Themen wie Suizid, Gewalt, Trauer und psychische Probleme«.

Die Einbruchsgeschichte im vorliegenden Roman kommt aus einer persönlichen Erfahrung, die mir Doug Johnstone so schilderte: »Bei mir ist eingebrochen worden. Das war vor acht Jahren, sie raubten uns aus, als wir zum Geburtstag unseres Sohnes unterwegs waren. Ein Detail blieb bei mir hängen: Jemand war durch ein kleines Fenster eingestiegen und hatte die anderen hineingelassen, das Fenster war so klein, dass es ein Kind sein musste.« Er habe sich immer gefragt, wie es wohl sei, ein Kind in einer Bande oder in einer Familie von Einbrechern zu sein. Es habe lange gedauert, bis er darüber schreiben konnte.

So entstand die eindrücklich und mit Empathie gezeichnete Hauptfigur dieses Romans. Tyler steht mitten in einer Welt voller

Gewalt, doch er träumt noch von einem besseren Leben und versucht, seinem Moralkodex treu zu bleiben. Von seinem Bruder, einem sadistischen Psychopathen, wird er zu den Raubzügen gezwungen. Zusammen mit Bean kümmert er sich um streunende Hunde, deren Freiheit ihm zwar irgendwie gefällt, ihn aber auch verunsichert: »Tyler stellte sich vor, wie das wohl sein mochte, die Freiheit zu haben, einfach herumzustreichen und eine ganze Welt erkunden zu können. Die Kehrseite war jedoch, dass man ständig am Rande von Hunger und Gewalt lebte, Kämpfe mit anderen Tieren, Grausamkeit seitens der Menschen. Er war nicht sicher, ob es sich dafür unter dem Strich lohnte.«

Die Situation eskaliert, als die junge Geschwisterbande bei einem Bruch durch die heimkehrende Hausherrin überrascht wird. Barry sticht mit einem Messer auf sie ein, dann flieht die Bande. Tyler ruft danach heimlich den Rettungsdienst und rettet der schwerverletzten Frau damit das Leben. Diese üble Geschichte ist aber nur der Anfang einer viel größeren Katastrophe. Denn es stellt sich heraus, dass sie, ohne es zu wissen, ausgerechnet in das Haus eines lokalen Gangsterbosses eingestiegen waren. Und der überlässt die Klärung des Falls nicht der Polizei, sondern macht selber Jagd auf die Einbrecher. Und er will gnadenlose Rache.

Neben dem Gangsterboss, der auf seiner Spur ist, setzt eine Polizistin, die ihn zu einer Aussage gegen seinen Bruder bewegen will, Tyler zusätzlich zum ganzen Druck der Familiensituation heftig zu. Um etwas Ruhe zu haben, Zeit für sich selbst, steigt er zuweilen in große Häuser ein, ohne dass er etwas stehlen will, sondern einfach nur, um etwas inneren Frieden zu finden. In so einer Situation lernt er ein etwa gleichaltriges Mädchen kennen. Flick, wie Felicity sich nennt, besucht eine Privatschule, kommt aus einer reichen Familie, fährt ein flottes Cabrio. Doch ihr Glück ist nur vordergründig. Auch sie leidet an ihrer Familie, wenn auch aus ganz anderen Gründen. Sie lebt zwar in Wohlstand, aber innerlich ist sie kaum weniger einsam als Tyler. Trotz der Gegensätze entspinnt sich eine zarte Liebesgeschichte zwischen den beiden verlorenen Seelen. »Er dachte darüber nach, was sie von ihrer Familie erzählt hatte«, heißt es einmal. »Wir sind alle auf unsere eigene Art am Arsch. Uns bleibt nichts, als füreinander da zu sein.«

Daneben, dass der Gangsterboss auf Wunsch seiner Frau Tyler schließlich laufen lässt und seine Rache auf Barry und Kelly beschränkt, ist es vor allem die Beziehung zwischen den beiden jungen Menschen, die gegen Ende der düsteren Geschichte so etwas wie einen Hoffnungsschimmer für Tylers Zukunft aufkommen lässt. Wobei man in einem Noir nie ganz sicher sein kann, ob man wirklich das Licht am Ende des Tunnels sieht, oder ob es nicht die Scheinwerfer eines einem entgegenrasenden Zugs sind.

»Der Bruch« ist alles andere als ein konventioneller Kriminalroman. Es geht hier weder um die Aufklärung eines Verbrechens noch um die Frage nach Schuld und Sühne. Es geht, jenseits simpler Vorstellungen von Gut und Böse, um die Ursachen von kriminellen Handlungen. Es geht um die komplexe Frage, warum jemand tut, was er tut. Tyler wird gegen seinen Willen zu einem kriminellen Leben gezwungen. Er macht aus Angst mit. Um seine kleine Schwester zu schützen. Um für seine Mutter sorgen zu können. Und wenn wir als Leserinnen und Leser nicht einfach darüber hinweglesen, sondern uns über eine solche Situation ernsthaft Gedanken machen, stehen wir schnell einmal vor nicht ganz einfachen Fragen. Wie würden wir uns in einer solchen Situation verhalten? Was würden wir an Tylers Stelle tun?

Johnstone ist eine realistische Darstellung des unterprivilegierten Lebens seiner Protagonisten wichtig. Er gibt sich nicht der Illusion hin, dass ein Roman an solchen Verhältnissen im realen Leben etwas ändern kann. Dafür würde es politischen Willen und Geld brauchen. »Aber wenn wir versuchen wollen, die sozialen Probleme in unserem Land zu lösen«, sagt er, »müssen wir diese

Probleme auch ehrlich benennen.« Und das tut er. Er wirft keinen voyeuristischen oder romantisierenden Blick auf das heruntergekommene Viertel, auf die zerrütteten Verhältnisse. Sondern er taucht mit seiner Figur Tyler tief in das Leben dieser Familie ein, um nachvollziehbar zu machen, warum passiert was passiert. Tyler ist gerademal siebzehn. Er ist durch die Umstände gezwungen, rasch erwachsen zu werden, obwohl er noch zur Schule geht. Was kann die Zukunft einem jungen Mann wie ihm bieten? Wird er seinen Weg gehen können? Wird die Kriminalität ihn wieder einholen? Und was geschieht mit der Beziehung zu Flick? Mit ihrem Leben? Das sind Fragen, die man sich am Ende dieser Geschichte stellen mag. Wäre das nicht ein interessanter Stoff für einen weiteren Roman?, habe ich Doug Johnstone gefragt. Er habe noch nie eine Fortsetzung zu einem seiner Standalones geschrieben, antwortete er.»Aber ich habe Tylers Geschichte geliebt, und es wäre interessant zu sehen, was mit ihm und Flick nach den letzten Seiten passiert ist. Vielleicht werde ich es eines Tages tun.«

In dem vielfach als Buch des Jahres ausgezeichnete Roman
beschreibt der Autor, wie brüchig das Zusammenleben an der
irischen Grenze ist, die nur befriedet und nicht miteinander
versöhnt zu sein scheint.

„Die Wahrheit wird in diesem wunderschön geschriebenen Roman
allmählich deutlich. Sie offenbart eine beängstigende Tatsache:
Die Probleme sind noch nicht vorbei."

Literary Review

Aus dem Englischen von Robert Brack
Gebunden mit Schutzumschlag, 320 Seiten, Nov. 2019
ISBN 978-3-945133-83-5 | EUR (D) 20,00 / EUR (A) 20,60